Im Fokus der Vergangenheit

Teil 1 der Liebeskrimi-Trilogie:

»liebevoll, rasant, gefährlich:
Es geht nicht nur um die Liebe,
sondern auch um Leben und Tod.«

»Egal, wie weit du gehst, deiner Vergangenheit kannst du nicht entfliehen.«

Über das Buch:

»Im Fokus der Vergangenheit« ist der erste Teil einer Trilogie und eine Mischung aus Krimi und Liebesgeschichte. Es handelt sich um eine überarbeitete Neuauflage des 2018 unter dem gleichen Titel erschienenen Buches.

Dieses Buch ist ein Roman. Die Handlung ist Fiktion. Sämtliche Figuren sind von mir erfunden und haben keinerlei Bezug zur Realität. Sollte sich dennoch irgendjemand in einer meiner handelnden Personen wiedererkennen, so ist dies zufällig und unbeabsichtigt. Ortsbeschreibungen in San Diego und New York entspringen größtenteils meiner Fantasie. Außerdem habe ich versucht, (ermittlungs-)technische Details sachgerecht zu beschreiben. Sollte mir dennoch irgendwo ein Fehler unterlaufen sein, so bitte ich um Nachsicht. Alle Rechte an diesem Buch bleiben bei mir. Die Verwendung von Cover und Klappentext für Werbezwecke ist aber ausdrücklich erwünscht.

Anfragen unter: kontakt@juliane-schmelzer.de

Leserstimmen:

»Eine herrliche Liebesgeschichte gemischt mit der Spannung eines durchdachten Krimis.«

»Geschickt verwebt Juliane Schmelzer mehrere Handlungsstränge, bis sich nach und nach ein komplettes Bild für den Leser ergibt.«

»Emotion und Spannung sind hier wunderbar miteinander verknüpft. Auch der Schreibstil überzeugt durch eine flüssige und leichte Lesbarkeit, was den Unterhaltungswert zusätzlich steigert. Ich freue mich sehr, dieses literarische Schätzchen gefunden zu haben.«

Über mich:

»Es gibt für alles im Leben die richtige Zeit. Eine Zeit für Träume, eine Zeit für Trauer, eine Zeit für die Liebe und eine Zeit für den Tod. Es gibt eine Zeit des Bedauerns und eine Zeit, in der die Seele heilt. Es gibt Zeiten des Glücks und Zeiten des Unglücks. Und es gibt die Zeit für einen Neubeginn.« - JS

Schreiben ist meine Leidenschaft und ich tue das in jeder freien Minute. Neben Romanen schreibe ich liebend gerne Gedichte und lasse mich von meiner Schreibcommunity auf www.fanfiktion.de inspirieren. Ich bin verheiratet und Mutter eines Jungen. Ich liebe meine Katzen und meinen Garten. Mit meiner Familie lebe ich in der Nähe von Berlin und arbeite im Öffentlichen Dienst.

Weitere Informationen unter: www.Juliane-Schmelzer.de

Hier findest du unter anderem kostenlose Leseproben meiner Romane und Gedichte.

***

Ich bin Selfpublisherin und auf eure Hilfe angewiesen. Wenn ihr mich unterstützen wollt, dann schreibt mir gerne eine Rezension auf den gängigen Buchplattformen.

Vielen Dank!

Bibliografische Information der Deutschen Nationalbibliothek:

Die Deutsche Nationalbibliothek verzeichnet diese Publikation in der Deutschen Nationalbibliografie; detaillierte bibliografische Daten sind im Internet über http://dnb.dnb.de abrufbar.

© 2022 Juliane Schmelzer
juliane-schmelzer.de

Herstellung und Verlag:
BoD – Books on Demand, Norderstedt

ISBN: 978-3-754-38483-1

erschienen: 07/2022
überarbeitete Neuauflage
Alle Rechte vorbehalten

Text: Juliane Schmelzer
Covergestaltung: Constanze Kramer, www.coverboutique.de
Bildnachweise: © Антон Фрунзе, ©kiuikson – stock.adobe.com
                ©IM_photo, ©Vegorus - shutterstock.com
Lektorat/Korrektorat: Susann Rückert, Sylvia Wustmann

Juliane Schmelzer

Im Fokus der Vergangenheit

Für meine Familie.
Danke für eure Liebe und eure Geduld.

Prolog

New York, Mittwoch 17. August, 5:00 a.m.

Sie warf sich in ihrem Bett hin und her und stöhnte. Doch es konnte sie keiner hören, denn sie war allein. Lediglich der schwarzweiß getigerte Kater saß auf ihrem Bett und schaute sie an, hatte eine Pfote auf ihre Beine gelegt und blickte mit seinen grünen Augen in die Dunkelheit. Er konnte nicht wissen, was sie gerade durchmachte, aber er spürte instinktiv, dass er hierbleiben musste. Er begann zu schnurren und suchte sich schließlich eine bequeme Position auf den Füßen seines Frauchens. Dann rollte er sich zusammen, und während seine Besitzerin weiterhin mit ihren Dämonen kämpfte, passte er genau auf, dass ihr in dieser Nacht niemand etwas anhaben konnte.

Der lange und dunkle Gang schien endlos zu sein und sie hatte keine Ahnung, wie sie sich orientieren sollte. Sie lief sehr langsam und machte einen Schritt vor den anderen. Sie wusste, er war irgendwo da draußen und benötigte ihre Hilfe. Doch sie war hier drinnen, allein und ihr lief die Zeit davon.

Sie fühlte ihren Puls, der in ihrem Halse schlug und ihr Herz, das gegen ihre Brust hämmerte. Sie spürte ihre Gedanken, die nur ein Ziel kannten, und zwar schnell aus diesem Labyrinth hinaus ins Freie zu gelangen, um zu retten, was noch zu retten war.

Sie atmete tief ein, versuchte sich auf ihre Umgebung zu konzentrieren, darauf nicht hinzufallen, doch es gelang ihr nicht. Mehrfach stolperte sie über irgendwelchen Müll, von dem sie froh war, ihn nicht sehen zu müssen. Es roch modrig und ein wenig vergammelt. Sie wusste, sie hatte einen Fehler gemacht und sie musste sich beeilen, ihn zu korrigieren.

Langsam hob sie die Hand und legte sie gegen die kalte Wand, versuchte sich an dieser entlang zu hangeln, um endlich den Weg nach draußen zu finden. Sie lief und lief und hatte das Gefühl, sie würde nicht vorwärtskommen. Ihre Beine schienen festgewachsen zu sein mitten im Abwasserkanal. Sie strengte sich an und rückte Millimeter um Millimeter voran.

Sie merkte, wie ihr die Tränen kamen und wie sie anfing zu schluchzen. Vor Wut und Ärger darüber, dass sie nicht schnell genug war. Sie registrierte eine Bewegung am Boden und schrie leise auf. Ein lautes Piepen war zu hören und sie stellte fest, dass sie auf eine Ratte getreten war. Angewidert trampelte sie auf dem Boden herum und setzte sich wieder in Bewegung. Sie begann zu rennen und hoffte, sie würde nicht stürzen, würde es bis ans andere Ende schaffen. Sie konnte den Ausgang schon sehen.

Es war hell draußen und sie musste den Arm heben, um nicht geblendet zu werden. Und dann sah sie ihn. Er kniete auf dem Boden, die Hände über seinen Kopf gehoben und starrte in den Lauf einer Waffe. Sie rannte noch schneller und im Laufen griff sie sich an den Hosenbund, um ihre Pistole herauszuziehen.

Doch sie griff ins Leere.

Ihr Herz machte einen entsetzten Schlag und dann hörte sie den Schuss, sah ihn fallen und blieb stehen. Sie drückte sich an die Wand des Tunnels und hielt die Luft an.

Ein weiterer Schuss krachte und sie schloss die Augen. Tränen liefen ihr über die Wangen und sie presste die Lippen fest aufeinander. Sie fühlte sich allein, verlassen und hatte unheimliche Angst.

Jetzt hörte sie Stimmen und jemand kam auf sie zu. Sie begann zu beten, dass man sie nicht entdecken möge und rutschte langsam an der Wand entlang zurück in den Gang. Die Stimmen wurden kurz laut und dann wieder leiser und irgendwann waren sie verschwunden.

Sie begann wieder zu atmen und zwang sich, ihre Füße in Richtung Ausgang zu lenken. Sie wankte hinaus und sah ihn auf dem Rücken liegen. Blut quoll aus der Schusswunde in seiner Brust und tränkte den Asphalt. Seine Augen waren weit geöffnet, starrten in den Himmel und sahen aus, als würden sie sie anklagen. Ein stummer Vorwurf lag in ihnen, ein Vorwurf, der sie von jetzt an tagtäglich verfolgen würde.

Sie war zu spät gekommen.

Sie hatte versagt.

Sie merkte, wie ihr Blick sich verschleierte und wie alles verschwamm. Der Mann am Boden rückte in die Ferne und sie hatte das Gefühl hinweggezogen zu werden, hinein in den Tunnel, hinein in die Dunkelheit.

Sie begann zu schreien.

Sie schrie und schrie, doch niemand konnte sie hören.

Mit einem Mal sah sie, wie er sich aufrichtete und auf sie zukam, ihr seine Hände entgegenstreckte und sie weiterhin anstarrte.

Diese Augen.

So tot und doch so lebendig.

Und dann spürte sie mit einem Mal dieses unmissverständliche Prickeln, was das Ende eines Traumes ankündigte.

Schweißgebadet richtete sie sich in ihrem Bett auf und keuchte. Der Kater, der inzwischen auf ihren Füßen geschlafen hatte, sprang mit einem großen Satz auf und landete mit einem dumpfen Knall auf dem Boden. Sie drehte den Kopf und schaute auf den Wecker. Es war kurz nach fünf. In weniger als einer Stunde musste sie aufstehen und einen weiteren Tag überstehen. Es waren genau 337 Tage vergangen. Sie zählte jeden einzelnen und hoffte jeden Morgen aufs Neue, dass es aufhören würde, dass dieses Brennen in ihrer Brust verschwinden würde, dass der Schmerz und die Traurigkeit der Vergangenheit angehören würden und dass sie wieder leben konnte.

Doch sie wurde auch dieses Mal enttäuscht.

San Diego, Mittwoch 17. August, zur gleichen Zeit

Er lag in seinem Bett und starrte an die Decke. Es war in letzter Zeit weniger oft vorgekommen, dass er an diesen Tag zurückdenken musste, aber es kam vor und brachte ihn um den Schlaf. Er wollte nicht anfangen zu grübeln, wollte nicht daran erinnert werden und doch tat sein Kopf, was er wollte und fegte seine Gedanken zurück in die Vergangenheit. Es war fast zwei Jahre her und doch kam es ihm vor wie gestern, dass sie sich entschieden hatten, getrennte Wege zu gehen. Er schloss die Augen und erinnerte sich an diesen einen verhängnisvollen Tag.

Er steckte den Schlüssel ins Schlüsselloch und drehte ihn herum, stieß dann die Tür auf und betrat die Wohnung. Er hielt mitten in der Bewegung inne und schaute sich suchend um. Ein paar Sekunden später stand sie vor ihm und verschränkte die Arme vor der Brust. Sie sah müde aus, aber in ihren Augen stand eine Entschlossenheit, die er seit Monaten nicht mehr gesehen hatte.

Sie brauchte nichts zu sagen, er verstand auch so. Es war soweit, das war ihm in dem Moment klar gewesen, in dem er diese vier Wände betreten hatte. Sie beide hatten etwas gefunden, was wichtiger war, sehr viel wichtiger als ihre Beziehung. Sie hatten sich verloren, schon vor langer Zeit, aber keiner von ihnen hatte den Mut aufgebracht wirklich zu gehen.

Bis zu diesem Moment.

Sie war mutiger als er und doch wusste er, dass bei ihm nicht viel gefehlt hatte. Allein Bequemlichkeit war es gewesen, die ihn noch gehalten hatte, das wusste er tief in seinem Inneren. Er schluckte schwer und versuchte die Beklemmung, die sich in seinem Körper auszubreiten begann, herunter zu würgen, aber es gelang ihm nicht. Sie hatten nicht wirklich gestritten, aber sie hatten geschwiegen und nun tat sie endlich den ersten Schritt.

Er wusste nicht genau, ob er ihr dankbar war oder nicht. Es fühlte sich gleichzeitig richtig und falsch an und das verwirrte ihn. Sie sagten nichts, sie schauten sich nur an. In ihren Augen standen Tränen und auch er spürte den Schmerz. Er bückte sich und griff nach dem Koffer. Er war schwer, doch diese Last wog lange nicht so viel wie die, die er soeben auf seine Seele geladen bekommen hatte. Er nickte ihr zu und ohne ein Wort des Abschieds drehte er sich um und trat zurück durch die noch immer geöffnete Tür hinaus in den Flur.

Plötzlich spürte er ihre Hand auf seinem Arm und blickte darauf, drehte den Kopf leicht nach hinten und versuchte sie anzuschauen. Doch er konnte nicht. Er musste hier weg, bevor sie doch wieder den Fehler begingen, es noch einmal zu versuchen. Das hatten sie schon zu oft getan, mit mäßigem Erfolg. Er schloss die Hand fester um den Griff des Koffers und lief dann langsam die Treppen hinab, trat auf die Straße und ging zu seinem Auto. Er warf den Koffer auf den Rücksitz und stieg ein, startete den Motor und fuhr los.

Er wusste nicht wohin.

Er hatte kein Ziel mehr, kein Zuhause und keine Familie. Er fuhr und fuhr und merkte nicht, wie schnell er eigentlich war. Die Straßenschilder flogen an ihm vorbei und er kurbelte das Fenster herunter, ließ sich den heißen Sommerwind um die Nase wehen.

Er fühlte nichts, er existierte nur noch.

Im Radio spielten sie einen Rockklassiker und er drehte den Regler nach oben, so dass er die Bässe in seinen Eingeweiden spüren konnte. Er hörte die Sirene nicht, sah die Kurve zu spät und merkte nur noch, wie plötzlich etwas von ihm Besitz ergriff und ihn zum Fliegen brachte. Er bemerkte die Leichtigkeit, er sah die Helligkeit, die von oben auf ihn hereinstürmte und er spürte den Schmerz und dann – nichts mehr.

Er öffnete die Augen und sah wieder an die Decke. Er fühlte sich geschunden, immer noch, auch nach beinahe zwei Jahren. Er konnte sich nicht an alles erinnern, sein Kopf spuckte wie immer nur Fetzen aus. Es hatte lange gedauert, bis er wieder ins Leben zurückgefunden hatte. Ein Teil von ihm war gestorben und dennoch lebte er.

Langsam schob er sein Shirt nach oben und berührte sacht mit den Fingerspitzen die Narbe über seiner Brust.

Kapitel 1

San Diego, Montag 07. November

Sie betrat das Gebäude und sah sich neugierig um. Es war ein altes Haus mit einer Geschichte. Die Decken waren hoch und mit Stuck besetzt. Auf den ersten Blick sah es reichlich kitschig aus, aber bei genauerer Betrachtung konnte man durchaus den Reiz dieser alten Gemäuer erkennen. Sie zeigte dem Mann an der Pforte ihren Ausweis sowie ihr Einladungsschreiben und er betätigte den Türöffner. Ein kurzes Summen ertönte. Sie trat durch die Vereinzelungsanlage und fand sich nun auf der anderen Seite in einer großen Halle wieder. Die kalifornische Wärme, die ihr San Diego bescherte, wurde abgelöst durch Kühle und erinnerte sie sofort daran, woher sie kam. Dort war es um diese Jahreszeit kalt und unangenehm und mit Schnee war jederzeit zu rechnen. Ganz anders war es hier, im äußersten Südwesten der USA, fast schon an der mexikanischen Grenze, wo selbst im November milde Temperaturen herrschten und man beinahe täglich die Sonne genießen konnte.

Sie drehte sich eine Weile im Kreis und versuchte sich zu orientieren. Die Wegweiser an den Wänden waren wenig hilfreich, zeigten sie doch nicht das an, was sie suchte. Und die meisten von ihnen waren durch Abdeckplanen überdeckt. Offenbar wurde in diesem Haus gerade fleißig renoviert. Ein wenig hilflos stand sie nun in dieser kleinen, für ihre Begriffe ziemlich chaotischen Polizeistation und wusste nicht so recht weiter. Sie befand sich in einer im Norden der Stadt gelegenen Außenstelle des San Diego Police Departments. Hier hatte man vor einiger Zeit unter anderem eine spezielle Ermittlungseinheit untergebracht, die mit meist geheimen Sonderaufträgen beschäftigt war. Und sie war hier, um ihren neuen Job anzutreten.

Wieder schaute sie zu den Tafeln empor und seufzte leicht auf.

»Kann ich Ihnen helfen, Miss?«, fragte plötzlich eine Stimme in ihrem Rücken und sie drehte sich langsam herum. An den Akzent der Leute hier musste sie sich erst wieder gewöhnen. Sie hatte den ihren schon vor Jahren abgelegt.

»Ähm, nein … ja … vielleicht. Ich bin auf der Suche nach Captain Brown.«

Der junge Mann schaute sie abschätzend von oben bis unten an und sie war geneigt, ihm ein paar Takte zu sagen, ließ es aber lieber bleiben. Sie war ohnehin schon aufgeregt genug und fühlte sich dadurch nicht besonders wohl und ihr enger Rock und die Bluse taten ihr Übriges. Also biss sie sich auf die Zunge.

›Feinde sollte man sich nicht gleich an seinem ersten Tag machen‹, dachte sie. ›Wer weiß, wie oft man sich hier noch über den Weg lief.‹

»Haben Sie denn einen Termin, Miss …?«, fragte ihr Gegenüber und setzte wieder diesen Blick auf.

»Joselyn Davis.« Sie hielt ihm ihre Hand entgegen und lächelte gequält.

»Detective Marco Rodriguez«, entgegnete er und ergriff die ihm dargebotene Hand.

»Ich weiß«, sagte sie und er schaute sie irritiert an. Sie deutete auf seine Brust und das daran haftende Namensschild und auf seinem Gesicht erschien ein schiefes Grinsen. Er war noch ziemlich jung, wahrscheinlich Anfang zwanzig und er wirkte in diesem Moment sehr ertappt.

»Oh«, machte er nur und ließ ihre Hand los.

»Und ja, ich habe einen Termin«, beantwortete Joselyn Marcos Frage. Als er sie weiterhin verständnislos anstarrte, beschloss sie dem Ganzen ein Ende zu setzen und ihm zu sagen, warum sie hier war.

»Ich bin hier wegen der freien Stelle, die Captain Brown ausgeschrieben hatte.«

»Freie Stelle?«, wiederholte er und sie trat nach vorne, legte ihm einen Finger unters Kinn und schloss ihm so den Mund. Sie hatte das Gefühl, dieser junge Mann war durch ihre Anwesenheit völlig aus dem Gleichgewicht geraten und sie konnte noch nicht einmal genau sagen, ob sie das Ganze amüsant oder lästig fand. Eine Weile blickten sie sich an, dann erwachte er aus seiner Lethargie und fragte:

»Sie meinen die Assistentenstelle, oder?« Er wirkte irgendwie unsicher.

»Ja genau die«, bestätigte sie schnell und überlegte, wie sie am besten aus der Situation fliehen konnte, aber da sie keine Ahnung hatte, wohin sie musste und weit und breit auch niemand anderes zu sehen war, hatte sie wohl keine andere Wahl, als diesem jungen Mann zu folgen.

»Tut mir leid, aber Sie sehen einfach nicht aus wie eine Assistentin«, meinte Rodriguez und lächelte sie wieder an.

»Nicht?«

»Nein, sie wirken eher wie ein Cop«, sagte er und fügte dann, als er Joselyns Gesicht sah, schnell hinzu:

»… aber ich kann mich auch täuschen.«

Joselyn war bei seinen Worten innerlich zusammengezuckt.

›Er täuscht sich nicht‹, schrie alles in ihr und sie verbot sich schnell, weiter darüber nachzudenken. Sie war hier, weil sie einen Job brauchte, egal welchen. Und dass dieser zufällig auf einer Polizeistation war, dafür konnte sie nichts. Schnell sagte sie:

»Doch sie täuschen sich.« Der junge Mann schaute sie noch einen Augenblick nachdenklich an. Dann sagte er in einem etwas versöhnlicherem Ton:

»Wenn sie wollen, bringe ich Sie hin.«

»Gern«, sagte Joselyn. Er drehte sich um und steuerte auf die breite Treppe zu, die sich in schier endloser Manier nach oben schlängelte.

›Wie um alles in der Welt konnte man in ein Polizeirevier eine Wendeltreppe einbauen?‹, fragte sie sich und hielt sich am Geländer fest, während sie sich darauf konzentrierte nicht umzuknicken. Sie zog ihre Tasche, deren Henkel über ihre Schulter gerutscht war, wieder nach oben und folgte Marco Rodriguez.

»Wieso haben Sie mir nicht gleich gesagt, dass Sie genau wissen, wer Captain Brown ist?«, fragte sie, während sie nach oben in den dritten Stock stiegen. Rodriguez zuckte die Schultern und meinte:

»Ich wollte wissen, wie gut Sie hier reinpassen.« Er zwinkerte ihr zu und Joselyn verdrehte die Augen. Sie begann diesen Kerl zu mögen und fühlte sich schon gar nicht mehr so fehl am Platz wie noch vor ein paar Minuten. Er ging weiter und sie folgte ihm.

»Warum nehmen wir nicht den Aufzug?«, fragte sie, als sie die erste Umdrehung in der Wendeltreppe geschafft hatten. Sie merkte, dass sie schon ein wenig aus der Puste war. Sie war es nicht mehr gewohnt, sich körperlich zu betätigen, seit man sie an den Schreibtisch verbannt hatte.

»Ist kaputt«, entgegnete Rodriguez und lief unbeirrt weiter.

»Scheint nicht das Einzige zu sein, was hier kaputt ist«, meinte sie und deutete auf einige Handwerker, die in den Fluren herumstanden und offenbar gerade die Fenster austauschten.

»Na ja, ist ein altes Gebäude und der Denkmalschutz hat uns ziemlich viele Auflagen aufgebrummt, so dass sie hier eigentlich niemals so wirklich fertig werden. Aber in gut zwei Wochen müssen sie es. Denn dann ist eine Einweihungszeremonie angesetzt.«

»Klingt als wären Sie ziemlich begeistert«, sagte Joselyn und Rodriguez zuckte nur mit den Schultern und grinste. Jetzt war sein Lächeln plötzlich gar nicht mehr so schüchtern und Joselyn begann ihn ein wenig genauer zu betrachten. Er hatte weiße Zähne und einen hübschen Mund, schwarze Haare und grüne Augen. Er entsprach so gar nicht ihrem Männertyp und dennoch hatte er etwas, was sie faszinierte. Wahrscheinlich lagen ihm sämtliche Frauen von San Diego zu Füßen und wenn sie einige Jahre jünger gewesen wäre, dann hätte er sicherlich auch bei ihr punkten können. Doch da sie keinesfalls an einer Beziehung interessiert war, hoffte sie in ihm einfach einen guten Kollegen zu finden.

»Verstehe, dann ist es ja nicht anders als bei mir in New York. Wir haben letzten Winter mit Ölradiatoren dagesessen, weil sie es einfach nicht gebacken gekriegt haben, die verdammte Heizung zu reparieren.«

»Das wird Ihnen hier nicht passieren. In San Diego sind Schnee und Kälte eher Mangelware.«

»Hab ich schon bemerkt«, sagte sie und grinste.

»Kommen Sie, Davis. Hier ist es.« Er benutzte ihren Nachnamen, als wäre es die normalste Sache der Welt sich so anzureden und sie akzeptierte es.

Sie blieben vor einer Flügeltür stehen, auf der ein goldenes Schild mit der Aufschrift »INVESTIGATIONS« stand und Rodriguez öffnete sie beschwingt. Sie traten ein und Joselyn war augenblicklich erschlagen von den Eindrücken dieses Raumes. Er war ebenso hoch wie die Halle im Erdgeschoss und es herrschte hektisches Treiben. Sie sah viele Mitarbeiter und Mitarbeiterinnen, mit und ohne Uniformen, die geschäftig hin und her liefen und sie nicht weiter beachteten. In der Mitte des Raumes standen mehrere Schreibtische, lediglich getrennt durch große Pflanzen, die wohl als Raumteiler fungieren sollten. Ein großer Flatscreen hing an der Wand. Davor standen ein paar Tische mit Computertastaturen und anderem Hightechspielzeug, was sie nicht identifizieren konnte.

Sie schaute nach links und erkannte eine abgeteilte Ecke, in der offensichtlich der Pausenraum zu sein schien. Sie sah zwei Sofas, einen Tisch und einen Schrank, auf dem eine Kaffeemaschine stand. Außerdem konnte sie einen Kühlschrank ausmachen. Am gegenüberliegenden Ende waren drei Zimmer, deren Wände aus Glas bestanden. Allerdings waren im Inneren Jalousien angebracht, um den Besuchern bei Bedarf die Sicht hinein zu versperren. Zwei der Türen standen offen, die dritte, mittlere, war geschlossen und man konnte darin eine sehr attraktive Frau in High Heels und Kostüm hin und her spazieren sehen. Sie hatte ein Telefon in der Hand und schien sehr aufgeregt zu sein. Zumindest gestikulierte sie in einer sehr übertriebenen Art und Weise.

»Also, Davis …«, begann Rodriguez nun. »Captain Brown ist da drin. Ich denke, wir sollten sie im Moment wohl eher nicht stören.« Er deutete auf das Zimmer in der Mitte.

»Das ist Captain Brown?«, fragte Joselyn und deutete mit dem Daumen in Richtung Büro.

»Ja, wen hatten Sie denn erwartet?«, fragte Marco.

»Ähm … eigentlich …«, begann Joselyn zu stottern.

»Ich wette, sie hat nicht damit gerechnet, dass der Captain eine Frau ist.« Eine dunkle Stimme ließ Joselyn aufhorchen und sie drehte sich herum. Rodriguez' Gesicht wurde weich und er begann zu lächeln.

»Hey Rodriguez, wer ist diese schöne junge Frau an deiner Seite?«, sprach die dunkle Stimme weiter.

»Joselyn Davis.« Joselyn hob ihre Hand und reichte sie dem älteren Mann, der soeben zu ihnen getreten war. Er hatte einen schon etwas in die Jahre gekommenen Anzug an, dazu trug er dunkle Schuhe, die wie Speckschwarten glänzten, und hatte eine korrekt sitzende Krawatte um, was bei den Temperaturen fast an Selbstmord grenzte. Ihn jedoch schien es nicht zu stören. Er strahlte Souveränität und ein gewisses Maß an Kühle aus, was wohl an seinem Alter liegen musste.

»Joselyn Davis und weiter?«, fragte der ältere Mann zurück.

»Ähm?« Sie starrte ihn an und er schaute sehr ernst. Rodriguez neben ihr grinste und mit einem Mal hatte sie das Gefühl angekommen zu sein. »Ich bin die neue Assistentin von Captain Brown, der Frau, von der ich dachte, dass sie ein Mann ist«, sagte Joselyn schließlich langsam und bemühte sich um ein Lächeln. Der ältere Mann begann nun ebenfalls zu lächeln und hob seine Hand.

»Sie sehen gar nicht aus wie eine Assistentin, Davis.«

»Ach nein?«, entgegnete sie.

›Konnte es sein, dass hier jeder Bescheid wusste?‹

Sie verwarf den Gedanken und drückte stattdessen seine Hand.

»Und Sie sind?«

»Detective David Smith.«

»Angenehm Mr. Smith.«

»Ach nennen Sie mich David oder Dave. Das tun sie alle. Ich nehme an, so groß ist unser Altersunterschied gar nicht.« Er zwinkerte ihr zu und sie musste lachen. Er war mindestens 55, sie 34, also steckten mehr als zwanzig Jahre zwischen ihnen.

»Okay David, nennen Sie mich Joselyn.«

»Mit dem größten Vergnügen. Ehrlich gesagt bin ich froh, dass Sie hier sind«, flüsterte David in einem verschwörerischen Ton.

»Ach ja?«, fragte Joselyn und blickte wieder neugierig in Richtung des Büros von Captain Brown.

»Ja, Claire könnte wirklich ein wenig Hilfe gebrauchen. Sie ist eine Chaotin und ich denke, eine zweite weibliche Person hier oben könnte der Struktur ziemlich nützlich sein.«

Joselyn sah wie Rodriguez die Augen verdrehte und machte sich eine gedankliche Notiz, bloß vorsichtig zu sein. Sie hatte absolut keine Ahnung, wie sie die Leute hier einschätzen sollte und sie wollte auf keinen Fall gleich in sämtliche Fettnäpfchen treten, die sie finden konnte.

»Wie groß ist denn das Team?«, wollte sie wissen.

»Na ja, da wären wir beide …« Er zeigte auf sich selbst und Marco. »Eric Coleman, sein Partner Nicklas Masterson, Claire Brown, obwohl man Claire eigentlich außen vor lassen müsste, weil sie die Chefin ist. Oftmals haben wir noch Verstärkung von Caroline Wilkes und ein paar anderen aus der Computerabteilung, aber unsere Superhirne machen meistens ihr eigenes Ding. Und leider verschlägt es uns auch allzu oft in die Autopsie, Na ja … damit werden Sie als Claires Assistentin nicht allzu viel zu tun haben … nehme ich an«, erklärte David und sie nickte.

»Wo kann ich denn warten, bis der Captain endlich fertig ist?«, fragte Joselyn und trat von einem Bein aufs andere. Es war ihr peinlich, dass ihr Termin eigentlich schon vor fünf Minuten begonnen hatte und sie es noch nicht einmal geschafft hatte, bis ins richtige Büro vorzudringen. Aber solange der Captain beschäftigt war, hatte sie ohnehin keine Wahl.

»Am besten da hinten in der Aufenthaltsecke«, meinte Marco und deutete in Richtung der zwei Sofas.

»Machen Sie es sich bei einem Kaffee gemütlich. Die Kaffeemaschine ist einfacher zu bedienen, als sie aussieht ...«, sagte David und zog dann Marco Rodriguez am Arm. »... aber erwarten Sie ja nicht zu viel. Das Zeug ist gewöhnungsbedürftig.«

»Danke«, sagte Joselyn und wollte sich gerade umdrehen, als David sie noch einmal aufhielt.

»Was machen Sie heute Abend, Davis?«

»Wie meinen Sie das?«, fragte Joselyn und schaute David leicht misstrauisch an.

»Keine Angst ... ich wollte Ihnen nur sagen ... wir sind oft nach der Arbeit noch im JUCE unten am Strand. Das ist eine kleine Bar ohne viel Schnickschnack. Wenn Sie also Lust und Zeit haben, dann kommen Sie doch einfach hin und ich spendiere Ihnen einen Drink. Jetzt müssen wir leider los, wir haben einen Fall.« David schenkte ihr ein aufrichtiges Lächeln und schob dann seinen Partner vor sich her in Richtung Ausgang.

»Ich werde es mir überlegen«, rief Joselyn den beiden Männern hinterher.

»Überlegen Sie nicht zu lange Davis, die Margheritas sind saulecker.«

Joselyn lächelte, als sie David und Marco nachschaute, wie sie beinahe im Gleichschritt zur Tür hinausmarschierten. Sie schüttelte den Kopf und musste sich erst einmal einen Augenblick sammeln, bevor sie, nicht ohne noch einen Blick ins Büro der Chefin zu riskieren, ihre Tasche nahm und in den Aufenthaltsbereich ging.

Sie stellte die Tasche auf eines der Sofas und drehte sich dann zur Kaffeemaschine um. Sie schaute auf das Ding und hatte absolut keine Ahnung, wie sie es bedienen sollte. Es war eine moderne Maschine mit etlichen Hebeln und Knöpfen und sie hatte noch nicht einmal den Hauch einer Ahnung, unter welchen Hahn sie die Tasse, die sie auf einem Regal an der Wand gesehen hatte, stellen sollte.

»Gar nicht so leicht, was?«, wurde sie auf einmal von hinten angesprochen und sie drehte sich erschrocken um. Vor ihr stand ein Mann ungefähr in ihrem Alter, groß, schlank und an den richtigen Stellen muskulös. Er trug verwaschene Jeans und ein rotes T-Shirt, dazu dunkle Schuhe und einen armeegrünen Rucksack, den er lässig über seine linke Schulter gehängt hatte. Einen Daumen hatte er unter den Riemen geschoben und die andere Hand steckte in seiner Hosentasche. Sie hob den Blick und sah ihm ins Gesicht, welches von einem gepflegten Dreitagebart gekennzeichnet war. Und dann schaute sie in die blauesten Augen, die sie jemals in ihrem Leben gesehen hatte. Sie konnte nicht sagen warum, aber mit einem Mal hatte sie das Gefühl, die Welt würde stillstehen und sie wäre nur noch ein winziges Teilchen, welches nicht so genau wusste, was es hier tat. Eine Weile starrte sie ihn an und er starrte zurück, ein schiefes Grinsen auf dem Gesicht, was ihn sehr, sehr anziehend machte.

›Stopp!‹, schalt sie sich. ›Du findest ihn auf keinen Fall anziehend. Er ist nur ein Typ.‹ Doch sie konnte nicht verhindern, dass sie ihn weiterhin ungeniert anblickte.

Schließlich erwachte sie aus ihrer Apathie und sagte:

»Ich versuche gerade herauszufinden, welchen Hebel ich gefahrlos drücken kann, ohne hinterher duschen gehen zu müssen.« Sie biss sich auf die Lippen. Sie spürte, wie ihr das Blut ins Gesicht schoss und sie verlegen machte.

»Das versuche ich auch jeden Tag aufs Neue«, entgegnete er und sein unverschämtes jungenhaftes Grinsen wurde noch breiter. Es bescherte ihr sofort weiche Knie. So etwas hatte sie lange nicht mehr erlebt.

Ihr Mund wurde trocken und sie sehnte sich nun wirklich nach einem Kaffee.

»Und? Wie lange wird das noch dauern?«, fragte sie dann und verschränkte die Arme vor der Brust.

›Wo war das denn hergekommen?‹, fragte sie sich. Sarkasmus war in letzter Zeit nicht gerade ihr Steckenpferd gewesen, aber er schien irgendetwas in ihr auszulösen, was sie so sprechen ließ.

»Punkt für Sie«, sagte er, ließ seinen Rucksack auf den Boden gleiten und nahm eine Tasse vom Regal. Dann stellte er sie unter den linken Hahn und betätigte ein paar Knöpfe. Die Maschine erwachte zum Leben und knarrte fröhlich vor sich hin. Sie sahen beide schweigend der schwarzen Flüssigkeit zu, die nach ein paar Sekunden in die Tasse floss und genossen für einen Augenblick die Stille, die um sie herum entstanden war.

Als die Tasse voll war, nahm er sie unter dem Hahn weg und reichte sie ihr.

»Wie mögen Sie es?«, fragte er und schaute sie wieder mit diesem Blick an.

»Wie bitte?«, fragte sie irritiert und merkte, dass ihre Stimme zitterte. Bildete sie sich das nur ein oder lag hier eine gewisse Spannung in der Luft?

»Ihr Getränk«, meinte er und deutete auf die Tasse. Dann stellte er eine zweite in die Maschine und drückte wieder den Go-Knopf.

»Ähm … Milch, keinen Zucker«, stammelte sie.

»Milch ist im Kühlschrank.« Er zeigte auf das schwarze Ungetüm hinter ihr und sie drehte sich um, öffnete die Tür und schaute hinein.

»Rechte Seite, unten. Sie können meine nehmen. Steht ein großes Eric drauf.«

Sie schaute nach unten und fand, was sie suchte. Sie nahm die Milchpackung heraus und goss sich einen großen Schluck ein. Dann hielt sie die Packung nach oben und schaute ihn fragend an.

»Viel bitte.« Er hielt ihr seine Tasse hin und sie goss ihm Milch in seinen Kaffee.

»Offenbar haben wir schon eine Gemeinsamkeit entdeckt?«, sagte er und pustete leicht in seinen Kaffee hinein.

»Ach ja? Die Vorliebe für blonden Kaffee?«, fragte sie und biss sich auf die Zunge.

Er hob eine Augenbraue und sie starrte ihn an. Sie hatte weißen Kaffee sagen wollen, hatte aber in dem Moment auf seine Haare gestarrt, die so blond wie Weizen waren und in wilden Locken um seinen Kopf herumstanden.

»Manchmal genieße ich ihn allerdings auch dunkel«, meinte er leichthin und sie kam nicht umhin sich ihre Haare, die so dunkel wie Kaffee waren, aus dem Gesicht zu streichen. Hatte sie nur das Gefühl oder war es hier wirklich extrem warm? Sie wünschte sich zurück ins kühle New York. Dieser Ort war eindeutig einen Tick zu heiß.

»Sie sind also Eric?«, fragte sie, um das Thema wieder in eine unverfängliche Richtung zu lenken.

»Detective Eric Coleman.« Er hob seine Hand und sie drückte sie, spürte seine raue Handfläche und zog die ihre hastig wieder zurück.

»Angenehm«, sagte sie und trank noch einen Schluck Kaffee, schaute über den Rand ihrer Tasse und suchte nach seinen blauen Augen.

»Und Sie sind?«, fragte er zurück.

»Joselyn Janna Davis. Sie können Davis sagen.« Sie fragte sich, warum sie ihm ihren zweiten Vornamen, den sie eigentlich hasste, ebenfalls genannt hatte und konnte es nicht sagen. Ihr wurde wieder heiß und sie trank schnell einen weiteren Schluck. Er nickte und die Stille, die nun für kurze Zeit wieder zwischen ihnen entstand, war fast schon unheimlich. Nachdem er sie noch einmal ausgiebig betrachtet hatte, sagte er schließlich:

»Das ist mir zu kompliziert, Joselyn Janna Davis. Ich glaube, ich werde Sie einfach Jo nennen.«

Sie hätte schwören können, dass er sie gerade aufzog, aber er schaute sie fast schon ernst an. Sie wollte etwas erwidern, hatte aber keine Chance.

»Eric« Er fuhr herum und suchte nach der Person, aus deren Mund soeben sein Name erklungen war. Die Frau, die Joselyn bereits in dem mittleren Büro hatte sehen können, war auf sie zu gekommen und hatte die Hände in die Hüften gestemmt.

»Claire«, sagte er und straffte die Schultern. Eine Geste der Verlegenheit, wie Joselyn fand.

»Ich sehe, du hast dich mit meiner neuen Assistentin schon ein wenig angefreundet.« Sie legte Eric eine Hand auf den Arm und schaute ihn abwartend an.

»Deine neue was?« Eric schaute Joselyn fragend und ziemlich verwundert an.

»Assistentin«, antwortete Claire kühl und wandte sich dann an Joselyn.

»Ist das dein Ernst?«, fragte er und schüttelte den Kopf. Joselyn wusste nicht genau, was sie davon halten sollte und wich ein wenig zurück.

»Mein voller Ernst«, entgegnete Claire und gab Joselyn die Hand.

»Also Miss Davis. Ich bin Claire Brown.«

Joselyn nickte ihr zu und versuchte dabei, Erics Blick auszuweichen.

»Ich wollte schon vor ein paar Minuten zu Ihnen, aber Sie waren gerade noch beschäftigt«, stotterte Joselyn leicht verlegen und stellte schnell ihren Kaffee beiseite. Es war ihr unangenehm, dass ihre neue Chefin sie zuallererst bei einer Pause erwischte.

»Keine Sorge. Kommen Sie einfach in mein Büro, wenn Sie ihren Kaffee ausgetrunken haben. Und du Eric, was treibst du noch hier? Du wirst an einem Tatort erwartet. Nicklas wartet schon auf dich.« Damit drehte sie sich um und marschierte zu ihrem Büro zurück.

Eric schaute ihr kurz nach, bevor er sich wieder an Joselyn wandte. Sein Blick war nicht mehr ganz so verschmitzt wie noch vor ein paar Minuten, als sie sich kennen gelernt hatten, aber er wirkte dennoch freundlich.

»Warum sind alle so von der Tatsache geschockt, dass ich Claires Assistentin werde?«, fragte Joselyn nun direkt.

»Weil Sie überhaupt nicht wie eine Assistentin wirken, Jo«, antwortete er ebenso direkt.

»Ach nein?«

»Nein.«

»Wie dann?«, fragte sie ihn und er musterte sie erneut.

»Das erzähle ich Ihnen später. Ich muss jetzt los …« Damit stellte er seine Kaffeetasse in den Geschirrspüler und hob seinen Rucksack auf.

»Okay, dann geh ich mal zu Captain Brown.« Joselyn nahm ihre Tasche und Eric trat beiseite, um sie durch zu lassen. Als sie an ihm vorbei war, hielt er sie noch einmal auf, indem er sagte:

»Ein Tipp noch, bevor Sie da hineingehen, Jo.«

Sie drehte sich zu ihm um und schaute ihn an.

»Lassen Sie mich raten, ich soll mich ja nicht an einer der anderen Milchtüten im Kühlschrank vergreifen, sondern mir eine eigene mitbringen?«

Er hob eine Augenbraue.

»Punkt für Sie, Jo, aber ich meine noch was Anderes.«

»Ach ja?«

»Sie sollten Claire keine Konkurrenz machen in Sachen Outfit und so. Da kann sie ziemlich zickig werden.«

Sie starrte an sich hinunter und strich wie automatisch ihren Rock und die Bluse glatt. Als sie wieder aufschaute, sah sie, wie Eric hinter vorgehaltener Hand grinste und sich schnell entfernte. Sie merkte, wie ihr die Wut ins Gesicht stieg und sie ballte die Hände zu Fäusten. So anziehend wie sie diesen Mann fand, so ein Ekel schien er zu sein.

»Danke für den Kaffee«, rief sie ihm nach und ihr Tonfall war längst nicht mehr so nett wie noch vor ein paar Minuten. Ihr Blick hatte etwas Feindseliges, als sie nun zum Büro von Captain Claire Brown ging.

Kapitel 2

San Diego, Donnerstag 10. November

»Okay Miss Davis, machen Sie Schluss für heute«, sagte Claire und klappte den Ordner, den Joselyn ihr gebracht hatte, zu.

»Aber es ist noch über eine Stunde bis zum Feierabend«, protestierte sie.

»Sie haben bis jetzt sehr gute Arbeit geleistet, Joselyn. Die Vorbereitungen für das Fest scheinen Sie gut im Griff zu haben. Und ich möchte mir diesen Ordner in Ruhe anschauen. Wir treffen uns morgen früh um neun Uhr zu einer Lagebesprechung hier in meinem Büro.« Claires Stimme war fest.

»Aber …« Joselyn war es nicht gewohnt, dass man ihr Komplimente machte und sie war es nicht gewohnt, vor der Zeit nach Hause zu gehen. Dort wo sie herkam, waren Überstunden an der Tagesordnung gewesen und oftmals hatte sie ihre Pläne im Laufe eines Tages mehrfach ändern müssen.

»Kein Aber, Joselyn. Wenn Sie sich besser fühlen, dann gehen Sie meinetwegen noch in den Fitnessraum bis der offizielle Feierabend eingeläutet wird. Und bevor Sie fragen, ja, alle Mitarbeiter hier dürfen diesen während der Arbeitszeit drei Stunden pro Woche nutzen. Ich lege sehr viel Wert auf die Fitness meiner Leute.«

»Okay. Wo finde ich ihn?«, fragte Joselyn, der dieses Privileg ziemlich gefiel. Während ihrer Freizeit kam sie eher selten dazu Sport zu treiben.

»Erdgeschoss, ganz hinten.«

»Danke und schönen Feierabend.« Joselyn stand auf und verabschiedete sich von Claire. Diese schaute ihrer neuen Mitarbeiterin hinterher, wie sie eilig ihr Büro verließ. Dann nahm sie den Telefonhörer von der Gabel und drückte die Kurzwahltaste mit der Nummer eins.

»Hey George, wie geht's?«, fragte sie die Person am anderen Ende der Leitung.

»Danke George, mir geht's auch gut. Sag mal, kannst du vielleicht jemanden für mich überprüfen?«

Claire wickelte die Schnur des Telefonhörers um ihren rot lackierten Zeigefinger.

»Ja genau, den Background, die letzten zehn Jahre. Familie, Kollegen, finanzielle Hintergründe. Das Standardprogramm.« Claire ließ die Schnur zurückschnappen und fuhr sich stattdessen durch ihre perfekt gestylten blonden Haare.

»Ich danke dir George. Bis bald. Ja, melde dich, wenn du was hast.« Damit legte sie auf und blickte nachdenklich auf ihre Hände.

***

Joselyn hatte keine Mühe den Fitnessraum zu finden, war er doch mehrfach ausgeschildert.

›Wenn doch nur alles so fein säuberlich beschriftet wäre‹, dachte sie. Dann hätte sie sich so manche Suchorgie in den letzten Tagen sparen können. Sie machte sich eine gedankliche Notiz, dies einmal bei nächster Gelegenheit bei Claire anzusprechen. Immerhin gehörte die Ordnung in diesem Haus durchaus zur Stellenbeschreibung einer Assistentin, wie sie fand.

Sie betrat die Umkleidekabine und war froh darüber niemanden vorzufinden. Sie hatte sich schnell aus dem Auto ihre Turnschuhe geholt, die sie dort immer für den Fall, sie wolle einmal spontan an den Strand, gebunkert hatte. Aus dem Pausenraum hatte sie eine Flasche Wasser mitgenommen und stellte nun erleichtert fest, dass es hier sogar Handtücher gab. Sie nahm sich eins von dem kleinen Stapel im Regal an der Wand und setzte sich auf eine der Bänke. Sie knöpfte ihre Bluse auf und zog sie aus. Darunter trug sie ein schwarzes Top. Sie hatte keine Sporthose dabei, also krempelte sie die Beine ihrer weiten Stoffhose kurzerhand nach oben und knöpfte die kleine Lasche, die im Inneren der Hosenbeine angebracht war, an dem dafür vorgesehenen Knopf fest. Wieder einmal dankte sie ihrem Sinn für Praktikabilität und hängte sich das Handtuch über die Schultern. Schließlich band sie ihre Haare zu einem Pferdeschwanz und öffnete die Tür zur Sporthalle. Sie war leer. Erleichtert atmete sie aus, lief dann langsam zu einem der Laufbänder und stellte ihre Flasche Wasser auf den Boden.

»Hi.«

Erschrocken fuhr Joselyn herum und stieß dabei die Flasche um, die polternd über den Boden kullerte.

»Eric«, rief sie und hielt sich eine Hand vor die Brust.

»Tut mir leid. Ich wollte Sie nicht erschrecken, Jo«, sagte er ernst, doch um seine Lippen spielte ein verschmitztes Lächeln.

»Ja klar«, kommentierte Joselyn seinen Satz und stellte die Flasche wieder aufrecht hin. In diesem Moment war sie echt dankbar für Plastikflaschen. Eine Glasflasche wäre mit Sicherheit in tausend Teile zersprungen.

»Hat Claire Sie etwa schon gehen lassen?«, erkundigte sich Eric freundlich und setzte sich dann auf die Hantelbank, die neben Joselyns Laufband stand. Er war offensichtlich schon eine Weile am Trainieren, denn sein Shirt war vorn und hinten schweißdurchtränkt und seine Haare kräuselten sich im Nacken. Er hatte sich ebenfalls ein Handtuch über die Schultern gehängt und nahm nun einen Zipfel, um sich damit übers Gesicht zu wischen.

»Ja, wir haben für heute Schluss gemacht. Die Vorbereitungen für das Einweihungsfest laufen gut und es war nichts weiter zu tun.« Joselyn begann wieder einmal zu plappern, um ihre Verlegenheit zu überspielen. Eigentlich ging es Eric nichts an, warum und wann sie sich hier im Fitnessraum einfand.

»Trainieren Sie oft?«, fragte er weiter und Joselyn fühlte sich von ihm beobachtet. Seine Augen musterten sie eingehend und Joselyn bekam eine Gänsehaut, wie jedes Mal in seiner Nähe. Was war das nur, was er in ihr auslöste? Sie kam einfach nicht dahinter.

»Früher mal«, antwortete sie und stellte dann Zeit und Geschwindigkeit an ihrem Laufband ein. Immerhin hatte sie noch nicht verlernt, wie man diese Dinger bediente.

»Ich genieße die paar Stunden, in denen ich mich so richtig verausgaben kann, wo ich an nichts denken muss und hinterher einfach nur körperlich ausgelaugt bin«, meinte Eric und trank einen Schluck aus seiner eigenen Wasserflasche, bevor er sich rücklings auf die Hantelbank fallen ließ. Joselyn, die inzwischen begonnen hatte zu laufen, versuchte ihn zu ignorieren und sich auf ihre Schritte zu konzentrieren.

›Eins, zwei, eins, zwei‹, zählte sie im Geiste mit und hoffte, sie könne seinen Bizeps und seine strammen Waden irgendwie aus ihrem Kopf bekommen. Sie fand ihn attraktiv. Auch in normaler Kleidung war er schon außergewöhnlich anziehend, aber in seiner

Turnhose und dem Achselshirt wirkte er noch um einiges männlicher. Joselyn biss sich auf die Lippen und während sie weiterhin ihr Mantra wiederholte, kam auch sie langsam ins Schwitzen.

»Sie sind heute nicht sehr gesprächig, Miss Davis«, sagte Eric, griff sich zwei der kleineren Hanteln und bewegte diese dann langsam hoch und runter. Es sah für Joselyn ziemlich leicht und geschmeidig aus.

›Du wirst ihn nicht beobachten!‹, schalt sie sich.

›Du findest ihn keinesfalls attraktiv!‹, sagte sie sich innerlich, doch weder ihr Kopf noch ihr Herz hielten sich an ihre Vorgaben. Sie schluckte, als er jetzt die Position wechselte und sie das Spiel seiner Muskeln noch deutlicher wahrnehmen konnte.

»Ich versuche mich auf meine Schritte zu konzentrieren und möglichst kein Seitenstechen zu bekommen, Mr. Coleman«, entgegnete sie ein wenig zu bissig. Er machte sie nervös, wie er da so neben ihr lag und sie versuchte einfach nur geradeaus zu schauen, was ihr aber nur mittelmäßig gelang. Immer wieder fiel ihr Blick auf ihn und brachte sie durcheinander.

»Vielleicht haben Sie mal Lust mit mir zusammen Joggen zu gehen?«

»Ich fahre eigentlich lieber Rad«, meinte Joselyn und stellte die Geschwindigkeit ein wenig nach oben.

»Oh, auch kein Problem. Im Rad fahren bin ich wirklich gut.« Eric setzte sich auf und begann nun, die Hanteln in Richtung seines Oberkörpers heranzuziehen und wieder wegzuschieben. Joselyn schloss die Augen.

»Das kann ich mir vorstellen«, murmelte sie und Eric runzelte die Stirn. Sie konnte nicht erkennen, ob er mit ihr spielte oder was er eigentlich vorhatte. Er wirkte einerseits sehr souverän, andererseits undurchschaubar. Eine fatale Mischung.

»Also, wie sieht's aus?«, fragte er und riss sie damit aus ihren Gedanken.

»Wie sieht was aus?« Joselyn merkte, wie ihr langsam der Schweiß über den Rücken lief.

»Rad fahren, wir beide. Vielleicht nächsten Samstag? Ich zeige Ihnen die Strandpromenade.« Auf seinem Gesicht erschien ein ehrliches Lächeln und er schaute sie erwartungsvoll an, während er weiter mit seinen Hanteln trainierte, als wäre nichts weiter dabei.

»Soll das eine Verabredung werden?«, fragte Joselyn und kämpfte tapfer weiter. Eric legte seine Hanteln beiseite und wischte sich wieder mit seinem Tuch übers Gesicht, bevor er aufstand und neben sie trat.

»Nein, Jo. Ich versuche wirklich nur nett zu Ihnen zu sein. Neue Stadt, neue Kollegen, neue Freunde?«, zählte er auf.

»Tut mir leid, Eric. Samstag kann ich nicht.«

»Kein Problem, dann ein andermal. Ach übrigens, meine Freunde nennen mich Cole.«

Er bedachte sie noch ein letztes Mal mit diesem leuchtenden Blick und diesem Lächeln, was ihre Beine schwach machte, dann ging er in die Herrenumkleidekabine und war verschwunden. Joselyn, die vergessen hatte weiterzulaufen, rutschte vom Laufband und konnte gerade noch verhindern, dass sie hinfiel. Sie hielt sich an der Armstütze fest und schaute ihm nach.

»Ja, vielleicht ein anderes Mal, Cole«, flüsterte sie und drückte dann ein paar Tasten auf ihrem Laufband, um den Countdown erneut zu starten.

Kapitel 3

San Diego, Samstag 19. November

»Tolle Party.« Joselyn drehte sich herum und schaute Eric an, der zusammen mit seinem Partner Nicklas zu ihr getreten war. Sie war sich nicht ganz sicher, ob er seine Worte ernst meinte oder ob er sie gerade aufzog und das machte sie zu ihrem Erstaunen irgendwie wütend. Sie war nun gute zwei Wochen in San Diego und jede Begegnung mit Eric verlief beinahe auf die gleiche Art und Weise. Sie trafen irgendwo aufeinander und dann war da dieses Knistern. Oftmals machte er dann irgendeine Bemerkung, gegen die Joselyn nicht ankam oder von der sie nicht wusste, wie sie sie deuten sollte. Meist entwickelte sich ein Wortgefecht, aber oft starrten sie sich einfach nur an.

Joselyn hatte inzwischen mitbekommen, dass er sie heimlich beobachtete und das konnte sie ihm nicht einmal verübeln, denn sie tat es umgekehrt bei ihm genauso. Es war merkwürdig, aber er übte eine Anziehung auf sie aus, die sie schon lange nicht mehr erlebt hatte und die sie eigentlich auch nicht wollte. Aber es war schwer, ihm aus dem Weg zu gehen, zumal sie irgendwie doch zusammen arbeiteten.

Sie seufzte und versuchte sich auf ihre eigentliche Aufgabe zu konzentrieren. Ihr erster Job als Claire Browns Assistentin war es gewesen, das Einweihungsfest für das kürzlich umgebaute und frisch renovierte Polizeigebäude, in dem sie nun arbeitete, zu organisieren und sie war schon ein wenig stolz auf ihren Erfolg. Sie hatte viel Arbeit und Nerven in dieses Projekt gesteckt und das nicht zuletzt, weil sie einen guten ersten Eindruck bei ihrer Chefin hinterlassen wollte. Deswegen wurmte es sie, dass Eric so lapidar von einer Party sprach, als wäre das hier irgendein spontan organisiertes Zusammentreffen. Sie funkelte ihn an und meinte dann trocken:

»Das ist ein Empfang, keine Party, aber da Sie keine Ahnung von guten Events zu haben scheinen, lasse ich es Ihnen mal durchgehen.«

»Oh, tut mir leid, ich wollte nicht unhöflich sein«, entgegnete Eric und hob die Hände. Es klang beinahe wie eine aufrichtige Entschuldigung, aber in seinen Augen blitzte es dabei verdächtig und Joselyn hatte wieder einmal das Gefühl, sich verteidigen zu müssen.

»Sind Sie doch nie«, meinte sie und presste die Lippen aufeinander.

»Autsch«, sagte er leise und auf seinem Gesicht breitete sich wieder dieses Grinsen aus, was sie beinahe wahnsinnig machte. Er hatte sich, genau wie alle anderen, schick gemacht und trug einen dunklen Anzug und eine Krawatte. Joselyn musste zugeben, dass ihm dieses Outfit außerordentlich gut stand, fast so gut wie seine Sportkluft, in der sie ihn im Fitnessraum gesehen hatte. Seine kräftigen Oberarme und der breite Rücken konnten nicht durch das Sakko verdeckt werden und ließen ihn ziemlich männlich erscheinen. Seine Haare waren ausnahmsweise einmal ordentlich gekämmt und er hatte sie mit ein wenig Gel zur Seite gestrichen, so dass man seine Stirn sehen konnte, die ein paar kleine Fältchen aufwies. Es machte ihn nur noch interessanter und das ärgerte Joselyn umso mehr. Sie wollte ihn nicht interessant finden, aber verhindern konnte sie es auch nicht.

Als sie merkte, dass sie ihn schon wieder zu lange anstarrte, drehte sie schnell den Kopf beiseite und wandte sich an Nicklas.

»Da drüben gibt es Getränke und etwas zu Essen. In zehn Minuten startet die Zeremonie.«

»Danke Ihnen Joselyn. Ich bin sicher, Claire weiß das hier alles zu schätzen«, meinte Nicklas und deutete um sich herum. Joselyn lächelte ihn an und musste zugeben, dass ihr Nicklas im Moment sympathischer war als Eric, obwohl Nicklas etwas an sich hatte, was ihr merkwürdig vorkam. Er wirkte meist unnahbar und dennoch lieb, er machte niemals irgendwelche anzüglichen Bemerkungen oder kam ihr zu nahe. Man konnte ihn nur mögen und doch war er, im Gegensatz zu seinen anderen männlichen Kollegen, irgendwie anders. Joselyn konnte nicht genau sagen, was ihn anders machte, doch sie war sich sicher, dass sie es noch herausfinden würde.

»Na ja, für meinen Geschmack hätte diese Feier auch ein bisschen weniger extravagant sein können«, meinte Eric und zupfte an seiner Krawatte herum.

»Claire hat darauf bestanden, dass die Presse da ist und so mussten wir dem Ganzen ein wenig Glanz verleihen«, entgegnete Joselyn.

»Dazu hätten Sie nicht diese Party organisieren müssen, Miss Davis«, sagte Eric und sein Blick blieb an ihrem Kleid hängen.

»Es …«

»… ist keine Party, ich weiß«, vollendete er ihren angefangenen Satz und Nicklas verdrehte die Augen. In dem Moment steuerte Claire auf sie zu und drängelte sich zwischen Joselyn und Eric, was Joselyn ein wenig irritierte. Claire hatte ein Glas Sekt in der Hand und schaute sich immer wieder nervös um.

»Alles okay mit dir, Claire?«, fragte Eric und legte Claire dann in einer zutraulichen Geste eine Hand auf die Schulter.

»Alles bestens. Nur ein wenig nervös.« Claire trank einen Schluck und lächelte Eric dann hilfesuchend an.

»Du hast deine Rede doch tausend Mal geübt, oder?«

»Sicherlich, aber du kennst mich doch.«

»Eben. Du wirst die Ruhe in Person sein, sobald du da oben stehst und die Scheinwerfer auf dich gerichtet sind.«

»Und bis dahin?«

»Bis dahin lenke ich dich noch ein wenig ab. Entschuldigt mich«, sagte er an Joselyn und Nicklas gewandt und schob Claire schließlich in Richtung Bühne davon. Joselyn beobachtete, wie die beiden die Köpfe zusammensteckten und über irgendetwas lachten. Eric hatte offensichtlich einen Witz gerissen und Claire somit ihr Lampenfieber genommen.

»Was war das denn?«, fragte sie an Nicklas gewandt, der nur mit den Schultern zuckte.

»Fragen Sie nicht«, meinte er und schnappte sich ein Glas von einem der Tabletts, welche von mehreren Kellnern permanent durch die Gegend getragen wurden.

»Jetzt machen Sie mich neugierig.« Joselyn stemmte die Hände in die Hüften und schaute Nicklas fragend an. Dieser holte schnell tief Luft und sagte:

»Oh das, also … die beiden sind nur gute Freunde.«

»Schon klar«, sagte Joselyn und ihre Stimme triefte nur so vor Sarkasmus. Sie konnte nicht genau sagen, warum ihr diese Information einen Stich versetzte, aber sie tat es, obwohl sie absolut kein Recht besaß sich irgendwo einzumischen.

»Soll ich Sie vielleicht miteinander verkuppeln?«, fragte Nicklas und in seiner Stimme lag etwas, was Joselyn nicht deuten konnte.

»Wie bitte?«, fragte sie und merkte, wie ihr heiß wurde.

»Na offensichtlich mögen Sie ihn, obwohl er schon ziemlich eklig sein kann.« Er deutete nach hinten in Richtung Eric.

»Ich mag ihn nicht. Er ist ...« Joselyn suchte nach den richtigen Worten.

»Er ist Eric, ich weiß«, meinte Nicklas und legte dann eine Hand auf ihre Schulter.

»Keine Angst Joselyn, ich werde es nicht tun.«

»Was?«, fragte sie.

»Sie mit ihm verkuppeln ... jedenfalls noch nicht.«

Er zwinkerte ihr zu.

»Ich bin an keiner Beziehung interessiert«, setzte Joselyn nach.

»Okay.« Nicklas hob die Hände und meinte dann: »Sie gefallen mir Schätzchen, echt. Wir könnten Freunde werden.«

»Irgendwie mag ich Sie auch, Nicklas«, gestand Joselyn.

Er hatte eine Art, die einen in seinen Bann zog und das tat ihr gut. »... also als Freund, meine ich.« Sie wurde rot und er grinste sie an.

»Machen Sie sich keine Sorgen, Joselyn, Sie sind nicht meine Baustelle.«

»Oh«, machte sie und trank hastig von ihrem Sekt, der seit geraumer Zeit auf dem Tisch vor ihr gestanden hatte.

»Ach ja und nennen Sie mich Nick, das tun sie irgendwie alle hier.«

»Okay, Nick, Sie dürfen Josi sagen«, sagte sie und hob ihm ihr Glas entgegen. Er stieß mit ihr an.

»Der Empfang ist richtig gut geworden, Josi, ehrlich und ich entschuldige mich für meinen Partner, den Trampel, der es einfach nicht übers Herz bringt, mal was Nettes zu sagen.«

»Danke, Nick.« Sie kühlte langsam wieder herunter und war Nicklas dankbar dafür, dass er sie nicht weiter mit Beziehungsthemen behelligte.

»Und Josi, haben Sie sich schon ein wenig eingelebt?«, fragte er nach einer Weile, in der sie die Gäste beobachtet hatten.

»Na ja, ich hatte viel zu tun.«

»Wie man sieht.«

»Ganz genau.«

»Claire ist nur so nervös, weil es ihre erste öffentliche Amts-handlung ist, seit sie hier angefangen hat. Sie ist die Karriereleiter ziemlich nach oben gefallen und will keine Fehler machen.«

»Seit wann ist sie hier der Boss?«

»Ungefähr ein Jahr«, sagte Nicklas und winkte irgendjemandem zu.

»Und wie finden Sie sie so als Chefin?« Joselyn hatte Respekt vor Claire, aber sie wollte sich auch nicht unnötig unterordnen müssen. Sie wusste gern Bescheid über ihre Mitmenschen und Claire war immer ein wenig unnahbar, was es schwer machte, sie richtig einzuschätzen. Und das Geturtel mit Eric trug auch nicht gerade dazu bei, dass es Joselyn leichter fiel Claire zu mögen.

»Als Chefin ist sie super.«

»Aber?«, hakte Joselyn nach.

»Das gehört nicht hier her«, meinte Nicklas und wich ihrem Blick aus. Joselyn hob eine Braue und runzelte die Stirn.

»Kommen Sie, Josi, ich glaube es geht los.«

Joselyn schaute zur Bühne. Claire stand am Mikrofon und räus-perte sich. Neben ihr stand der Polizeipräsident, der direkt im Anschluss ein paar Worte sagen sollte. Joselyn wurde von Nicklas nach vorne geschoben und landete neben Eric und David in der ersten Reihe. Ein wenig unangenehm war es ihr schon, dass sie nun mit ihrem Arm Erics Arm berührte und seine Wärme spüren konnte, aber sich woanders hinzustellen, kam nicht in Frage. Was hätte sie auch sagen sollen?

Sie spürte Erics Blick auf sich und nahm sich wiederholt vor, es zu ignorieren. Claire begann zu sprechen und Joselyn versuchte, sowohl die Kameras, die auf das Publikum gerichtet wurden, als auch Erics Blick so gut es ging, auszuweichen und der Rede zu folgen.

New York –
später Abend

Er hasste sie aus tiefstem Herzen und er wollte Rache. Sie hatte seine Familie zerstört, sein Leben und das konnte und wollte er ihr nicht durchgehen lassen. Mit wütendem Blick starrte er an die Tafel, an die er ihre Bilder gehängt hatte. Es waren inzwischen ziemlich viele geworden, und er hatte sie alle sorgfältig aufgereiht.

Er trat einen Schritt zurück und kniff die Augen zusammen, denn das Licht war spärlich und er verabscheute die kleine Funzel, die da von der Decke hing. Er hatte sie beobachtet die letzten Monate, hatte ihr Leben nachgezeichnet und plötzlich war sie weg. Er hatte einen entscheidenden Fehler gemacht. Nur einen kurzen Augenblick war er unaufmerksam gewesen und plötzlich war sie nicht mehr da. Wie vom Erdboden verschwunden.

Er ballte die Hände zu Fäusten und fluchte innerlich. Zum wiederholten Male an diesem Abend wollte er nichts mehr, als sie vor sich sehen und ihr den Hals umdrehen, ihr eine Kugel verpassen, so wie sie es mit IHM getan hatte. Ja, er hasste sie und er konnte ihr nicht verzeihen, ebenso wenig wie ihm. Doch ihn hatte er erwischt. Sie nicht.

›Noch nicht‹, dachte er grimmig und trat näher an die Tafel heran. Er umkreiste ihr letztes Foto, welches er von ihr gemacht hatte und malte ein wütendes X darauf. Dann ließ er sich rücklings aufs Bett fallen und schloss die Augen, versuchte den Schmerz, der ihn immer wieder heimsuchte, zu ignorieren, aber es funktionierte nicht – wie immer. Und so konzentrierte er sich weiter auf seinen Hass und seine Wut und hoffte, durch seine Recherchen endlich ein Stück näher an sie heran zu kommen.

Kapitel 4

San Diego, Montag 21. November

»Du magst sie«, sagte Nicklas, als er hinter Eric den Aufzug betrat. Dieser drehte sich erst herum, als sich die Türen geschlossen hatten und fragte, wobei seine Stimme einen absichtlich neutralen Klang hatte:

»Wen meinst du?« Es war eine eher rhetorische Frage, denn Eric wusste ganz genau, dass es um Joselyn ging.

»Ach nun komm schon, Mann, du weißt ganz genau von wem ich rede. Ich habe euch zusammen gesehen.« Nicklas schlug seinem Partner gegen die Schulter und dieser duckte sich in gespielter Manier.

»Ich habe echt keine Ahnung, von wem oder was du redest.« Eric lehnte sich lässig gegen die hintere Wand des Fahrstuhles und stellte sein linkes Bein auf, so dass er einen gewissen Halt fand. Er musterte seinen Partner argwöhnisch.

»Ich finde es schön«, sprach Nicklas weiter und holte einen Apfel aus seiner Umhängetasche, rieb ihn kurz an seinem weißen Hemd blank und biss dann genüsslich hinein. Eric drückte auf den Knopf mit der Zahl drei und der Aufzug setzte sich langsam in Bewegung.

»Und ich finde es schön, dass dieser Fahrstuhl endlich wieder funktioniert«, sagte Eric ganz sachlich und ließ Nicklas damit abblitzen. Dieser ließ sich jedoch nicht beirren.

»Du kannst jedem erzählen, dass du sie nicht toll findest, aber mir nicht. Ich habe das erste Mal seit deiner Scheidung wieder dieses Blitzen in deinen Augen gesehen. So wie früher.« Nicklas biss wieder in seinen Apfel und kaute. Eric schaute ihn eine Weile nachdenklich an. Er wusste, er konnte Nicklas nichts vormachen. Dazu kannten sie sich schon viel zu lange. Sie waren zusammen auf der Polizeiakademie gewesen und hatten mit den Jahren eine ziemlich innige Freundschaft entwickelt. Sie standen auf die gleiche Musik und auf Sport, sie gingen hin und wieder gemeinsam surfen und sie fuhren beide leidenschaftlich gerne Motorrad. In Sachen Liebe hatten sie aber ganz unterschiedliche Ansichten.

Denn während Eric auf Frauen stand, zog es Nicklas eher zu Männern hin, was zum Glück noch nie ein Problem gewesen war. Nicklas stand nicht auf Eric, und nachdem sie das in einem handfesten Streit und ein paar Prügeleien schon vor Jahren geklärt hatten, war dies kein Thema mehr zwischen ihnen.

»Ein Blitzen, ja?«, fragte Eric amüsiert. »Was du nicht sagst.«

»Es muss dir nicht peinlich sein, mein Freund. Du bist jetzt wie lange Single?«

»Gute zwei Jahre und ich habe absolut kein Problem damit«, entgegnete Eric leicht bissig. Er hasste es, dass alle Welt, allen voran sein Partner, ihn stets und ständig verkuppeln wollte. Aber er war noch nicht soweit. Er hatte hin und wieder seinen Spaß, aber er hatte absolut keine Lust auf eine feste Beziehung. Ja, er wusste nicht einmal, ob er jemals wieder eine feste Beziehung haben wollte. Er hatte sich eingerichtet in seinem Leben als Single, genoss die vielen Vorzüge, die Freiheiten und er war sich nicht sicher, ob er bereit wäre, dies alles wieder aufzugeben und Kompromisse einzugehen. Aber auf der anderen Seite vermisste er manchmal das Gefühl jemanden zu haben, mit dem er seine Gedanken teilen, mit dem er abends gemeinsam ins Bett gehen und am Morgen wieder gemeinsam aufwachen konnte.

»Ich mein ja nur«, brummte Nicklas und stopfte sich den restlichen Apfel in den Mund. Eric verzog angewidert das Gesicht. Er hasste es, wenn sein Partner dies tat und sämtliche Früchte mit Haut und Haaren verspeiste.

»Jo ist nett, aber mehr auch nicht«, sagte er und versuchte das leichte Flattern in seiner Magengegend zu ignorieren.

»Jo?« Nicklas hob eine Augenbraue.

»Joselyn war mir zu kompliziert.«

Der Fahrstuhl hielt an und die Türen öffneten sich mit einem Zischen. Eric stieß sich von der Wand ab und trat hinaus. Nicklas folgte ihm und rief:

»Ich vergaß … du stehst ja auf unkompliziert … Mensch Cole, du wirst noch als alte Jungfer sterben, wenn das so weitergeht.« Genau in diesem Moment kam Joselyn mit einem Stapel Papier um die Ecke gebogen und blieb erschrocken vor den beiden Männern stehen. Es war mehr als deutlich zu sehen, dass sie Nicklas' letzten Satz durchaus mitbekommen hatte. Eric schaute etwas peinlich berührt nach oben und ihre Blicke trafen sich. Sein Herz machte einen entsetzten Schlag und er spürte, wie ihm die Schamesröte ins Gesicht stieg. Zum Glück war er ein wenig gebräunt, so dass er hoffen konnte, dass es nicht allzu deutlich wurde.

»Hi«, sagte er leise und hob die rechte Hand nach oben, ließ sie jedoch sofort wieder sinken. Er konnte sie nicht berühren.

»Hi«, antwortete sie und drückte dann die Papiere an ihre Brust. Sie sah schön aus. Sie trug eine helle Jeans und eine kurzärmlige dunkle Bluse, dazu Boots und hatte ihre dunkelbraunen Haare zu einem Zopf geflochten, der ihr über die rechte Schulter hing. Ihr Makeup war dezent und an ihren Ohren baumelten kleine Kreolen, die im Sonnenlicht funkelten, welches durch das seitliche Fenster ins Büro schien. Doch nicht nur ihr Kleidungsstil gefiel ihm außerordentlich gut, auch ihre schlanke Figur und ihre gut proportionierten weiblichen Kurven zogen ihn an. Sie war ungefähr einen Kopf kleiner als er, wirkte aber nicht zu zierlich. Sie war eine Frau, kein Mädchen und ihre dunklen Augen besaßen ein Strahlen, was seinen Mund trocken werden ließ.

Er dachte an Nicklas' Worte zurück. Hatte er wirklich ein Glitzern in seinen Augen, wenn er ihr begegnete? Er konnte es sich nicht vorstellen und doch hatte er das Gefühl, wenn sie den Raum betrat, dass alles ein wenig heller wurde, dass das Licht ein wenig mehr leuchtete und dass die Geräusche um ihn herum intensiver wurden. Er spürte Nicklas in seinem Rücken stehen und räusperte sich.

»Wir sind spät dran«, sagte er schließlich und setzte sich in Bewegung. Joselyn trat beiseite und ließ Eric durch.

»Guten Morgen, Josi«, grüßte Nicklas Joselyn und sie grüßte zurück, bevor sie den beiden Männern zu ihren Schreibtischen folgte. Eric ließ seinen Rucksack auf den Boden fallen und setzte sich hin, schaltete seinen Computer ein und versuchte Joselyns Blick zu ignorieren. Warum versetzte sie ihn nur jedes Mal, wenn er sie sah, in diesen Zustand der Unkontrollierbarkeit? Er fühlte sich in ihrer Nähe so unsicher, als wäre er wieder sechzehn und das machte ihn verrückt. Er liebte die Ordnung und er brauchte ein gewisses Maß an Stabilität und das, was sie in ihm auslöste, gefiel ihm ganz und gar nicht. Es machte ihm Angst.

»Ich habe hier ein paar Unterlagen, die Claire mich gebeten hat herauszusuchen. Sie haben doch diesen Fall …« Joselyn trat an

Nicklas' Schreibtisch heran und legte sie ihm vor die Nase. Es war allzu deutlich, dass sie Eric mied und er fragte sich gerade, ob es ihr ebenso wie ihm selbst ging und sie in seiner Nähe einfach keinen klaren Gedanken fassen konnte. Nicklas, der soeben seine Tasche fein säuberlich neben den Tisch gestellt hatte, trat neben Joselyn und schaute neugierig auf die Papiere.

»Sie meinen den Mord in der Diskothek von letzter Woche?«

»Genau den. Also, ich bin die Unterlagen mal durchgegangen und mir sind da so ein zwei Dinge aufgefallen.«

»Ach wirklich?«, fragte Eric und trat zu Joselyn und Nicklas an den Tisch. Er war sich ihrer Präsenz bewusst, versuchte aber ihre Nähe weitgehend zu ignorieren.

›Komm schon!‹, schalt er sich innerlich. ›Jetzt werde mal wieder professionell. Sie ist nur eine Kollegin.‹ Er schluckte ein paar Mal und setzte dann ein Lächeln auf.

»Ich habe euch die besagten Stellen markiert.«

»Interessant«, meinte Nicklas und begann Joselyns Ausführungen zu folgen.

»Erstens …«, sagte sie. »… es ist doch merkwürdig, dass keiner etwas gesehen hat. Ich meine, der Club war voll. Also müssen wir doch von einem Profi ausgehen. Zweitens …« Sie runzelte die Stirn. »… warum vermisst ihn niemand? Warum können wir ihn nicht identifizieren? Wenn man sich die Bilder ansieht, dann fällt erst nach dem zweiten Hinsehen etwas ganz besonders auf …« Joselyn sprach schnell und ihre Stimme war fest. Fast so als hätte sie solche Unterhaltungen schon des Öfteren geführt und kannte sich absolut aus in dem was sie tat. Eric hob eine Augenbraue und schaute dann Nicklas verwundert an. Dieser zuckte nur mit den Schultern und ließ Joselyn weitersprechen.

»Schauen Sie hier … hier und hier!« Joselyn tippte auf die genannten Stellen und Eric und Nicklas rückten näher, um genau sehen zu können, was ihre Kollegin meinte.

»Sie hat recht, Cole«, rief Nicklas und nahm sich das Bild in die Hand, um es noch einmal genauer zu betrachten.

»Gehört das Analysieren von Tatortfotos zum Aufgabenbereich einer Assistentin?«, fragte Eric auf einmal und schaute Joselyn an. Diese zuckte kaum merklich zusammen und wich einen Schritt zurück.

»Tut mir leid«, murmelte sie. »Ich wollte nicht … ich …«

»Kein Problem, Jo«, beschwichtigte Eric sie und hob die Hände. »Ich war nur überrascht, dass Sie sich mit solchen Dingen auskennen.« Er hatte ganz bestimmt nicht vorgehabt, sie in Verlegenheit zu bringen. Es war ihm einfach so herausgerutscht.

»Ich bin nicht dumm, auch wenn ich nur die Assistentin bin«, entgegnete sie bissig und machte mit einem Mal einen ziemlich trotzigen Eindruck.

»Das habe ich auch nie behauptet.« Eric hatte das Gefühl, dass dieses Gespräch in eine völlig falsche Richtung lief.

»Nur, weil Sie eine schicke Dienstmarke tragen und sich Detective nennen dürfen, heißt das noch lange nicht, dass Sie die Weisheit für sich gepachtet haben, Eric.« Joselyns Haltung strahlte jetzt nicht mehr die gleiche Souveränität wie noch vor ein paar Minuten aus, als sie in ihrem Element gewesen zu sein schien. Jetzt wirkte sie erschrocken und völlig defensiv.

»Hey ihr zwei Streithähne. Jetzt lasst es doch mal gut sein. Ich finde, Davis hat ein paar gute Hinweise gefunden, denen wir unbedingt nachgehen sollten. Dankeschön«, sagte Nicklas und legte Joselyn beschwichtigend einen Arm um die Schultern.

»Ich muss wieder zu Claire«, sagte Joselyn schnell, entwand sich Niklas' Griff und drehte sich um. Dann lief sie los in Richtung Claires Büro.

»Du bist echt ein Arschloch, Eric«, zischte Nicklas seinem Partner zu, als Joselyn außer Hörweite war.

»Was habe ich denn getan?«, fragte dieser aufgebracht und schaute Nicklas an.

»Die Kleine hat offensichtlich einen klugen Kopf und ist hier völlig fehl am Platz. Wenn du mich fragst, ist an ihr eine Detektivin verloren gegangen. Und du hast nichts Besseres zu tun, als ihr ihre Situation auch noch unter die Nase zu reiben.«

»Meine Güte, Nick. Es war nicht so gemeint.« Eric schlug die Hände über dem Kopf zusammen und setzte sich dann beleidigt an seinen Schreibtisch.

»Ich sag's ja, seit du Single bist, bist du unerträglich. Ich glaube, eine Frau täte dir wirklich mal ganz gut.«

»Misch dich nicht in mein Liebesleben ein, Mann. Das ist mein Ernst«, drohte Eric seinem Freund und dieser kapitulierte.

»Ich gebe dir nur einen Rat, so von Frau zu Mann … Vermassle es nicht. Sie ist es absolut wert. Und jetzt lass uns endlich arbeiten.« Damit war für Nicklas die Diskussion beendet. Er setzte sich an seinen Schreibtisch und breitete die Papiere, die Joselyn gebracht hatte, vor sich aus. Eric legte die Beine auf den Tisch und verschränkte die Arme hinter dem Kopf. Er schaute zum Büro seiner Chefin und erkannte Joselyn, wie sie mit Block und Stift vor deren Schreibtisch saß und aufmerksam Notizen machte. Nicklas hatte recht, diese Frau war keine Assistentin. Irgendetwas war nicht richtig an dieser ganzen Szene. Joselyn konnte viel mehr, auch wenn sie es abstritt.

Er spürte, dass sie etwas verbarg, etwas, worüber sie wahrscheinlich niemals mit ihm sprechen würde, denn er hatte das Gefühl, dass sie ihn nicht mochte, ja vielleicht sogar hasste. Aber sie berührte irgendetwas in seinem Inneren. Da war etwas, was ihn nicht mehr losließ, seit sie sich das erste Mal in der Kaffeeecke begegnet waren. Es war etwas in ihren Augen, etwas zutiefst Verletztes, etwas, was er herausfinden und heilen wollte, wenn sie ihn ließ.

Doch nicht heute. Für heute hatte er genug über Joselyn Davis nachgedacht. Heute wollte er wieder Ordnung in sein Gefühlschaos bringen und beschloss nach der Arbeit zum Surfen zu gehen.

***

Er traf sie in der Kaffeeküche. Sie sah beschäftigt und ein wenig müde aus. Die Akten, die sie vor nicht einmal einer halben Stunde auf seinem Schreibtisch ausgebreitet hatte, lagen nun fein säuberlich gestapelt auf einem der Sessel. Er beobachtete sie eine Weile, sog jedes Detail in sich auf, bevor er sie begrüßte:

«Hi Jo.« Er trat zur Kaffeemaschine, nahm sich einen Becher und stellte ihn unter den Hahn. Dann drückte er auf den Knopf und der Kaffee begann durchzulaufen und die Tasse zu füllen.

»Eric«, sagte sie und ihre Stimme klang abweisend. Sie schien noch immer wütend zu sein, das spürte er ganz genau und es versetzte ihm wider Erwarten einen leichten Stich. Er nahm die Tasse und lief zum Kühlschrank, holte seine Milchpackung heraus und goss sich einen Schluck hinein. Als er merkte, dass da nicht mehr viel herauskam, fluchte er leise und schmiss die leere Packung in den Müll. Joselyn schaute ihn an und griff dann an ihm vorbei in den Kühlschrank, holte ihre eigene Packung Milch heraus und reichte sie ihm. Er blickte stirnrunzelnd auf ihre Hand und schaute sie dann fragend an.

»Nun nehmen Sie schon, bevor ich es mir anders überlege.«

Er blickte ihr noch einmal ins Gesicht und griff dann nach der Packung.

»Danke«, murmelte er. In diesem Moment streifte er mit dem Finger leicht über ihren Handrücken und sie ließ erschrocken die Milchpackung los. Eric konnte sie gerade noch auffangen und stand dann etwas unsicher da. Joselyn starrte ihn an und er fixierte ihren Blick. Wieder einmal schien die Zeit still zu stehen und wieder einmal waren sie dabei in der Küche und tranken Kaffee. Das konnte kein Zufall sein.

Eric räusperte sich und Joselyn erwachte aus ihrer Starre, nahm ihren eigenen Kaffeebecher und wollte sich gerade umdrehen, als Eric sie aufhielt:

»Tut mir übrigens leid wegen vorhin.«

Sie hob eine Augenbraue.

»Schon okay.«

»Nein, ist es nicht. Ich meine, ich hätte das nicht sagen dürfen, aber ich … irgendwie weiß ich bei Ihnen nie, was ich eigentlich sagen will und sollte. Es ist verrückt«, gestand er schließlich und wartete auf eine Reaktion ihrerseits.

»Geht mir auch so. Und das sollte so nicht sein.«

»Nein, sollte es nicht«, bestätigte er. »Wie auch immer. Es war blöd von mir. Ich wollte Sie nicht verletzen.«

»Schon vergessen.« Sie trank einen Schluck Kaffee und er tat es ihr nach.

»Vielleicht sollten wir mal zusammen etwas trinken gehen … ich meine außerhalb der Arbeit oder so.«

»Warum nicht«, meinte Joselyn und biss sich gleichzeitig auf die Zunge. Was tat sie hier. Sie war im Begriff, sich mit einem Kollegen zu verabreden. Das war der größte Fehler, den sie machen konnte. Das sollte sie nicht tun. Und dennoch, er zog sie irgendwie magisch an. Er weckte in ihr ein Interesse, wie sie es schon lange nicht mehr gespürt hatte. Er hatte etwas an sich, was sie faszinierte. Er war zugleich aufgeschlossen und unnahbar. Er gab sich stets fröhlich und doch schwebte immer eine kleine Aura an Melancholie über ihm, die sie sich nicht erklären konnte. Sie hätte gerne mehr gewusst und doch blieb sie auf Abstand. Es war niemals gut, zu viele Gefühle zuzulassen, das hatte sie bisher immer bitter bereut.

Er riss sie aus ihren Gedanken, als er plötzlich wieder anfing zu sprechen.

»Ich meine, rein freundschaftlich, jetzt wo wir nicht mehr böse aufeinander sind«, ergänzte Eric.

Sie schaute ihm in die blauen Augen und ihr Herz machte einen entsetzten Schlag. Da war etwas, etwas, was ihr durch und durch ging. Am liebsten wäre sie weggelaufen und hätte ihn nie wieder gesehen. Aber sie blieb stehen und schaute ihn weiterhin an.

»Natürlich, rein freundschaftlich, was auch sonst«, sagte sie und Eric hätte schwören können, dass da eine gewisse Enttäuschung in ihrer Stimme mitschwang, aber er war sich nicht sicher. Alles an dieser Frau verunsicherte ihn und das machte ihn wahnsinnig.

»Ich melde mich«, sagte er und trank noch einen Schluck Kaffee.

»Klar.«

»Vielleicht könnte ich Ihnen die Stadt zeigen«, meinte er.

»Ich stamme aus San Diego, aber danke für das Angebot.«

»Oh, das wusste ich nicht.«

»Kein Problem. Ich bin hier geboren.«

»Tatsächlich? Ich auch.«

»Dachte ich mir.«

»Warum?«

»Ihr Akzent.« Eric nickte und kam sich dabei unglaublich blöd vor. Dabei merkte er, wie er immer neugieriger auf diese wunderschöne Frau vor ihm wurde, die so viele Geheimnisse zu haben schien.

»Also dann keine Stadtrundfahrt.«

Joselyn schüttelte den Kopf.

»Wie wäre es mit Surfen?«

»Vielleicht«, meinte sie und ließ nicht durchblicken, ob sie die Idee gut oder schlecht fand.

»Wo haben Sie sich nur die letzten Jahre versteckt?«, fragte er plötzlich und schüttelte mit dem Kopf. Joselyn schaute ihn an.

»Was?«, fragte sie verwundert.

»Ich meine, Sie haben Ihren Akzent fast vollständig verloren, also sind Sie wahrscheinlich schon länger nicht mehr hier gewesen.«

»Stimmt. Ich war eine Weile in New York«, sagte Joselyn erleichtert darüber, dass sie unverfänglich beim Smalltalk blieben.

»Wie lange ist eine Weile?«, fragte er und trank einen Schluck Kaffee.

»Zehn Jahre.«

»Oh«, machte Eric nur und Joselyn konnte sehen, dass er wirklich überrascht war.

»Sie sind noch nie von hier weggekommen, hab ich recht?«, fragte sie nun gerade heraus und damit hatte sie ihn ertappt.

»Nein, ich hatte noch niemals die Gelegenheit und auch nicht die Ambitionen, aber vielleicht sollte ich das mal in Betracht ziehen.«

»Manchmal muss man seine Perspektive ändern, um wieder klar sehen zu können«, meinte sie und strich sich die Haare hinter die Ohren, die sich aus ihrem Zopf gelöst hatten.

»Haben Sie das getan, Jo? Ihre Perspektive geändert?«

»Nein, Eric«, sagte sie und es klang ziemlich traurig.

»Ich bin geflohen.« Damit nahm sie ihre Tasse und ließ ihn stehen. Er schaute ihr nach und wusste nicht, was er davon halten sollte. Diese Frau war ein Mysterium und er war mittendrin in ihrem Bann.

Kapitel 5

San Diego, Freitag 25. November

»Hey Davis, kommen Sie, setzen Sie sich.« Es war David, der sie zu sich rief, nachdem sie die Bar betreten hatte. Joselyn begann zu lächeln und bahnte sich einen Weg durch die Menschenmenge. Die kleine Kneipe am Ende des Piers war wirklich sehr urig und offensichtlich ein Insidertipp. Joselyn mochte die Atmosphäre auf Anhieb und registrierte interessiert die Billardtische und die Dartboards, um die sich eine beachtliche Menschenmenge versammelt hatte. Überall waren fröhliche Stimmen und lautes Lachen zu hören. Musik spielte im Hintergrund und Joselyn erkannte ein Klavier auf einer kleinen Bühne, an dem eine Frau mit dunklen Locken saß und spielte. Es klang nach Jazz und wenn man die Augen schloss, so fühlte man sich direkt zurückversetzt in eine vergangene Zeit.

»Hi Leute«, sagte Joselyn und schaute freundlich in die Runde, die aus David, Nicklas, Marco und einer jungen Frau, von der Joselyn annahm, dass es Caroline war, bestand. Dann setzte sie sich auf den Barhocker, den David für sie bereithielt.

»Schön, dass Sie hier sind«, sagte Marco und hob sein Bier nach oben.

»Danke, dass ich kommen durfte, nachdem ich schon so oft abgelehnt habe.« Sie zog ihre Jacke aus, stopfte sie in ihre Tasche und stellte diese dann auf den Boden. Tatsächlich war Joselyn mittlerweile drei Wochen in San Diego und hatte die Zeit gebraucht, um anzukommen. David und Marco hatten sie mindestens zweimal die Woche gefragt, ob sie nicht mitkommen wolle, wenn sie nach der Arbeit zu einem Drink ins JUCE aufbrachen, doch Joselyn hatte jedes Mal dankend abgelehnt.

Claire hatte sie gleich am ersten Tag mit Arbeit zugeschüttet und Joselyn hatte alle Hände voll zu tun gehabt, alles in der ihr vorgegebenen Zeit zu schaffen, so dass sie am Abend einfach nur noch den Wunsch verspürte, die Füße hochzulegen und ihre Augen zu schonen. Doch heute war Freitag und Joselyn hatte keinen plausiblen Grund gefunden, ihren Kollegen deren Wunsch auch dieses Mal abzuschlagen. Also hatte sie zugestimmt und nun war sie hier.

»N'Abend Josi.« Nicklas hielt sein Glas nach oben.

»Hallo Nick.« Joselyn nickte dem aktuellen Partner von Eric zu, mit dem sie sich während der Einweihungsfeier angefreundet hatte. Sie hatten sich seitdem ein paar Mal zum Mittagessen in der Kantine getroffen und ein bisschen geplaudert, was Joselyn jedes Mal als sehr befreiend empfunden hatte. Jetzt wusste sie auch, dass Nicklas auf Männer stand und konnte ihr Gefühl, welches sie bei ihm zu Anfang beschlichen hatte, einordnen. Es war verrückt. Joselyn hatte noch nie einen schwulen Freund gehabt und zu Anfang hatte sie nicht gewusst, wie sie mit ihm umgehen sollte. Aber Nicklas verstand es gut, ihr ihre Befangenheit zu nehmen und so war sie mittlerweile stolz darauf ihn zu kennen. Nicklas war etwas Besonderes in der Gruppe, auch was sein Äußeres anging. Er wirkte nicht wie ein typischer Polizist. Er war ungefähr 40 Jahre alt, groß und dunkelhaarig, durchtrainiert und tätowiert. Eigentlich konnte man meinen, er wäre ein Gangster, aber das schien ihm oftmals in seiner Rolle als Undercovercop zu helfen.

»Ach ja, Davis, das ist übrigens unsere liebe Caroline. Sie ist ein wirkliches Genie«, sagte David und deutete auf die junge Frau mit den blonden kurzen Haaren, die ihr ziemlich wirr um den Kopf herumstanden. Sie trug braune Khakihosen und ein schwarzes T-Shirt, sie war braungebrannt und hatte ein paar Sommersprossen auf der Nase.

»Hi«, sagte Joselyn und hob ihre Hand.

»Du heißt Davis?«, fragte die blonde Frau und lächelte sie herausfordernd an. Sie hatte kein Problem damit, die vertraute Anrede zu benutzen und Joselyn war sie auf Anhieb sympathisch. Sie fragte sich gerade, ob es nicht an der Zeit war, sich ein paar Freundinnen zuzulegen, mit denen sie die typischen Frauensachen besprechen konnte.

»Na ja, eigentlich heiße ich Joselyn, aber die Kollegen hier sind wohl der Meinung mein Nachname wäre schöner.«

Carolines Lächeln war aufrichtig und warmherzig.

»Das kenne ich. Ich habe ein paar Jahre gebraucht, um meinen Vornamen durchzusetzen.« Caroline trat auf Joselyn zu und reichte ihr die Hand.

»Hi, willkommen in unserer bescheidenen Runde.«

»Danke … Wie oft trefft ihr euch?«, fragte Joselyn.

»Och, hin und wieder. Meist freitags, um auf die Woche anzu-stoßen, aber ab und zu zieht es uns auch mitten in der Woche hierher. Die Jungs noch öfter als mich. David hier, der hat eine feuchte Wohnung oder sowas ähnliches. Er ist nicht gerne zu Hause.« Caroline lehnte sich an David heran und strich ihm freundschaftlich über den Arm.

»Das stimmt so nicht ganz. Ich mag einfach nur die Lasagne meiner Frau nicht«, witzelte David und Joselyn fragte sich, ob der Scherz nicht in Wahrheit ganz viel Schmerz und eine zerrüttete Ehe enthielt. Aber sie ging nicht weiter darauf ein. Die Stimmung war gut und sie wollte niemandem zu nahe treten. Dazu war sie einfach noch nicht lange genug hier.

»Und du bist ein Genie, wie man hört?«, wandte sie sich wieder an Caroline.

»Ich habe einen IQ von 150. Ja, man könnte mich schon als Genie bezeichnen.« Sie zwinkerte Joselyn zu.

»Okay …« Joselyn zog das Wort in die Länge. Sie fühlte sich plötzlich ein wenig zurückgesetzt, obwohl sie sich keineswegs für dumm hielt.

»Keine Bange, Joselyn, ansonsten bin ich ziemlich umgänglich.«

»Warum habe ich dich auf dem Revier noch nicht gesehen?«

»Weil ich nur für die Hintergrundaufgaben zuständig bin. Ich mache Datenanalysen und passe auf, dass das ganze Hightech-Spielzeug, was so für die Ermittlungen gebraucht wird, immer auf dem neuesten Stand ist. Und außerdem war ich gerade zwei Wochen in Europa.« Sie strahlte vor Stolz.

»Verstehe. Wo genau?«, fragte Joselyn neugierig.

»Eine kleine Rundreise durch Frankreich.«

»Wow, davon musst du mir unbedingt erzählen.«

»Gerne.« Caroline strich sich die Haare aus der Stirn und ihre graublauen Augen blitzten. Joselyn versuchte sie nicht zu offen-sichtlich zu mustern, aber sie war neugierig und hoffte wirklich, in ihrer neuen Kollegin vielleicht eine Freundin zu finden. Seit sie wieder in San Diego war, hatte sie weder die Zeit noch die Lust gehabt, Kontakte zu knüpfen und ihre alten Freunde waren in alle Winde verstreut, so dass da kaum Optionen bestanden. Joselyn musste sich eingestehen, dass sie im Moment ziemlich einsam war.

»So, jetzt ist aber mal genug mit dem Geplänkel meine Lieben. Davis, jetzt wird Brüderschaft getrunken«, riss David sie plötzlich aus ihren trüben Gedanken und bestellte eine Runde Tequila für alle.

»Oh nein, ich trinke nicht«, rief Joselyn und hob abwehrend die Hände.

»Ach nun komm schon, du bist doch nicht etwa Alkoholikerin, oder?«, fragte David und hielt ihr ein Glas hin. Die helle Flüssigkeit schimmerte im Licht der Wandleuchten hinter der Bar.

»Nein«, sagte Joselyn.

»Na umso besser. Hier, runter mit dem Zeug!« David gab ihr das Glas und die anderen schauten sie lächelnd an. Joselyn war sich nicht sicher, wie sie reagieren sollte. Eigentlich hasste sie Tequila, aber auf der anderen Seite – was konnte es schon schaden, ein wenig Spaß zu haben. Den hatte sie in letzter Zeit oft genug suchen müssen. Sie schaute noch einmal von einem zum anderen, dann griff sie nach dem Salzstreuer und kippte ein wenig vom Inhalt auf ihren Handrücken. Sie leckte das Salz von ihrer Haut und hob schließlich das Glas an ihre Lippen.

»Cheers«, sagte sie und trank es in einem Zug leer. Dann stellte sie es auf den Tresen, so dass es ein klackendes Geräusch gab, nahm die Zitrone, welche an der Seite klemmte, biss das Fruchtfleisch heraus und schluckte die saure Frucht tapfer hinunter. Dann schüttelte sie sich und blickte sich zufrieden um. Sie ignorierte den sauren Geschmack und die Tatsache, dass sich ihr Magen schmerzvoll zusammenzog. Sie wollte keine Schwäche zeigen. Sie wollte in diesem Moment ganz einfach nur dazu gehören.

»Willkommen im Team, Davis«, riefen ihre Kollegen im Chor und Joselyn musste grinsen.

»War das mein Aufnahmeritual?«, fragte sie und merkte, wie der Alkohol in ihrer Kehle nachbrannte.

»So etwas in der Art«, meinte Caroline und umarmte Joselyn spontan. »Ich freue mich wirklich und wahrhaftig über weibliche Verstärkung. Auf diesem Revier ist es manchmal ganz schön anstrengend eine Frau zu sein.«

»Was ist mit Claire?«, fragte Joselyn und alle verdrehten die Augen.

»Claire ist der Boss, wenn du verstehst, was ich meine«, sagte Caroline und gab dann dem Barkeeper ein Zeichen. Eine neue Runde Tequila wurde gebracht.

»Caro übertreibt manchmal ein wenig«, sagte Nicklas und hob sein Glas.

»Auf gute Zusammenarbeit und weitere tolle Mittagessen, Josi«, rief er dann, trat vor Joselyn, bedeutete ihr, sich ihr Glas zu nehmen und stieß mit ihr an. Dann tranken sie die Gläser aus und er drückte ihr spontan einen Kuss auf den Mund. Joselyn wurde rot und wäre beinahe von ihrem Barhocker geplumpst, hätte sie nicht ein starker Arm aufgefangen.

»Ich sehe, das Team hat Sie schon voll integriert«, sagte Eric, der soeben die Bar betreten und sich, ohne dass Joselyn es bemerkt hatte, zu ihnen gesellt hatte. Sie starrte ihn an, als wäre er von einem anderen Stern, und wollte etwas sagen. Doch dazu kam sie nicht, denn David drückte ihr erneut ein Glas in die Hand und legte dann seinen Arm um sie herum. Eric wurde beiseite gedrängt und beobachtete seine Kollegen aus sicherer Entfernung. Joselyn sah, wie er kaum merklich seinen Kopf schüttelte, ein leichtes Grinsen hinter der betont lockeren Fassade. Es schien ihn zu amüsieren, was sie hier trieben, aber seine Haltung zeigte eindeutig, dass er kein Interesse daran hatte, mitzumachen, sondern sie lediglich zu beobachten. Sie spürte, wie ihr Herz anfing wie wild zu klopfen. Sie versuchte es zu ignorieren, aber je heftiger sie es probierte, desto wilder schlug es in ihrer Brust.

»Also Davis, von mir bekommst du ein paar klassische Wangenküsschen.« Damit beugte David sich zu ihr hinüber und drückte ihr rechts und links je einen Kuss auf die Wange. Dann überließ er das Feld Marco, der ein wenig schüchtern lediglich sein Glas hob und ihr zuprostete. Sie nickte ihm zu und sie tranken ihre Gläser aus.

Joselyn hatte längst vergessen, dass sie eigentlich nur eine halbe Stunde hatte bleiben wollen, so sehr zogen sie ihre Kollegen in den Bann. Sie schwatzten alle durcheinander und nahmen sie in Beschlag. Einzig Eric stand immer noch etwas abseits und schaute sie unentwegt an. Seine blauen Augen hingen auf ihr und sie hatte das Gefühl, er würde bis tief in ihre Seele blicken. Sie waren sich im Laufe der letzten drei Wochen ein paar Mal über den Weg gelaufen, meist in der Pausenecke, um einen Kaffee zu trinken und über das Wetter und die Kollegen zu plaudern. Aber man konnte nicht sagen, dass sie sich schon als Freunde fühlten, dazu war die Distanz im Moment noch zu groß, ihrer beider Vergangenheit zu präsent und die Dämonen in ihnen noch zu aktiv.

»Kommt schon, Joselyn … Cole … ihr seht aus, als wärt ihr sonst wo, nur nicht hier bei diesem tollen Tequila«, rief Nicklas und riss sie damit aus ihren Gedanken.

»Was?«, fragte sie schnell und sah, wie Eric einen Schritt rückwärts machte.

»Na, jetzt seid ihr zwei die Einzigen, die noch nicht Brüderschaft getrunken haben.« Nicklas zog Eric am Arm wieder zurück und damit näher zu Joselyn heran.

»Ihr seid dran!«, forderte David sie auf und bestellte noch zwei Tequila für Joselyn und Eric.

»Danke, aber ich bleibe beim Bier«, versuchte Eric sich zu wehren und hob die Flasche, die er schon die ganze Zeit in der Hand hielt, aus der er aber kaum getrunken hatte, nach oben. Joselyn wurde rot und schaute Eric an. Dieser starrte zurück und Joselyn hatte plötzlich das Gefühl der Raum würde sich drehen. Die Musik schob sich in den Hintergrund und die Stimmen wurden leiser. Und da war es wieder, dieses magische Gefühl zwischen ihnen.

»Na los ihr zwei«, rief Nicklas und klopfte Eric auf die Schulter.

»Küssen, küssen …«, riefen David, Marco und Caroline im Chor und klatschten dabei in die Hände.

»Ich glaube, das ist keine so gute Idee«, versuchte es Joselyn und merkte, wie ihr plötzlich heiß und kalt zugleich wurde. Sie konnte Eric beinahe berühren, so nah stand er nun vor ihr. Sie roch sein Aftershave und spürte seine Wärme. Er roch wirklich gut, das musste sie zugeben und sie war geneigt, ihn noch ein wenig weiter an sich heranzulassen.

»Na los, es ist doch nichts dabei«, rief nun David und drückte Joselyn ein Glas in die Hand. Sowohl Eric als auch Joselyn hatten beide das Gefühl, keine Wahl zu haben.

»Herzlich willkommen, Jo«, sagte Eric schließlich, prostete ihr mit seiner Bierflasche zu und merkte, wie seine Kehle immer trockener wurde, während seine Hände eiskalt waren. Sämtliches Blut schien aus ihnen herausgeflossen zu sein. Er war so nervös wie schon lange nicht mehr.

»Danke«, flüsterte sie und in dem Moment erhielt Eric einen Stoß von hinten und stolperte auf sie zu. Seine Lippen landeten auf den ihren und verharrten dann ein wenig zu lange dort.

Joselyn hatte das Gefühl einen elektrischen Schlag erhalten zu haben und sie zog schnell den Kopf zur Seite, trank ihren Tequila und lächelte dann wieder in die Runde. Allgemeiner Jubel brach aus. Eric wich zurück und hielt sich dann gedankenverloren zwei Finger an den Mund. Joselyn drehte sich herum und als ihre Blicke sich trafen, hob er erneut die Bierflasche und prostete ihr noch einmal zu.

***

Zwei Stunden später fühlte sich Joselyn nicht mehr in der Lage, klar zu denken. Sie hatte aufgehört, die Tequilas zu zählen und absolut keine Ahnung, wie sie es schaffen sollte, unbeschadet nach Hause und in ihr Bett zu kommen. Sie war es nicht gewohnt, so viel zu trinken und normalerweise hielt sie sich auch zurück, aber ihre Kollegen hatten ihr absolut keine Wahl gelassen.

David und Caroline hatten sich vor einer halben Stunde verabschiedet und waren nach Hause gegangen und obwohl Joselyn irgendwann auf Wasser umgestiegen war, spürte sie dennoch, wie schwer der Alkohol ihre Beine gemacht hatte. Sie glaubte, an dem Barhocker festgewachsen zu sein und hoffte inständig, dass sie diesen Ausflug morgen nicht bereuen würde.

»Wie kommst du nach Hause?«, fragte Eric sie plötzlich, als sich nun auch Marco und Nicklas anschickten nach Hause zu gehen.

»Ähm … ich glaube, ich nehme mir ein Taxi«, sagte Joselyn und trank ihr Wasser aus.

»Wir könnten uns eins teilen«, meinte Marco und schaute sie abwartend an.

»Ich glaube, wir haben nicht unbedingt denselben Weg, Marco«, sagte Joselyn bedauernd.

»Ich kann dich fahren«, bot Eric an und stellte sich neben sie. Sie blickte zu ihm auf und nickte dann. Ihr fiel ein, dass Eric sich den ganzen Abend an seinem Bier festgehalten hatte und so war er wohl der Nüchternste von ihnen allen.

»Wenn es dir nichts ausmacht«, meinte sie schließlich und rutschte von ihrem Stuhl. Sie schwankte leicht und spürte plötzlich seinen Arm an ihrer Hüfte. Eric hatte sie zum zweiten Mal an diesem Abend instinktiv aufgefangen und stützte sie nun, bis sie von alleine wieder stehen konnte. Schnell entwand sie sich seinem Griff und nahm ihre Tasche, kramte nach ihrer Jacke und zog sie an. Dann suchte sie ihr Portemonnaie und holte ein paar Geldscheine heraus.

»Lass mal, Davis, wir machen das schon«, rief Marco und Nicklas nickte zustimmend.

»Okay, aber das nächste Mal zahle ich.«

»Ich liebe emanzipierte Frauen«, rief Nicklas und Eric musste lachen. Joselyn warf ihm einen pikierten Blick zu und stapfte dann in Richtung Ausgang davon. Eric folgte ihr und holte sie am Parkplatz wieder ein.

»Du hast es wohl eilig, oder?«, fragte er und schloss zu ihr auf.

»Mein Bett ruft nach mir, wenn du es genau wissen willst.«

Sie lief weiter. Er hielt mühelos mit ihr Schritt.

»Und … was hältst du von der ganzen Bande?«

Jetzt blieb Joselyn stehen und drehte sich zu ihm herum.

»Sie sind … sehr …« Sie suchte noch nach den richtigen Worten, aber ihr wollte partout nichts Passendes einfallen, was ihre Kollegen auch nur im Mindesten beschreiben konnte. Ihr Gehirn war umnebelt, das spürte sie genau.

»… speziell«, vollendete Eric ihren Satz und Joselyn nickte.

»Das trifft es wohl.«

Sie lief wieder los und Eric lief ihr hinterher. Nach einer Weile tippte er ihr auf die Schulter und meinte:

»Interessiert es dich eigentlich gar nicht, wie mein Auto aussieht?«

»Wenn du jetzt mit irgendeiner Machoscheiße kommst, Eric, dann nehme ich mir doch noch ein Taxi«, entgegnete sie und wusste selbst nicht so genau, warum sie ihm jetzt diesen Satz an den Kopf geworfen hatte. Eigentlich war er heute Abend ziemlich nett zu ihr gewesen, wenn man einmal von dem Kuss absah, den sie absolut unpassend gefunden hatte, für den er aber eigentlich nichts konnte.

»Ich meine ja nur, du läufst hier ziellos auf dem Parkplatz herum und dabei steht mein Auto direkt vor dem Eingang.«

Jetzt blieb sie ruckartig stehen und starrte ihn mit zusammengekniffenen Augen an. Sie kam sich plötzlich ziemlich blöd vor und als sie dann auch noch sah, dass ein Grinsen auf seinen Lippen hing, wäre sie am liebsten im Erdboden versunken.

»Das ...« Sie fuchtelte mit den Armen und lief wieder zurück zum Eingang. »Ich wollte ... nur noch ein wenig ... frische Luft schnappen«, sagte sie dann und drückte ihre Tasche an sich.

»Schon klar.« Eric legte ihr eine Hand auf den Rücken, direkt zwischen ihre Schulterblätter und dirigierte sie so zu seinem Wagen. Joselyn hatte das Gefühl zu verbrennen. Genau dort, wo er seine Hand liegen hatte, wurde ihr unendlich warm und sie spürte ein Prickeln, welches ihr den Rücken hinaufkroch. Er ließ seine Hand auf ihrem Rücken liegen und sie schüttelte sie nicht ab, obwohl alles in ihr schrie, es doch zu tun. Auf eine seltsame Art und Weise, die sie sich nicht erklären konnte, gefiel ihr, dass er sie berührte.

Sie ließ sich von ihm zu seinem Auto führen und war beinahe ein wenig enttäuscht, als er jetzt die Hand beiseite zog, um die Tür für sie zu öffnen. Dort, wo seine Hand ihr eben noch Wärme gespendet hatte, fühlte es sich jetzt kühl an und Joselyn erschauderte erneut, nur dieses Mal aus einem anderen Grund.

Sie drehte sich zu ihm herum und für einen Augenblick schauten sie sich wieder an, spürten das Prickeln in ihren Körpern und genossen die kühle Brise, die vom Meer heraufzog. Der Wind fuhr Joselyn in die Haare und pustete ein paar Strähnen in ihr Gesicht, so dass sie Eric nur noch unscharf wahrnehmen konnte. Er hob seine rechte Hand und strich ihr die Haare aus der Stirn, klemmte sie ihr dann hinters Ohr und berührte dabei ihre Wange. Joselyn merkte, dass sie rot zu werden begann, drehte sich schnell um, ließ sich in den Wagen gleiten und schloss die Tür.

Es dauerte ein paar Sekunden, bevor die Fahrertür aufgezogen wurde und Eric zu ihr ins Auto stieg. Er sagte kein Wort, startete nur den Wagen und schnallte sich an. Dann legte er den Rückwärtsgang ein und manövrierte das Auto geschickt aus der Parklücke. Joselyn beobachtete ihn zaghaft von der Seite mit leicht geneigtem Kopf. Sie traute sich nicht, ihn direkt anzusehen, aus Angst irgendetwas auszulösen, was sie nicht würde aufhalten können. Er zog sie magisch an und darauf war sie ganz und gar nicht vorbereitet. Jetzt bog er auf die Straße und fädelte sich in den spärlichen Verkehr ein.

»Die Adresse?«, fragte er schließlich und seine raue Stimme zerschnitt die Stille, die zwischen ihnen entstanden war.

»Wie bitte?«, fragte sie und schaute ihn verwirrt an. Er räusperte sich.

»Wenn ich dich nach Hause bringen soll, dann musst du mir schon deine Adresse verraten«, meinte er und blickte kurz zu ihr herüber.

»Ich wohne *›Neptune Place‹*. Ich zeige dir dann wo genau. Ist schwer zu finden.«

Er stieß einen leisen Pfiff aus und Joselyn verdrehte die Augen. Die Adresse, die sie ihm genannt hatte, lag in einer der besseren Gegenden von San Diego, etwas außerhalb der Stadt und direkt am Strand.

»Ich wohne bei meinen Eltern«, ergänzte sie, ohne dass er sie um eine Erklärung gebeten hatte.

»Aha.« Er fragte nicht weiter nach und Joselyn war ihm für den Moment dankbar dafür. Sie hatte keine Lust auf Erklärungen und schon gar nicht, wenn sie zu viel getrunken hatte. Sie lehnte sich zurück und schloss die Augen, gab sich dem sicheren Gefühl hin, dass er sie wohlbehalten nach Hause bringen würde.

Die Fahrt dauerte etwa eine halbe Stunde und als sie angekommen waren, war Joselyn beinahe etwas traurig darüber. Er hielt in der Einfahrt und schaltete den Motor aus. Dann legte er die Hände in den Schoß und wartete.

»Da wären wir«, sagte er leise.

»Ja, da wären wir«, entgegnete sie.

»War schön, dass du heute Abend dabei warst.«

»War schön, dass ihr mich mitgenommen habt.« Sie schaute ihn an und er lächelte. Es war das gleiche weiche Lächeln, das er ihr bei ihrer ersten Begegnung schon geschenkt hatte und es machte Joselyn froh. Sie fühlte sich plötzlich nicht mehr ganz so einsam in dieser Stadt.

»Also dann«, begann er.

»Ja, also dann … bis zum nächsten Mal.« Sie griff an den Türknauf und öffnete die Tür. Dann stieg sie aus. Er stieg ebenfalls aus und lief ums Auto herum auf sie zu.

»Bis Montag«, sagte er und steckte verlegen die Hände in die Hosentaschen. Joselyn schaute auf seine Mitte und stellte fest, dass er in seiner engen Jeans, den Stiefeln und dem knappen Shirt wirklich hervorragend aussah.

»Danke fürs Fahren«, sagte sie und trat einen Schritt auf ihn zu.

»Nicht dafür, Jo«, meinte er und machte nun ebenfalls einen Schritt in ihre Richtung. Sie beugte sich ihm entgegen und drückte ihm einen Kuss auf die Wange. Dann drehte sie sich schnell herum und lief zur Tür. Im Gehen kramte sie nach ihrem Schlüssel und spürte dabei die ganze Zeit seinen Blick in ihrem Rücken.

Kapitel 6

San Diego, 30 Minuten später

»Hey, meine Kleine. Wie war dein Abend?«

Joselyn schaute auf und blickte in das immer freundliche Gesicht ihrer Mutter.

»Sehr schön. Ich hoffe, ich habe euch nicht geweckt?«, fragte Joselyn und drehte die Tasse Tee, die sie sich gerade gemacht hatte, zwischen ihren Händen hin und her. Der Dampf stieg nach oben und sie hatte den süßlichen Geruch von Erdbeeren in der Nase.

»Dein Vater schläft schon, aber ich war noch wach.«

»Sag nicht, du hast auf mich gewartet, Mum?«, fragte Joselyn erstaunt.

»Na ja, nicht direkt, aber …«

»Mum, ich bin kein Teenager mehr.«

»Aber du bist sehr lange nicht mehr aus gewesen und ich wollte … Na ja …«

»Du wolltest sichergehen, dass ich auch wohlbehalten nach Hause komme. Mum, das ist wirklich total süß von dir.«

Sie bemerkte, wie ihre Mutter zu erröten begann und sie kam nicht umhin, sich darüber zu freuen. Es war alles ein wenig merkwürdig gewesen in letzter Zeit und erst recht war es komisch, jetzt wieder hier zu wohnen.

»Alles okay?«, fragte Mira Davis und runzelte die Stirn, während sie ihre Tochter ganz genau betrachtete.

»Ich weiß nicht genau«, gab Joselyn schließlich zu und musste an ihren überhöhten Alkoholkonsum, an die Bar, ihre Kollegen und erst recht an Eric denken.

»Was ist los?« Die ältere Frau nahm sich einen Stuhl und rückte ihn näher an ihre Tochter heran. Dann ließ sie sich darauf nieder und legte Joselyn eine Hand auf den Arm.

»Du weißt, du kannst mit mir über alles reden«, sagte sie schließlich und Joselyn musste lächeln.

»Ich weiß, Mum. Und du bist echt eine große Hilfe gewesen in den letzten Monaten, glaub mir.«

»Bist du glücklich, mein Schatz?«

Joselyn musste einen Augenblick über die Frage ihrer Mutter nachdenken. Sie hatte keine Ahnung, was genau sie antworten sollte. Sie war nicht glücklich. Dazu schleppte sie viel zu viel Ballast mit sich herum und dennoch fühlte sie sich nicht mehr ganz so allein und zerfressen wie noch vor ein paar Monaten.

»Ich glaube, ich bin auf einem guten Weg, Mum. Es ist nur alles noch ziemlich neu und ich muss mich erst daran gewöhnen, wieder hier zu sein. Aber es geht bergauf, denke ich …« Es klang entschlossen und fest und ließ ihre Mutter aufhorchen.

»Das ist schön zu hören, meine Kleine.«

»Mum«, mahnte Joselyn ihre Mutter. »Du weißt genau, dass ich es nicht mag, wenn du mich so nennst.«

»Aber so ist es nun mal. Du wirst auf ewig mein kleines Mädchen bleiben.« Mrs. Davis strich ihrer Tochter übers Gesicht und Joselyn fühlte sich tatsächlich einen Augenblick wieder wie das kleine Mädchen, welches sie einmal gewesen war. Es bescherte ihr wider Erwarten ein geborgenes Gefühl, ein Gefühl, das sie seit sehr langer Zeit vermisst hatte. Doch es sollte so nicht sein. Sie war kein kleines Mädchen und sie war sich darüber durchaus im Klaren, dass ihr Aufenthalt bei ihren Eltern nur von vorübergehender Dauer sein konnte. Sie musste ihr eigenes Leben führen. Wieder einmal nahm sie sich vor, bald nach Wohnungen zu schauen.

»Hör mal, Mum«, begann Joselyn und rückte von ihrer Mutter ab, die sich daraufhin einen Keks aus der auf dem Tisch stehenden Schale nahm und hineinbiss.

»Ist schon gut, mei …« Mira stoppte und Joselyn musste lächeln. Dafür liebte sie ihre Mutter.

»Mum ich bin dir und Dad wirklich dankbar, aber ihr müsst euch echt keine Sorgen machen.«

»Gut«, sagte Mira und nahm sich noch einen Keks. Joselyn, die mit mehr Widerstand gerechnet hatte, hob eine Braue und trank dann noch einen Schluck Tee.

»Wie läuft's auf der Arbeit?«, fragte ihre Mutter plötzlich und Joselyn war dankbar für den Themenwechsel. Das Thema Glück schien fürs Erste wieder in den Hintergrund gerückt zu sein.

»Ganz gut«, sagte sie schließlich.

»Und mit den Kollegen?«

»Mum, soll das ein Verhör werden?«, fragte Joselyn und rückte noch ein wenig weiter von ihrer Mutter ab.

Diese hob die Hände und sagte:

»Auf keinen Fall, aber ich habe das Gefühl, dass du langsam dazu gehörst. Du sprichst viel von deinen Kollegen.«

»Ach ja? Ist mir gar nicht aufgefallen.«

»Doch, so ist es … viel mehr als du je von Curt gesprochen hast.«

Bei der Erwähnung seines Namens zuckte Joselyn zusammen.

»Mum, ich kann nicht über ihn sprechen und das weißt du.«

Joselyn stand auf und lief zum Fenster. Sie musste sich arg zusammenreißen, um die Tränen, die ihr plötzlich in die Augen gestiegen waren, zurück zu halten.

»Tut mir leid, meine Kleine, aber du weißt so gut wie ich, dass du irgendwann mit jemandem über ihn sprechen musst.«

Joselyn fuhr herum und funkelte ihre Mutter an.

»Ich muss nicht über ihn sprechen. Es ist wie es ist. Lass es gut sein.«

»Ich wollte nur helfen«, entgegnete Mira.

»Ich bin müde, Mum. Lass uns ein andermal drüber reden.«

Joselyn stand auf, stellte die inzwischen leere Teetasse in die Spüle und drehte sich zur Tür.

»Dann schlaf mal schön, mein Schatz«, rief ihr Mira hinterher.

Joselyn drehte sich nicht um. Sie konnte es nicht, denn sie wollte nicht, dass ihre Mutter ihre Tränen sah. Es war so verdammt lange her und trotzdem konnte sie noch immer nicht an ihn denken, ohne diesen Schmerz zu fühlen.

»Mach ich, Mum, gute Nacht.«

»Gute Nacht.« Joselyn lief zur Treppe und ging dann nach oben. Das Haus ihrer Eltern war schon sehr alt, aber beständig renoviert und erneuert worden. Ihr Vater bastelte für sein Leben gern und hatte alles in stundenlanger Kleinarbeit hergerichtet. Das Haus war über Generationen in der Familie ihrer Mutter weitervererbt worden und Joselyn hatte es seit jeher als ihren Zufluchtsort angesehen. Hier fühlte sie sich wohl und hier hatte sie eine wundervolle Kindheit verbracht.

Sie erinnerte sich noch, wie sie und ihre Freundinnen immer am Wasser gespielt hatten, denn es gab einen direkten Zugang zum Strand. Mit ihrem Vater war sie jeden Sonntag durch das kleine schmiedeeiserne Tor im Garten hindurchgelaufen und sie hatten Sandburgen gebaut oder waren schwimmen gegangen. Und an diesem Strand hatte sie auch ihren ersten Kuss bekommen.

Die Erinnerungen waren stets lebendig, wann immer sie zu Hause war, und so lächelte sie auch heute, als sie nun den oberen Flur entlanglief, um zunächst ins Badezimmer zu gehen. Sie bewohnte ein abgeteiltes Séparée mit zwei Zimmern und einem Bad, welches ihr Vater ihr vor langer Zeit, als sie ein Teenager gewesen war, eingerichtet hatte. Jetzt, da sie zurück war, bekam diese Einliegerwohnung wieder einen Nutzen. Sie hatte sie ganz nach ihrem Geschmack mit den wenigen Möbeln, die sie aus New York mitgebracht hatte, eingerichtet. Sie liebte klare Formen und einen modernen Stil und das spiegelte sich auch in ihrer Einrichtung wieder. Im Gegensatz zu den Möbeln ihrer Eltern waren ihre zumeist weiß mit wenigen dunklen Holzelementen. Farbliche Akzente hatte sie an den Wänden oder bei der Dekoration gesetzt. Und obwohl sie wusste, dass dies hier nur eine vorübergehende Lösung sein konnte, hatte sie sich ziemliche Mühe damit gegeben.

Sie putzte sich die Zähne und wusch sich das Gesicht. Dann zog sie sich aus und schlüpfte in ihren Pyjama. Sie schaute noch einmal in den Spiegel und betrachtete ihre Lippen, die vor einigen Stunden von Erics berührt worden waren. Sie hatte das Gefühl ihn immer noch zu spüren und sie fragte sich gerade, ob das richtig war. Ihre Gedanken landeten bei Curt und auch seine Lippen konnte sie noch spüren, wenn auch nicht mehr so intensiv wie einst. Das Gefühl verblasste und das machte sie traurig. Sie wollte ihn nicht vergessen, merkte aber, dass da etwas war, was sie vergessen ließ und noch wehrte sich ihr Herz dagegen.

Schnell schaltete sie das Licht aus und verließ das Bad. Sie ging nach rechts und öffnete leise die Tür zum Kinderzimmer. Sie ließ einen kleinen Lichtschein hinein und schlüpfte durch den Spalt, schlich zum Bett und schaute dann auf das schlafende Kind.

Langsam hob sie die Bettdecke, die zur Seite gerutscht war und deckte ihn zu, stopfte die Bettzipfel um ihn herum fest und strich ihm über den blonden Lockenkopf. Der Junge bewegte sich leicht und streckte dann die Arme nach ihr aus. Sie flüsterte:

»Alles okay mein Schatz. Mummy ist wieder da. Schlaf weiter.« Sie küsste ihn noch einmal auf seine weiche Wange und verließ dann den Raum. Sie schloss die Tür, ging in ihr Zimmer und legte sich ins Bett. Sie machte die Augen zu und fiel in einen unruhigen Schlaf.

***

Er hielt sie fest, während sie sich ihm näherte und ihn schließlich in sich aufnahm. Es war wie immer ein Genuss mit ihr zu schlafen und sie hatten über die Jahre nichts von ihrem erotischen Flair verloren. Sie wussten beide, dass das, was sie hier hin und wieder taten, alles andere als Sinn ergab, hatte es doch keinerlei Zukunft. Aber es machte Spaß und gegen ein bisschen Spaß hatte Eric nie etwas einzuwenden.

Er begann sich mit seinem Mund entlang ihres Halses zu arbeiten und erreichte schließlich ihre Brüste, begann leicht an ihren Brustwarzen zu saugen, was ihr ein Stöhnen entlockte. Er kannte sie, wusste genau, was sie brauchte und hatte keine Probleme damit, ihr das auch zu zeigen. Er war ein leidenschaftlicher Liebhaber und er wusste, wie man eine Frau zum Höhepunkt bringen konnte. Sie begann sich auf ihm zu bewegen und hob ihr Becken leicht auf und ab, was ihn wiederum beinahe wahnsinnig machte. Er hielt sie fest und schloss die Augen, genoss das, was sie mit ihm machte, und versuchte nicht daran zu denken, dass sie seit gut einem Jahr seine Chefin war.

Claire presste ihre Beine gegen seine Oberschenkel und strich ihm über die Brust. Dann beugte sie sich wieder hinab und küsste ihn mitten auf den Mund. Er erwiderte ihre Küsse und sie trieben sich langsam zu einer Ekstase, die sie beide erbeben ließ.

Als es vorbei war, ließ sie sich neben ihn fallen und zog die Bettdecke um ihren nackten Körper herum. Eric öffnete die Augen und atmete einmal tief durch. Es war keine Liebe im Spiel bei dem, was sie hier taten, denn die Liebe hatten sie schon vor einiger Zeit verloren. Es war reine Lust und bis heute konnte Eric sich nicht erklären, warum sie in dieser Hinsicht nicht voneinander loskamen.

Claire griff neben das Bett und holte ein Päckchen Zigaretten aus dem Nachttisch, steckte sich eine in den Mund und zündete sie an. Dann inhalierte sie tief und blies ihm den Rauch ins Gesicht.

»Ich hasse es, wenn du das tust«, sagte er und verzog den Mund.

»Ich weiß, aber wir sind hier in meinem Bett und da kann ich machen, was ich will«, entgegnete sie und funkelte ihn an. Er nickte. Genau aus diesem Grunde waren sie kein Paar mehr. Sie war egoistisch und niemals bereit, auch nur ein klein wenig nachzugeben in dem, was sie wollte. Das war für ihn keine Basis einer Beziehung gewesen. Und dennoch, sie war schön und konnte unglaublich charmant sein. Da er ebenfalls kein Kind von Traurigkeit war, passte ihr Arrangement daher ziemlich gut.

»Ich bereue es doch jedes Mal aufs Neue«, murmelte er und erhob sich.

»Aber jedes Mal aufs Neue kannst du mir nicht widerstehen, gib es zu.« Sie rutschte an ihn heran und drückte ihn zurück in die Kissen. Er lächelte.

»Gegen ein bisschen Spaß hatte ich noch nie etwas, Claire und das weißt du ganz genau.« Er stupste ihr gegen die Nasenspitze und sie zog wieder an ihrer Zigarette.

»Wie war's in der Bar?«

Er hob eine Augenbraue.

»Du fragst doch sonst nie«, meinte er und schaute sie an. In letzter Zeit konnte er sie weniger gut einschätzen, was daran liegen mochte, dass sie weniger Zeit miteinander verbrachten. Er merkte, er zog sich zurück. Ganz langsam und er wusste, das lag nicht an ihr, sondern an ihrer neuen Kollegin.

»Wie findest du Davis?«, fragte sie weiter.

Er schob sie beiseite und runzelte die Stirn. Konnte sie etwa in seine Gedanken schauen? Manchmal war sie ihm unheimlich.

»Claire, ich liege hier nackt mit dir im Bett und du sprichst von deiner Assistentin. Das finde ich mehr als unpassend.«

»Sie ist hübsch.«

»War das eine Frage oder eine Feststellung? Fragst du mich nach meiner Meinung oder willst du nur wissen, ob ich auf sie stehe?« Er setzte sich ruckartig auf und begann nach seiner Unterhose zu suchen.

»Ich habe euch ein wenig beobachtet.« Sie schaute ihn unschuldig an.

»Du beobachtest mich? Warum?«, fragte er erstaunt. Endlich hatte er gefunden, was er suchte und schlüpfte schnell hinein. Dann griff er nach seinem T-Shirt und zog es sich ebenfalls über.

»Keine Ahnung. War nicht geplant.« Sie zuckte mit den Achseln.

»Warte mal, Claire ... bist du etwa eifersüchtig?« Das war eine Premiere. Claire Brown, die Eiskönigin zeigte plötzlich Gefühl.

Sie legte sich zurück in die Kissen und rauchte ungeniert weiter, gab mit keinem Zeichen zu verstehen, ob er recht hatte oder nicht. Eric war aus dem Bett geklettert und stand nun neben ihr, blickte auf sie hinab.

»Wäre das so schlimm?«, fragte sie ihn und schaute ihm in die Augen. Er blinzelte. Noch vor ein paar Wochen wäre er froh über ihre Worte gewesen, hätte vielleicht sogar für ein paar Sekunden darüber nachgedacht, ihre Beziehung wieder auszubauen, aber heute fühlte er nichts.

Nicht für sie.

Er stieg in seine Jeans und zog sie nach oben. Dann schloss er den Knopf und den Reißverschluss und griff auf den Nachttisch, auf den er vor einer Stunde seine Waffe gelegt hatte. Er steckte sie in den Hosenbund und zog sein Shirt darüber.

»Ich habe keine Ahnung, Claire. Ich weiß nicht, was das hier werden soll.«

»Ich auch nicht, aber meinst du nicht, dass man Entscheidungen auch revidieren kann?«

Er ließ sich neben sie aufs Bett sinken und legte die Hände in den Schoß.

»Manche schon, andere nicht. Ich glaube aber, an manchen Entscheidungen sollte man besser nicht rütteln.«

Nun schaute er sie offen an. Claires Augen hatten sich bei seinen Worten zu engen Schlitzen gezogen und er konnte sehen, dass sie wütend war.

»Vielleicht sollten wir in Zukunft auf diese Art von Zusammensein verzichten«, meinte sie und drückte ihre Zigarette dann in dem Aschenbecher, welcher auf dem Fensterbrett über dem Bett stand, aus.

»Wie du meinst«, entgegnete er und zum allerersten Mal, seit sie sich getrennt hatten, hatte er das Gefühl, dass es ihm nicht leidtun würde. Er zog seine Socken über die Füße und schlüpfte dann in seine Stiefel. Schließlich stand er auf und ging zur Tür.

»Eric«, rief sie, als er schon fast im Flur war. Er blieb stehen und fragte:

»Was ist los, Claire?«

»Es war sehr schön«, rief sie ihm zu und er musste grinsen.

Ja, schön war es in dieser Hinsicht mit ihr immer und doch erfüllte es ihn nicht. Nicht mehr so wie früher. Denn Claire besaß kein Herz. Sie besaß einen Muskel, der sie am Leben erhielt.

»Wenn es so schön mit uns gewesen wäre, Claire, dann wären wir nicht getrennt. Wir hätten einen Weg gefunden zu reden, aber das haben wir nicht.«

Das war immer ihr Problem gewesen, dass sie nicht miteinander reden konnten. Ja, sie mochten sich, sie hatten wunderbaren Sex, konnten sich bis an den Rand der Ekstase lieben und nach jedem Streit war dies die einzige Möglichkeit gewesen, wieder miteinander klar zu kommen. Aber sie hatten niemals gelernt, wirklich miteinander zu kommunizieren. Sie lebte ihr Leben und er seins und ein Wir hatte es nie gegeben. Zwischen ihnen hatte immer eine gewisse Sprachlosigkeit geherrscht, die sie mit körperlicher Liebe versucht hatten zu überbrücken. Und auch jetzt kam kein Gespräch zustande. Claire lehnte sich zurück, nahm sich eine neue Zigarette und zündete sie an.

Eric hatte gewusst, dass es so laufen würde. So war es immer. Sie trafen sich, um miteinander ins Bett zu steigen und wenn sie fertig waren, ging er. Sie verloren kein Wort darüber und wenn sie sich auf der Arbeit sahen, lief alles zwischen ihnen professionell ab. Eric schaute ihr eine Weile beim Rauchen zu, war geneigt doch noch etwas zu sagen, aber er ließ es bleiben. Langsam lief er in Richtung Tür. Er nahm seine Jacke vom Haken an der Flurgarderobe und hängte sich dann seinen Rucksack um. Schließlich verließ er die Wohnung und ließ die Tür ins Schloss fallen.

Einen kurzen Moment schloss er die Augen und ließ die letzten zwei Stunden Revue passieren. Er hatte keine Ahnung, warum er sich immer wieder auf dieses Spielchen einließ. Eigentlich hätte er sich von ihr fernhalten sollen. Aber sie hatte recht, es war schön mit ihr und es war einfach sie anzurufen und dann zu ihr in diese schicke Wohnung zu fahren, die einst ihrer beider Zuhause gewesen war. Bis jetzt hatte er auch nie ein Problem damit gehabt, aber seit er vor ein paar Stunden Joselyns Lippen auf den seinen gespürt hatte, war irgendetwas anders.

Er begann sich zu fragen, was aus ihm und seinem Herzen werden sollte. Er spürte plötzlich wieder Gefühle, die er vergraben hatte und er konnte noch nicht genau sagen, ob dies gut für ihn sein würde. Er seufzte und sprang dann die Treppe hinab, trat ins

Freie und atmete die salzige Luft ein. Er lief in Richtung Strandpromenade. Das hatte er immer geliebt an dieser Wohnung. Ihre Nähe zum Strand. Seine derzeitige Wohnung lag mitten in der Stadt und man brauchte alleine eine halbe Stunde mit dem Auto, um überhaupt in die Nähe des Strandes zu kommen.

Er schaute kurz zu Claires Appartement hinauf und sah, dass Licht brannte. Er konnte eine Silhouette hinter der Gardine sehen und wusste, sie schaute ihm nach. Er straffte die Schultern und ging zu seinem Wagen, den er am anderen Ende der Straße geparkt hatte.

Er konnte nicht sehen, dass Claire eine Träne über die Wange lief, während sie ihm nachsah.

New York –
irgendwann im Morgengrauen

Er würde keine Ruhe geben, bis er das gefunden hatte, was er suchte. Langsam beugte er sich über die Karte, die er vor sich auf dem kleinen Tisch ausgebreitet hatte. Im Raum war es dämmrig und kühl, doch dies konnte nicht darüber hinwegtäuschen, dass es ein schäbiges Zimmer war. Er war gestrandet, irgendwo in der Einöde. Man hatte ihm keine Wahl gelassen. Bei nichts, was er in seinem Leben getan hatte und noch tun würde, hatte er eine Wahl gehabt.

Er zog an seiner Zigarette und blies den Rauch dann in die Luft. Dieser stieg nach oben und breitete sich wie eine Wolke im Zimmer aus, ließ es noch dunstiger erscheinen, als es ohnehin schon war, und machte es nicht gerade angenehmer sich hier aufzuhalten. Doch es störte ihn nicht, nicht mehr. Er kannte es auch anders, aber das schien ein ganzes Leben weit weg zu sein. Er hob den Kopf und sein Blick fiel auf den Fernseher, der leise im Hintergrund lief. Es kam nichts Besonderes, nur die Nachrichten, die ihn nicht interessierten. Er schaltete um auf einen Sender, der Lokalbeiträge aus verschiedenen Regionen zeigte. Es war noch langweiliger als die Nachrichten und doch erregte plötzlich etwas seine Aufmerksamkeit. Ein Beitrag fesselte ihn und ließ ihn nicht mehr los. Schnell machte er den Ton lauter und schaute fasziniert in die Kiste.

Es war ein Bericht vom 19. November über die Einweihung eines Gebäudes, eines sehr alten Gebäudes, welches aufwändig saniert worden war, mit Steuergeldern und der Hilfe von wohltätigen Organisationen, die sich für den Polizeidienst interessierten. Der Polizeipräsident hielt eine Rede und im Hintergrund konnte er sie sehen. Sie stand ganz vorne und schaute mit starrem Blick gerade aus, beobachtete fasziniert das Geschehen und ein Lächeln lag auf ihrem Gesicht. Er trat näher an den Fernseher heran und legte dann eine Hand auf die Scheibe, genau dort wo ihr Kopf war.

Der Beitrag war zu Ende und er drehte sich um, ging zum Tisch zurück und wühlte in seinen Karten.

Er hatte überall gesucht, nur nicht dort. Er nahm einen Stift zur Hand und malte langsam einen Kreis um die Stadt herum, die ihn nun interessierte – San Diego.

Kapitel 7

San Diego, Samstag 26. November

Er hatte die Füße auf den Schreibtisch gelegt und wippte langsam mit dem Stuhl vor und zurück. Sein Kopf lag auf der Rückenlehne seines Schreibtischstuhles und er hatte die Augen geschlossen. In der Hand hielt er einen Bleistift, mit dem er unablässig herumspielte. In seinen Ohren steckten die Kopfhörer seines Smartphones und er konzentrierte sich auf die leise Reggae-Musik, die er sich heruntergeladen hatte.

Es war Samstag, eigentlich kein Arbeitstag, aber Claire hatte die Mannschaft unerwarteter Weise zusammengerufen, um eine wichtige Strategiebesprechung abzuhalten, die aus irgendeinem unerfindlichen Grund nicht hatte warten können. Eric war der Erste gewesen, was häufig vorkam, wenn er in den frühen Morgenstunden noch eine Runde surfen gegangen war.

Das Büro war noch leer, was er sehr begrüßte. Er liebte diese Zeit des Tages, in der noch alles ruhig und gelassen war. In dieser Zeit konnte er besonders gut nachdenken, was er auch ausgiebig getan hatte. Er hatte seine Gedanken zunächst um den aktuellen Fall, der sich als schwierig entpuppte, drehen lassen und war dann ziemlich schnell von dort zu Claire und schließlich zu Jo abgedriftet. Der vergangene Abend im JUCE ließ ihn nicht mehr los. Er fühlte immer wieder Joselyns Lippen warm und weich auf den seinen und obwohl er danach zu seiner Exfrau gefahren war, wusste er, dass sein Leben sich gerade veränderte.

Die Musik verstummte und er richtete sich genau in dem Moment auf, um sich eine neue Playlist herauszusuchen, als sich die Fahrstuhltüren öffneten und Claire das Büro betrat. Sie sah grimmig aus, wie eigentlich immer, aber heute wirkte ihre Miene ganz besonders verschlossen.

»Hi«, rief Eric ihr zu und zog hastig die Füße vom Tisch.

»Morgen«, murmelte sie und rauschte an ihm vorbei in ihr Büro, wo sie ihre Tasche auf den Stuhl fallen ließ und dann begann, ihren Mantel auszuziehen. Sie sah wie immer adrett und gepflegt aus und man merkte ihr die kurze Nacht überhaupt nicht an.

»Gut geschlafen?«, erkundigte sich Eric, der ihr ins Büro gefolgt war.

»Sicher«, sagte Claire schlicht und zog ihre perfekt gezupften Augenbrauen in die Höhe.

»Kaffee?«, fragte er weiter und lehnte sich an den Türrahmen, beobachtete sie weiter, wie sie ihre Tasche öffnete und dieser einige Papiere entnahm.

»Was willst du, Eric?«, fragte sie, ohne von ihren Papieren aufzusehen.

»Nichts weiter. Eigentlich habe ich mich nur gefragt, ob du Davis nächste Woche vielleicht für ein paar Stunden entbehren könntest?«

Jetzt hob Claire den Kopf und schaute Eric an.

»Wieso?«, fragte sie und ließ ihre Tasche in den Rollcontainer unter ihrem Schreibtisch fallen. Dann kam sie auf ihn zu und sagte kein weiteres Wort. Eric konnte ihr gerade noch ausweichen, bevor sie an ihm vorbei und in Richtung Pausenecke schritt. Er folgte ihr abermals und versuchte, sich nicht durch ihren zweifelsohne grandios geformten Hintern ablenken zu lassen, der wie immer in einem gerade noch als schick durchgehenden kurzen Rock steckte. Claire wusste ganz genau, was sie tat und wie sie ihn betören konnte, also ließ sie es sich auch heute nicht nehmen, noch ein paar mehr Reize zu präsentieren.

Sie ging zur Kaffeemaschine und drückte die entsprechenden Knöpfe, bevor sie sich zum Regal umdrehte und eine Tasse heraussuchte, die sie schnell unter den Hahn stellte.

»Ich denke, ich könnte Davis gut gebrauchen.«

»Du könntest sie gut gebrauchen?«, fragte Claire und zog die Stirn in Falten.

»Also wir sind doch an dem Discofall dran. Du weißt schon.«

»Ja ich erinnere mich. Ist das nicht der Fall, an dem du und Nicklas seit Wochen arbeitet und bei dem ihr absolut noch keine Fortschritte gemacht habt?«

»Na ja, es ist ja nicht so, dass wir gar keine Fortschritte gemacht haben. Wir stecken nur irgendwie fest. Ich habe nachgedacht, Claire … und ich denke, wir müssen den Plan ändern. Jo hat uns auf eine Idee gebracht und …«

»Jo?«, fragte Claire und schaute Eric plötzlich mit einem Blick an, der irgendwo zwischen Erstaunen und Missfallen lag.

»Joselyn … Miss Davis«, sagte Eric rasch und versuchte das Zittern aus seiner Stimme zu verbannen, welches sich seltsamerweise eingestellt hatte, als er nur an Joselyn gedacht hatte.

»Ich weiß, wer sie ist«, entgegnete Claire missmutig und drehte sich um, um zurück zu ihrem Büro zu gehen.

»Claire, ich will sie undercover mitnehmen. Ich denke, das ist eine gute Gelegenheit. Es fällt weniger auf, wenn wir als Pärchen auftreten und Nick und die anderen können so besser im Hintergrund bleiben.«

»Woher willst du wissen, dass sie das auch will. Ich meine, sie ist als Assistentin eingestellt. Sie hat keine Ahnung von Polizeiarbeit.« Jetzt waren sie wieder an den Aufzügen angekommen und Claire schaute Eric an. Dieser strich sich leicht übers Kinn und meinte dann:

»Wir beide wissen doch ganz genau, dass sie keine Assistentin ist, Claire.«

Der Satz schwebte zwischen ihnen, als sich die Fahrstuhltüren öffneten und Joselyn das Büro betrat. Sie wirkte überrascht, Claire und Eric im Flur stehen zu sehen, setzte aber sofort wieder eine neutrale Miene auf.

»Guten Morgen«, sagte sie und schaute dann zuerst Claire und schließlich Eric an. Dieser trat einen Schritt zur Seite, um ein wenig Abstand zwischen sich und Claire zu bekommen und diese zog erneut die Augenbrauen zusammen.

»Morgen«, murmelte er und Claire nickte Joselyn zu. Diese kam auf die beiden zu und steuerte in Richtung ihres Schreibtisches, als Claire sie aufhielt:

»Joselyn, Sie werden eine Sonderaufgabe erhalten.«

»Welche?«, fragte Joselyn und legte ihre Hand an ihre Tasche.

»Das wird Eric zu gegebener Zeit mit Ihnen besprechen. Aber jetzt erwarte ich Sie erst einmal in fünf Minuten in meinem Büro. Wir müssen ein Meeting vorbereiten. Und du Eric … ich wollte dir noch sagen, dass du letzte Nacht deinen Pullover bei mir vergessen hast. Du kannst ihn dir jederzeit abholen.«

Damit warf sie noch einmal einen Blick auf Joselyn und lief dann, so schnell es ihre hohen Absätze zuließen, in ihr Büro zurück. Die Tür schloss sie mit einem demonstrativen Klick.

Eric stand mit halb geöffnetem Mund da und schaute Joselyn an, die ein wenig rot geworden war und nun hektisch zu ihrem

Schreibtisch lief. Er folgte ihr und merkte erst jetzt, dass er an diesem noch sehr frühen Morgen schon zum zweiten Mal einer Frau hinterherlief.

»Tut mir leid … das war … das sollte … sie hat es bestimmt nicht so gemeint …«

Joselyn hob den Kopf.

»Was meinst du?«

»Ich meine Claire und mich … ich.«

»Es gibt also ein Claire und du?«

»Nein … es ist …«

»Ich verstehe schon, Eric. Wirklich.« Sie kramte auf ihrem Schreibtisch herum. Sie musste an den vergangenen Abend denken, daran dass er sie nach Hause gefahren hatte und dass er sich wirklich darum bemüht hatte, nett zu ihr zu sein. Und beinahe hätte sie es ihm abgekauft. Zum Glück hatte sie es nicht getan und so konnte sie ihr Herz weiterhin schützen.

»Nein …«, rief er verzweifelt. »Ich meine … es ist … kompliziert.« Er holte tief Luft. Jetzt richtete sie sich wieder auf und stemmte die Hände in die Hüften.

»Ist es das nicht immer?«, fragte sie und ihre Stimme klang wehmütig.

»Das hier ist was Anderes. Claire und ich … wir … wir sind seit Ewigkeiten geschieden.« Das stimmte so nicht ganz, denn die offizielle Scheidung lag erst sechzehn Monate zurück, doch das konnte und wollte er Joselyn jetzt nicht auf die Nase binden. Sie schien ohnehin schon enttäuscht genug zu sein. Bei seinen Worten hatte sich ihr Gesichtsausdruck verändert. Sie wirkte plötzlich noch unnahbarer als sie es sonst schon immer ihm gegenüber war. Abwehrend hob sie die Hände.

»Das wollte ich ganz bestimmt nicht wissen, Eric«, murmelte sie.

»Ich …«, begann er wieder, weil er das Gefühl hatte noch irgendetwas sagen zu müssen. Doch sie unterbrach ihn:

»Ganz ehrlich, Eric, es ist mir eigentlich völlig egal, was da läuft oder auch nicht und ob es was Offizielles ist oder nicht und wer davon weiß oder wer nicht. Ich habe kein Anrecht auf deine Geheimnisse, ebenso wenig wie du auf meine.«

Eric zuckte merklich zurück bei ihren Worten und steckte dann die Hände in die Taschen.

»Okay«, murmelte er nur.

Mit so einem Verlauf des Gespräches hatte er nicht gerechnet und er war stinksauer auf Claire, dass sie ihn in diese Situation gebracht hatte. Er nahm sich vor, mit ihr zu sprechen und zwar bald und die Beziehung zu ihr ein für alle Mal zu beenden. Er wusste, das hätte er schon vor langer Zeit tun sollen, aber er war ein Feigling und er war ihr irgendwie noch immer verfallen. Das musste sich dringend ändern.

»Also, was genau ist das mit dem Spezialauftrag?«, fragte Joselyn nun und wirkte wieder ziemlich professionell. Eric war erstaunt, wie schnell sie es schaffte, von der persönlichen auf die berufliche Ebene zu wechseln. Im Moment konnte er absolut nicht erkennen, wie sehr sie verletzt war oder ob es ihr tatsächlich egal war, was er so trieb. Aber er konnte jetzt nicht viel tun. Er musste sie dort einfangen, wo sie gerade am empfänglichsten war: Bei ihrer Arbeit und ihrem Ehrgeiz.

Also räusperte er sich, straffte die Schultern und schaute sie dann direkt an.

»Mach dich bereit, Jo, wir gehen undercover.« Dann nahm er sein Telefon, das er noch immer in der Hand hielt und legte es auf seinen Schreibtisch. Er vermied es, Joselyn anzusehen, drehte sich um und marschierte in Richtung Claires Büro.

Joselyn stand da und starrte ihm verblüfft nach.

***

»Was zum Teufel sollte das denn?« Eric war in Claires Büro gestürmt und baute sich nun vor ihrem Schreibtisch auf.

»Ich weiß nicht, was du meinst«, entgegnete Claire und blieb dabei völlig ruhig und gelassen.

»Oh doch, du weißt es ganz genau.« Eric war, ohne es zu merken, lauter geworden und stand nun schnaubend vor ihr, schaute auf sie hinab und war sich seiner Wut durchaus bewusst.

»Wo ist das Problem, Eric?«, fragte sie und schob die Akte, die sie gerade durchgesehen hatte, beiseite.

»Wo das Problem ist? Du hattest nicht das Recht, ihr von uns zu erzählen.«

»Was ist denn so schlimm daran?«, fragte sie unschuldig. »Es sei denn ...«

»Halt den Mund, Claire!« Eric hob warnend einen Zeigefinger.

»Du empfindest etwas für sie, hab ich recht?«

»Und du bist eifersüchtig. Das habe ich dir heute Nacht schon angemerkt«, warf er ihr entgegen. Sie hob eine Augenbraue und presste die Lippen aufeinander. Eric wusste, dass er ins Schwarze getroffen hatte und ein leicht triumphierendes Grinsen stahl sich auf sein Gesicht. Er konnte nicht umhin, sich darüber zu freuen, dass diese Frau hier das erste Mal seit einer gefühlten Ewigkeit so etwas wie eine normale Gefühlsregung zeigte.

»Und wenn es so wäre, Eric. Wir sind getrennt.«

»Dann solltest du auch nicht eifersüchtig sein«, meinte er. Sie stand auf und ging zur Tür. Dann begann sie, die Jalousien, die an den Scheiben angebracht waren, zuzudrehen. Er beobachtete sie mit einem wachsamen Blick. Er war sich durchaus bewusst, dass Joselyn und die anderen da draußen waren und dass sie sich sicherlich ihren Teil denken würden. Früher einmal wäre es ihm egal gewesen, aber dieses Mal nicht. Er versuchte, sein schlechtes Gewissen beiseite zu schieben, was ihm allerdings nur mittelmäßig gelang. Er hatte Joselyn nicht verletzen wollen und doch hatte er es irgendwie geschafft, das kleine Pflänzchen Vertrauen, was sich zwischen ihnen entwickelt hatte, zu zertrampeln. Er hätte sich dafür in den Hintern beißen können. Aber es war nun einmal geschehen und er konnte nur noch das Beste daraus machen. Und mit Claire musste er anfangen. Irgendwie.

»Sie ist die erste Frau seit unserer Trennung, die dich ernsthaft zu interessieren scheint«, sagte Claire plötzlich und holte ihn aus seinen Gedanken. Eric blickte hoch, während sie sich an ihren Schreibtisch zurück setzte und schaute sie nachdenklich an. Dann zog er sich einen Stuhl heran und nahm ihr gegenüber Platz. Er legte die Hände auf den Tisch und schaute seine Chefin direkt an.

»Ja, das tut sie.«

»Das ist … doch gut«, murmelte Claire und schluckte.

Er hob eine Braue. Sie blieb still.

»Klang bis vorhin noch ganz anders. Was ist passiert?«

Er konnte ein verdächtiges Glitzern in ihren Augen sehen und beinahe tat sie ihm leid. Er hätte nicht gedacht, dass sie doch irgendwie an ihm hängen würde. Oder war es nur ein Revierkampf, wenn man im Begriff war, sein bestes Pferd im Stall zu verlieren?

»Unsere Trennung, Eric, war damals genau die richtige Entscheidung.«

»Soll das heißen, dass du sie jetzt anzweifelst?«, fragte er und strich sich eine Haarsträhne aus der Stirn. Sie zuckte mit den Schultern.

»Keine Ahnung. Wir hatten doch jede Menge Spaß in den letzten Monaten. Es fühlte sich alles ziemlich leicht an.«

»Und genau da liegt unser Problem, Claire«, setzte Eric an. »Nichts bei uns ist jemals leicht gewesen. Du stehst auf einfach, ich auf komplex. Du fühlst dich in einer Beziehung gefangen, ich mich geborgen. Du möchtest tun und lassen können, was du willst, ich möchte mich binden. Das passt einfach nicht zusammen.«

»Und du meinst, sie kann dir geben, was du suchst?«

Er blickte ihr in die Augen und sah ein wenig von der alten Claire, der Claire, die er einmal geliebt und geheiratet hatte. Doch der Glanz war schnell vorbei und zum Vorschein kam wieder die Claire, die er als seine Chefin kannte.

»Sie ist wahrscheinlich kompliziert. Aber ja, man könnte es zumindest versuchen.« Damit stand er auf und ging in Richtung Tür. Als er die Hand auf die Klinke legte, hielt sie ihn auf:

»Eric.« Er drehte sich herum. Sie sagte eine ziemlich lange Weile nichts und als Eric schon gehen wollte, kamen dann doch noch ein paar Worte.

»Ich möchte, dass du glücklich wirst und ich hoffe, sie ist diejenige, die das hinbekommt. Du solltest aber auch wissen, dass der Schein manchmal trügt.«

»Was willst du mir damit sagen?«

»Ich will dir nur sagen, dass du vorsichtig sein sollst. Ich will nicht, dass du verletzt wirst.«

»Das sagt genau die Richtige«, murmelte er und seine Stimme hatte einen leicht ironischen Unterton angenommen.

»Tut mir leid, Eric.«

»Was, Claire?«

»Alles. Dass ich dich damals so verletzt habe. Dass es mit uns nicht geklappt hat. Dass ich so bin, wie ich bin und Na ja, dass ich vorhin ein wenig überreagiert habe. Wird nicht wieder vorkommen.«

»Danke, Claire. Das bedeutet mir sehr viel.« Er lächelte sie an, wusste genau wie viel Überwindung es sie gekostet haben musste.

»Deinen Pulli bringe ich dir bei Gelegenheit mal mit, in Ordnung?«

»Sicher. Kein Problem.« Sie sprachen es nicht aus, aber beide wussten sie, dass ihre Liaison, welcher Art auch immer sie gewesen war, mit dem heutigen Tag ein für alle Mal vorbei war.

Irgendwo in New York

Langsam blätterte er durch die Seiten des alten Fotoalbums, welches er hütete wie seinen größten Schatz. Es war schon ein wenig abgegriffen, da er es immer und immer wieder ansah. Mehr war ihm nicht von ihm geblieben. Nur diese paar Seiten, vollgeklebt mit Erinnerungen. Sein Leben war erfüllt gewesen. Sie hatte es zerstört. Voller Wehmut strich er über das letzte Foto. Eine Träne kullerte über seine faltige Wange und verfing sich in seinem Bart. Er wischte sie nicht ab, sondern zog die Nase hoch und klappte das Buch zu. Dann verstaute er es in seinem Nachtschrank und schloss die Tür.

Seine Knochen knackten, als er sich wieder aufrichtete und er spürte, dass er einen Drink gebrauchen konnte. Hinter dem Vorhang auf der Fensterbank hatte er einen kleinen Vorrat. Er griff sich die Flasche mit dem Scotch und öffnete sie, trank hastig ein paar Schlucke und wischte sich über den Mund. Er war voller Verzweiflung und sein Herz kannte nur Wut und Trauer, seit sie sein Leben zerstört hatte. Er hielt es kaum noch aus. Seine innere Unruhe wuchs beständig, seit er nun wusste, wohin er musste. Seine Geduld war am Ende. Doch er konnte nicht einfach so los. Er brauchte zuallererst einen Plan und Geld.

Sein Handy klingelte und er schaute aufs Display. Endlich erhielt er den Anruf, auf den er gewartet hatte. Er hob ab und lauschte der tiefen Stimme am anderen Ende der Leitung. Sie hatten oft Geschäfte miteinander gemacht und auch dieses Mal konnte er sich auf ihn verlassen. Er würde ihm helfen. Nicht ohne Gegenleistung, soviel stand fest, aber das hatte er einkalkuliert. Er bedankte sich und legte auf. Er musste freundlich bleiben, denn eine Hand wusch bekanntlich die andere. So war es immer schon gewesen und so würde es auch immer sein.

Er öffnete den Browser in seinem Telefon und klickte sich durch die Seiten der Fluggesellschaften. Es dauerte nicht lange und er hatte einen passenden Flug gefunden. Er würde ein paar Umwege fliegen müssen, da sein Budget, trotz Hilfe, nicht besonders üppig war. Aber er würde schon in zwei Tagen dort sein. Die Zeit war gekommen. Er steckte das

Handy ein und wandte sich dann seiner Reisetasche zu, die halb gepackt auf dem Bett stand.

Seine Rache war nicht mehr fern.

Kapitel 8

San Diego, Dienstag 29. November

»Hallo Partner, ich hoffe, du hast heute nichts weiter vor. Wir gehen nämlich aus.«

Joselyn drehte sich herum und blickte Eric an, der soeben den Raum betreten hatte und seine Jacke über seinen Schreibtischstuhl warf. Joselyn war gerade in ein Gespräch mit Nicklas vertieft gewesen. Dieser hob nun eine Braue und musterte Eric mit einem leicht skeptischen Blick.

»Wie bitte?«, fragte sie und Eric begann zu grinsen.

»Habe ich mich da gerade verhört?«, fragte Nicklas und lehnte sich zurück. Eric klopfte ihm auf die Schulter und meinte:

»Keine Angst, du wirst immer mein Partner bleiben. Das hier wird eine Ausnahme.«

»Will ich dir auch geraten haben«, grummelte Nicklas und schielte zu Joselyn hinüber, die nicht so genau wusste, was sie eigentlich zu der ganzen Sache sagen sollte. Eric hatte die letzten Tage schon Andeutungen gemacht, die er ihr aber nicht genauer erklären wollte. Und eigentlich redeten sie seit der Begegnung mit Claire am vergangenen Samstag nicht wirklich miteinander. Sie wollte keine Erklärungen von ihm hören und Eric wollte sie ihr nicht geben. Sein Geständnis, dass er und Claire verheiratet gewesen waren und erst recht die Tatsache, dass sie offensichtlich noch immer mehr als nur Freunde waren, hatte Joselyn getroffen und schließlich noch einmal darin bestärkt, dass es keine gute Idee wäre, ihm irgendwie näher zu kommen. Eigentlich versuchte sie ihm aus dem Weg zu gehen, aber die Tatsache, dass sie nun an dieser Undercovermission teilnehmen sollte, würde das Ganze schwierig machen.

Dummerweise spürte sie noch aus der sich selbst aufgezwungenen Distanz diese magische Anziehungskraft zwischen ihnen. Und es schien ihm ganz genauso zu gehen. Sie merkte, dass er sie beobachtete und sie wusste nicht, ob und wie lange sie ihm widerstehen konnte. Vor allem nicht, wenn er mit so viel Begeisterung bei einer Sache war wie gerade im Moment.

Das machte ihn sympathisch.

»Du hast mich schon richtig verstanden, Jo«, sagte Eric schließlich an Joselyn gewandt. »Wir gehen heute Abend auf eine Party.« Er warf eine Akte auf den Tisch und setzte sich hin. Dann öffnete er die Akte und begann darin herumzublättern.

»Was meint er denn damit?«, fragte Joselyn an Nicklas gewandt und ihr älterer Kollege begann zu schmunzeln.

»Ich fürchte, er meint es genauso, wie er es gesagt hat. Wir gehen auf eine Party. Also besser gesagt, ihr zwei vergnügt euch auf der Party und wir … ja, Eric, was machen wir eigentlich?«

»Claire hat dich und Marco als Kellner eingeteilt. David darf Türsteher sein.«

»Na prima, immer bekommen wir die langweiligen Jobs, während du Champagner schlürfen und Mädchen anbaggern darfst«, nörgelte Marco, der zusammen mit David gerade aus der Kaffeeküche gekommen war und den Rest der Unterhaltung mitbekommen hatte. Joselyn schaute Eric fragend an und dieser hob schnell die Hände.

»Okay, okay … Es ist bei weitem nicht so, dass ich bei jedem Einsatz reihenweise Mädchen anbaggere. Das tue ich wirklich nur, wenn es die Rolle erfordert«, verteidigte er sich dann und wusste eigentlich auch nicht so genau, warum er Joselyn dies unbedingt mitteilen wollte. Ihr Blick lag auf seinem Gesicht und er spürte, wie eine gewisse Wärme in ihm aufstieg. Sie hatte das seltene Talent, dieses Gefühl in ihm auszulösen und er hatte noch so gar keine Ahnung, wie er damit umgehen sollte.

»Ah ja, verstehe«, meinte Joselyn und griff in ihre Tasche, holte einen Kaugummi heraus und steckte ihn sich in den Mund.

»Und was genau machen wir da auf dieser Party?«, fragte nun Marco wieder und trank einen Schluck aus seiner Tasse.

»Wir wagen uns noch einmal an unseren Discofall heran. Und zwar haben Nick und ich in den letzten Tagen ein bisschen recherchiert und uns ist ein Mann ganz besonders aufgefallen.« Er drehte die Akte herum und deutete auf das Foto, welches auf der linken Seite hing. Es zeigte einen Mann im Anzug, glattrasiert, etwa Ende vierzig, mit dunklen Haaren, die an den Schläfen langsam zu ergrauen begannen. Er wirkte charismatisch und charmant und doch irgendwie gefährlich.

»Theodor Samira«, las David vor und Eric nickte bestätigend.

»Er sieht eigentlich ganz anständig aus«, meinte Marco und setzte sich dann an seinen Schreibtisch.

»Glaubt mir Leute, das ist er nicht«, sagte Eric und machte ein strenges Gesicht. »Meine Informanten haben mir mitgeteilt, dass Samira sich heute Abend auf der Wohltätigkeitsgala des Bürgermeisters befinden wird.«

»Und wir gehen da hin und werden was genau tun?«, fragte Joselyn vorsichtig.

»Wir sichern alles, was wir von Samira auftreiben können. Angefangen bei Fingerabdrücken, über DNA und natürlich, nicht zuletzt, jede Menge Informationen«, erklärte Nicklas und Joselyn nickte.

»Wie ausgeprägt ist dein schauspielerisches Talent?«, fragte Eric sie und schlug dann die Akte wieder zu.

»Ähm, keine Ahnung«, sagte Joselyn und blickte dann zu David, der sie mitfühlend ansah.

»Hast du jemals undercover gearbeitet?«, fragte Eric weiter.

Joselyn schüttelte mit dem Kopf.

»Ich bin Assistentin, keine Ermittlerin und erst recht keine Schauspielerin«, versuchte sie sich zu rechtfertigen.

»Das eine schließt das andere nicht zwangsläufig aus.« Joselyn verschwieg ihren Kollegen, dass sie durchaus wusste, wie man undercover arbeitete, aber sie hütete sich, etwas davon zu sagen. Sie hatte sich schon zu weit hervorgewagt und bewegte sich beständig auf dünnem Eis und es war eigentlich nur eine Frage der Zeit, bis irgendjemand dahinterkam, was sie in ihrem früheren Leben getan hatte.

»Ich bin mir nicht so ganz sicher, was genau du damit sagen willst, Eric, aber ich habe Claire zugesagt, dass ich euch helfe. Also hier bin ich.« Joselyn breitete die Arme aus und Eric musste schmunzeln.

»Gut. Fehlt nur noch eins. Wir müssen uns überlegen, was wir mit deinem Outfit anstellen«, sagte Eric und begann dann Joselyn von oben bis unten zu mustern. Dabei kniff er die Augen auf diese ganz besondere Art und Weise zusammen, wie nur er es konnte und Joselyn musste sich beherrschen, seinem Blick nicht auszuweichen. Ihre Gefühle fuhren schon wieder Achterbahn und das machte sie verrückt. Sie versuchte, sich ins Gedächtnis zu rufen, dass er etwas mit Claire am Laufen hatte, aber es half nicht viel. Seine blauen Augen machten sie innerlich schwach und sie wurde wütend.

»Was ist?«, fragte sie daher ziemlich bissig und schaute dann ebenfalls an sich herunter.

»Wir werden keine Zeit haben, noch mal bei dir vorbeizufahren. Die Eröffnung ist um sechs und wir brauchen noch eine Stunde bis zur Location.«

»Welche Rolle soll ich denn spielen?«, frage Joselyn.

»Du wirst meine Freundin spielen und irgendwie … ich weiß nicht …« Er stand auf und lief dann um sie herum.

»Also, wenn du nicht in einen Anzug steigst, dann ziehe ich definitiv kein Abendkleid an«, rief sie ihm zu und verschränkte die Arme vor der Brust.

»Punkt für dich, Jo«, sagte Eric und drehte sich dann um, um zur Tür zu gehen.

»Wo will er hin?«, fragte Joselyn an Marco gewandt.

»Ich vermute, er will in die Kleiderkammer«, antwortete er.

»Kleiderkammer?«

»Nun komm schon, Jo, wir haben nicht ewig Zeit«, rief Eric von der Tür her.

»Ich komme schon.« Sie blickte sich noch einmal nach den anderen um, die sich inzwischen über ihre Akten gebeugt hatten und lief dann Eric hinterher.

***

Sie befand sich in einer Art Umkleidekabine und Eric stand davor. Der Vorhang war geschlossen und sie konnte lediglich seine Füße sehen. Joselyn kam sich merkwürdig vor, denn dieser dünne Vorhang verbarg nicht viel und bei dem Gedanken daran, dass sie hinter dem Vorhang beinahe nackt war, lief ihr ein Schauer über den Rücken. Sie waren in den Keller gegangen und Eric hatte sie in diesen etwas merkwürdigen Raum geführt, in dem allerlei Krimskrams herumstand. Unter anderem mehrere Kleiderständer und eben besagte Umkleideecke.

»Was genau ist das hier eigentlich?«, fragte Joselyn über den Vorhang hinweg und stieg dann in eines der Kleider, die Eric ihr gebracht hatte.

»Im normalen Leben ist das hier die Asservatenkammer. Aber unsere Abteilung hat hier auch noch einen großen Fundus an allerlei nützlichen Dingen für die Undercoverarbeit.«

»Wieso?«

»Du kennst dich mit solchen Sachen echt nicht aus, oder?«, fragte er und sie schob den Vorhang beiseite. Sie trug ein langes blaues Seidenkleid, welches ihr allerdings ein wenig zu groß war. Eric runzelte die Stirn und schüttelte dann mit dem Kopf. Sie schaute an sich hinab und drehte sich dann um, schloss den Vorhang wieder und zog sich das Kleid von den Schultern.

»Warum sollte ich?«, beantwortete sie seine Frage mit einer Gegenfrage.

»Ach nun komm schon, Jo. Du bist keine Assistentin, dazu kennst du dich in unserem Gebiet einfach viel zu gut aus.«

Joselyn atmete hörbar ein und schloss kurz die Augen.

»Warum gibst du es nicht einfach zu, Jo?«, fragte Eric weiter.

»Was?«

»Dass du eigentlich Polizistin bist.« Sie zuckte zusammen und griff sich schnell eines der anderen Kleider, die noch in der Kabine hingen, zog es über und versuchte ruhig zu bleiben. Doch ihr Herz schlug ihr bis zum Halse, als sie ihren Kopf durch den Vorhang steckte und nun leise sagte:

»Ich werde nicht darüber reden, Eric. Und ich wäre dir dankbar, wenn du mich nicht noch einmal darauf ansprechen würdest.«

Er verlagerte das Gewicht auf sein anderes Bein und schaute sie an. Dabei legte er den Kopf leicht schräg, was ihn unheimlich süß aussehen ließ.

»Das war kein Nein«, flüsterte er ihr zu und sie schaute ihm einen Moment zu lange in die Augen. Dann blinzelte sie und schloss den Vorhang wieder. Mit zitternden Fingern warf sie das blaue Kleid über den Vorhang nach draußen, wo Eric es geschickt auffing. Für einen kurzen Moment hatte er geglaubt, dass sie sich ihm endlich öffnen würde, aber er war enttäuscht worden. Sie war ein Eisberg - unnahbar - und er seufzte innerlich.

»So ... Ich hoffe, das ist besser«, sagte Joselyn, nachdem sie eine Weile in der Kabine herumhantiert hatte und zog schließlich den Vorhang beiseite. Eric starrte sie an und vergaß in dem Moment seinen Mund wieder zu schließen. Sie sah atemberaubend aus. Das Kleid, knielang mit einem akzeptablen Ausschnitt, kleidete sie hervorragend. Es stellte ihre Kurven zur Schau, ohne aufreizend zu wirken und die Farbe, ein Weinrot, kleidete sie außerordentlich gut. Sie zupfte den Rock zurecht und drehte ihm dann ihren Rücken zu.

»Würdest du eventuell mal …?«, fragte sie und er musste schlucken.

»Klar … ähm. Sieht toll aus«, begann er zu stottern und trat dann näher an sie heran, hob die Hände und schloss langsam den Reißverschluss. Sie hatte ihre Haare angehoben und ließ sie nun wieder fallen, was ihm unheimlich sexy vorkam. Schnell entfernte er sich von ihr und trat dann zu einem anderen Kleiderständer, um sich einen Anzug herauszusuchen. Seine Hände zitterten.

Joselyn hatte sich vor den Spiegel gestellt, der neben der Kabine aufgestellt war, und betrachtete sich. Sie schlüpfte in die Pumps, die passend zum Kleid vorhanden waren und zufälligerweise ihre Größe hatten. Schließlich hob sie ihre Tasche auf und kramte darin herum, holte eine Bürste hervor und begann sich die Haare zu kämmen. Eric hatte sich inzwischen den Anzug angezogen und war wieder zu ihr getreten. Sie schaute ihn an.

»Nicht schlecht«, meinte sie und zwinkerte ihm zu. Er lächelte und band sich die Krawatte, was ihn einige Mühe kostete. Joselyn hatte ein paar Haarklemmen gefunden und begann damit ihre Haare geschickt nach oben zu stecken. In diesem Moment klingelte ihr Telefon und Joselyn schaute Eric verzweifelt an. Sie hatte gerade eine Haarklemme im Mund, eine in der Hand und mit der anderen hielt sie ihre Haare fest.

»Würdest du vielleicht …?«, nuschelte sie und er nickte, nahm das Telefon aus ihrer Tasche, wischte kurz darüber und aktivierte dann die Freisprecheinrichtung.

»Hallo?«, fragte er.

»Hallo Mummy, wann kommst du nach Hause? Ich warte auf dich«, ertönte eine aufgeregte Kinderstimme aus dem Apparat. Eric blickte irritiert erst auf das Telefon und dann auf Joselyn. Diese spuckte die Haarklemme aus und rief:

»Matthew mein Schatz … Mummy kann heute leider nicht früher nach Hause kommen.«

»Warum?«

»Ich muss noch arbeiten.«

»Och nö. Du bist so gemein«, protestierte Matthew am anderen Ende der Leitung.

»Schätzchen, es tut mir wirklich leid.«

»Gemeine Mama.«

»Hey, so nicht«, mahnte Joselyn sanft, aber bestimmt.

»Ich will nicht, dass du immer arbeitest«, rief Matthew.

»Es muss sein. Aber ich gebe dir nachher noch einen riesengroßen Schmatzer, versprochen.«

»Auf die Nase?«, fragte Matthew, der damit schon wieder vom eigentlichen Thema abgelenkt war.

»Ja, einen auf die Nase und einen auf die Stirn und je einen auf die Ohren«, zählte Joselyn auf und musste kurz lächeln.

»Okay, aber ganz wirklich.«

»Ganz wirklich«, bestätigte Joselyn noch einmal.

»Na gut«, seufzte der Kleine und ihr Herz zog sich heftig zusammen.

»Kannst du mir Oma noch mal geben, mein Schatz?«

»Warum?«

»Weil ich ihr noch was sagen möchte.«

»Dafür will ich aber heute zwei Folgen von meinen Nieeeenjaaaaas. Versprochen Mama?«

»Versprochen.« Es ging leider nichts ohne Gegenleistung im Moment. Joselyn konnte sich förmlich vorstellen, wie Matthew mit seinen kleinen Füßen aufstampfte und wie ein Flummi auf und nieder hüpfte. Kurz darauf war ein Rascheln zu hören und dann meldete sich eine weibliche Stimme.

»Josi, wo bleibst du?«

»Tut mir leid, Mum. Ich muss noch arbeiten. Kannst du Matthew nachher bitte ins Bett bringen?«

»Klar, kein Problem.«

»Ach ... und er darf heute etwas länger fernsehen.«

»Geht in Ordnung. Sei vorsichtig, ja.«

»Bin ich und gib ihm noch einen Kuss von mir. Mummy hat dich lieb«, rief sie noch und wusste nicht, ob ihr Sohn sie noch gehört hatte. Dann war die Leitung unterbrochen und Joselyn ließ die Arme sinken. Ihre gerade nach oben gesteckten Haare, fielen ebenfalls hinab. Sie nahm dem noch immer stocksteif dastehenden Eric das Telefon aus der Hand und warf es in ihre Tasche. Er beobachtete sie und wartete offensichtlich darauf, dass sie irgendetwas sagte. Als sie es nicht tat, stellte er fest:

»Du hast einen Sohn.«

»Ja.« Sie schaute ihn an und ihre Blicke trafen sich. Seine blauen Augen leuchteten irgendwie in dem Licht der Neonröhren und sie konnte nicht erraten, was ihm gerade durch den Kopf ging.

»Wie alt ist er?«, fragte er weiter.

»Fünf. Fragst du dich etwa gerade, wie alt ich bin?« Es klang empört.

»Nein … so war das nicht gemeint«, rief er schnell. Sie hatte ihre Sachen zusammengepackt und war dabei in Richtung Tür zu gehen.

»Was dagegen, dass ich ein Kind habe?«

»Nein … ganz und gar nicht. Es ist nur, ich habe nicht damit gerechnet«, gestand er schließlich und holte sie an der Tür ein.

»Bist du jetzt enttäuscht?«, fragte sie weiter und musterte ihn erneut.

»Das klingt beinahe, als wolltest du, dass ich es wäre«, meinte er und hob leicht die Schultern. Sie waren beide verlegen und wussten nicht so genau, wie sie das Ganze einordnen sollten.

»Nein, das möchte ich nicht. Aber …« Joselyn stockte.

»Aber?«, fragte er und hob eine Braue.

»Nichts.« Sie drehte sich um und ging in Richtung Aufzug. Er folgte ihr und legte ihr dann eine Hand auf den Arm, hielt sie fest und drehte sie zu sich herum.

»Falls es irgendeine Rolle spielen sollte … Ich liebe Kinder, Jo«, sagte er leise. Dann ging er an ihr vorbei und betrat den Aufzug. Sie starrte ihm hinterher und merkte, wie ihr Herz weich zu werden begann.

Kapitel 9

San Diego, am selben Abend

Eric hielt mit dem Wagen vor dem Hotel, in dem die Wohltätig-keitsgala des Bürgermeisters stattfinden sollte. Er stieg aus und übergab den Schlüssel an einen der Herren vom Parkservice, der sich auch gleich hinters Steuer setzte, um den Wagen sicher unter-zubringen. Eric lief hinter dem davonfahrenden Auto auf den Gehsteig und trat zu Joselyn. Sie sah hinreißend aus und er konnte nicht umhin, sie die ganze Zeit über anzuschauen. Sie hatte ihre Haare doch noch nach oben gesteckt und ein wenig Makeup auf-gelegt, so dass ihre Haut wie Seide schimmerte. Sie trug das ele-gante Kleid und die High Heels mit solcher Sicherheit, als ob sie dies schon öfter getan hatte. Und, was Eric am erstaunlichsten fand, sie wirkte vollkommen ruhig und professionell. Da waren keine Fragen und keine Angst, auch keine Unsicherheit. Im Ge-genteil, Eric hatte das Gefühl, dass sie sich darauf freute, diese Mission mit ihm durchzuziehen, was ihn wieder in seiner Annah-me bestärkte, dass sie dies nicht zum ersten Mal in ihrem Leben tat. Aber er hütete sich, irgendetwas Derartiges zu erwähnen. Die erste Abfuhr hatte ihm genügt. Wieder musterte er sie von der Seite. Sie lächelte ihn an und murmelte durch ihre zusammen gebissenen Zähne.

»Wenn du mich weiterhin so anstarrst, dann fliegen wir auf, be-vor wir hier überhaupt hineinspaziert sind.«

Er legte seine Hand auf ihren Rücken und schob sie über den roten Teppich in Richtung Eingang. Während sie liefen, beugte er sich zu ihr hinab und flüsterte ihr ins Ohr:

»Es ist durchaus erlaubt, seine schöne Begleiterin anzustarren. Es wäre wohl auffälliger, wenn ich dich ignorieren würde, meinst du nicht auch?«

Sie verdrehte die Augen und lief weiter, spürte seine Hand auf ihrem Rücken und nickte dem Türsteher zu. Es war David, der seine Position bezogen hatte, um ihnen, wenn nötig, Rückende-ckung zu geben. Eric zwinkerte ihm leicht zu und verschwand dann mit Joselyn im Inneren des Gebäudes.

»Verhalte dich einfach ganz natürlich«, wies er sie an und sie boxte ihn in die Seite.

»Ich bin kein Kleinkind«, raunte sie ihm zu, lief aber lächelnd weiter. Etwas weiter vorn konnten Sie Nicklas und Marco sehen, die, als Kellner getarnt, fleißig Sekt an die Gäste verteilten.

»Da drüben ist Samira«, flüsterte Eric und sie nickte. Eric legte einen Arm um ihre Schultern und zog sie enger an sich heran.

»Eric?«

»Ja?«

»Was genau machst du da?«, fragte Joselyn und schob seinen Arm beiseite.

»Ich versuche unsere Tarnung aufrecht zu erhalten«, entgegnete er.

»Kein Paar kommt hier engumschlungen herein«, zischte sie ihm zu und er grinste sie an.

»Wenn wir so tun als würden wir uns mögen und ein wenig enger zusammenrücken, dann können wir Samira viel unauffälliger im Auge behalten«, meinte er.

»Wo bist du denn zur Undercoverschule gegangen?«, fragte sie ihn mit einem ironischen Unterton und er hob eine Braue. Sie konnten Samira dabei beobachten, wie er einigen Leuten die Hände schüttelte und sie in kurze Gespräche verwickelte. Leider konnten sie nicht verstehen, was gesprochen wurde.

»Wir müssen näher ran«, flüsterte Eric und Joselyn nickte, bevor sie zustimmend sagte:

»Stimmt … ich werd dann mal.«

»Was?«, fragte Eric und schaute sie irritiert an. Doch Joselyn beachtete ihn gar nicht, sondern schlenderte langsam in Richtung Bar, an der sich Theodor Samira soeben niedergelassen hatte. Eric wollte ihr hinterher, doch er wurde von Nicklas am Arm festgehalten. Sein Partner war unbemerkt neben ihn getreten.

»Warte«, raunte Nicklas Eric zu und hielt ihm das Tablett, auf dem noch einige Gläser Sekt standen, vor die Nase. Eric griff sich eins und trank geistesabwesend einen Schluck.

»Was zum Teufel macht sie da?«, fragte er dann, ohne Joselyn aus den Augen zu lassen. Diese hatte sich nun neben Samira an die Bar gesetzt und soeben einen Drink geordert, den sie jetzt langsam zwischen den Fingern drehte. Dabei beobachtete sie Samira ziemlich genau und verstand es, sich aufreizend in Szene zu setzen.

»Sie macht ihren Job«, flüsterte Nicklas zurück und lächelte dann einem Gast zu, der sich ein Glas Sekt von seinem Tablett nahm. Eric trank hastig einen weiteren Schluck und beobachtete zu seinem Missfallen, dass Joselyn ihren Ausschnitt ein wenig weiter nach unten gezogen hatte und Samira förmlich darin zu versinken drohte.

»Sie baggert ihn an«, stellte Eric nervös fest und umklammerte sein Glas. Nicklas begann zu grinsen.

»Das scheint dich aber ganz schön zu stören, Mann«, meinte er.

»Es stört mich keineswegs … Mann«, giftete Eric zurück und Nicklas verdrehte die Augen.

»Schon klar. Halt dich ja zurück«, warnte Nicklas seinen Partner. Eric schnaubte und blickte wieder hinüber zur Bar. Er sah Joselyn, wie sie scheinbar unbefangen mit Samira plauderte und es sah aus, als hätte sie ihren Spaß. Eric konnte es nicht verhindern, aber in ihm stiegen Empfindungen hoch, die er lange nicht mehr gehabt hatte. Eifersucht gepaart mit Angst und Beschützerinstinkt wechselten sich ab. Es machte ihn ganz kribbelig, Joselyn so zu sehen.

Jetzt begann Joselyn in ihrer Handtasche zu kramen und allerlei Utensilien auf dem Tisch auszubreiten. Eric meinte, einen Lippenstift und eine Puderdose sowie Taschentücher und einen Schal zu erkennen. Er wunderte sich wieder einmal, was Frauen so alles in ihren Handtaschen transportierten und war im ersten Moment verwirrt, was Joselyn da trieb.

»Gib mir noch ein Glas«, murmelte Eric und drehte sich zu Nicklas herum, der inzwischen eine Runde mit seinem Tablett gedreht hatte und nun wieder bei Eric angekommen war. Eric stellte das leere Glas aufs Tablett zurück und griff sich ein neues. Nicklas runzelte die Stirn.

»Entspann dich, Cole. Sie macht das schon.«

»Meine Güte, schau dir das an«, flüsterte Eric. Joselyn begann sich langsam die Lippen nachzuziehen und zu Erics und Nicklas Erstaunen, drückte sie Samira dazu kurzerhand die Puderdose in die Hand und bat ihn offenbar, ihr den Spiegel zu halten. Samira schien auf seltsame Art und Weise fasziniert von Joselyn zu sein, denn er tat, was sie ihm auftrug. Wenig später legte sie Samira den Lippenstift in die Hand und lächelte wieder. Dann steckte sie die

Puderdose in ihre Tasche und legte Samira eine Hand auf den Arm. Eric meinte, platzen zu müssen. Alles in ihm verlangte danach dazwischen zu gehen, aber Nicklas hielt ihn fest. Wieder trank er einen Schluck und merkte bald, dass der Sekt ihm ins Blut ging. Ihm wurde warm. Er griff sich an den Hals und wünschte sich, keine Krawatte zu tragen.

»Sie ist echt gut«, meinte Nicklas und lächelte. Jetzt sah Eric, dass Samira Joselyn den Lippenstift wieder reichte und sie ihn in ihrer Tasche verschwinden ließ. Dann nahm sie einen Zettel und notierte etwas darauf. Wahrscheinlich eine imaginäre Telefonnummer. Schließlich beugte sie sich zu Samira hinüber, strich ihm über den Arm und drückte ihm einen Kuss auf die Wange, bevor sie aufstand und in Richtung Toiletten davonging. Eric drückte Nicklas sein Glas in die Hand und bahnte sich einen Weg durch die Menschenmassen. Er lief Joselyn hinterher, die gerade dabei war, sich den langen Gang bis zur Damentoilette vorzuarbeiten. Auf halber Strecke hatte er sie eingeholt und hielt sie am Arm fest. Erschrocken drehte sie sich zu ihm herum und rief:

»Eric, verdammt noch mal.«

»Nicht so laut«, flüsterte er und schaute sich erschrocken um. Doch niemand schien sie zu beachten.

»Was ist denn los?«

»Das könnte ich dich auch fragen«, entgegnete er und schob sie weiter den Gang entlang.

»Ich wollte gerade zur Toilette«, sagte sie und steuerte auf die Tür zu. Er folgte ihr.

»Gut, ich komme mit.«

»Was?« Jetzt blieb sie stehen und schaute ihn verdutzt an. Die ganze Situation war schon beinahe komisch und Eric musste sich ein Lächeln verkneifen, als er ihren entsetzten Gesichtsausdruck sah.

»Was hast du mit dem Lippenstift und dem ganzen anderen Kram gemacht?«, fragte er.

»Vertraust du mir nicht?«, fragte sie.

»Doch, aber ihr saht so vertraut aus. Was war da los?«

Sie schaute ihn abschätzend an. In diesem Moment sah sie Samira, der offenbar ebenfalls die stillen Örtlichkeiten aufsuchen wollte. Schnell schob sie Eric in die Toilette mit der Aufschrift »Damen« und schloss die Tür.

»Mann, Eric. Du bringst es noch fertig, dass wir auffliegen«, knurrte sie ihn an und kontrollierte schnell, ob irgendjemand in einer der Kabinen war. Doch sie waren allein.

»Jo ...«, warnte er sie und sie legte schnell einen Finger auf seinen Mund.

»Sch ...«, machte sie und schob ihn zur Tür, so dass diese durch ihn abgesperrt war, sollte irgendwer hereinkommen wollen.

»Ich soll Schmiere stehen?«, fragte er erstaunt. Sie funkelte ihn an.

»Ja.« Sie ließ ihn stehen und holte dann den Lippenstift und die Puderdose aus ihrer Tasche. Sie öffnete die Dose und nahm den kleinen Pinsel heraus, strich damit mehrfach über das Puderpad und lockerte den Puder auf. Dann hielt sie den Lippenstift ins Licht und pustete den Puderstaub über das Metall. Eric hob erstaunt eine Augenbraue und trat auf sie zu. Jetzt erkannte er, was Joselyn da tat und musste zugeben, dass er mehr als beeindruckt war. Dass er eigentlich die Tür im Auge behalten sollte, hatte er vollkommen vergessen. Sie schaute ihn triumphierend an und sagte:

»Ihr wolltet doch Fingerabdrücke von Samira haben, oder nicht?«

»Genial«, meinte er nur und zückte sein Handy. Dann machte er ein paar Fotos von den deutlich sichtbaren Abdrücken und sendete sie schnell an Caroline.

»Und hier ...« Joselyn zupfte ein Papiertuch aus dem Handtuchspender und legte etwas hinein, das eindeutig ein Haar war. Eric runzelte die Stirn bis er erkannte, dass Joselyn bei ihrem Annäherungsversuch Samira offensichtlich ein paar DNA-Spuren vom Jackett geklaut hatte. Als sie fertig war, steckte sie alles wieder ein und schloss ihre Tasche. In diesem Moment hörten sie Stimmen und Schritte vor der Tür. Erschrocken schauten sie sich an. Schnell griff Joselyn Erics Hand und zog ihn beiseite. Dann schob sie ihn in eine der Toilettenkabinen und schloss die Tür. Nur Sekunden später betraten zwei Frauen den Waschraum und fingen an, sich lauthals über ihre Männer zu beschweren. Sie redeten und redeten und es schien, als hätten sie es nicht eilig. Eric, den Joselyn in die enge Kabine gequetscht hatte, versuchte eine etwas bequemere Position einzunehmen, aber das gelang ihm nicht, denn der Platz reichte eigentlich kaum für eine Person, geschweige denn für zwei. Und so standen sie dicht gedrängt voreinander und schauten sich an. Sie versuchten möglichst wenig zu atmen, was nicht einfach war, da ihre Herzen wie wild pochten. Diese Nähe war einfach unerträglich und sie wussten beide nicht so recht, was sie nun tun sollten.

»Du musst dich auf die Toilette stellen«, flüsterte Joselyn Eric ins Ohr.

»Das werde ich auf keinen Fall tun«, flüsterte er zurück.

»Komm schon.«

»Nein.«

»Wenn sie hier zwei Paar Füße sehen, dann …«

»Was dann? Sie werden sich ihren Teil denken«, wisperte er und legte seinen Arm um ihre Taille. Er hatte einfach zu wenig Platz, um Abstand zu halten, also blieb ihm nichts Anderes übrig, als ihr näher zu kommen.

»Du drückst mir die Luft ab«, entgegnete sie und versuchte ihr Gesicht von ihm wegzudrehen.

»Wo soll ich denn hin?«, fragte er sie.

»Aufs Klo.«

»Der Deckel wird durchbrechen, wenn ich da drauf steige, also denk dir lieber was Anderes aus«, murmelte er und versuchte sich umzudrehen, was ihm aber nicht gelang. Joselyn stand zu dicht vor ihm. Die beiden Damen plauderten immer noch und achteten zum Glück nicht auf die Geräusche, die aus der Kabine kamen.

»Können wir sie nicht irgendwie hier herauslocken?«, fragte Joselyn und Eric schüttelte den Kopf.

»Ich wüsste nicht wie, außer du willst eine heiße Szene haben«, raunte er und versuchte gleichmäßig zu atmen. Er spürte Joselyn nah an seinem Körper und das Prickeln, welches sie bei ihm auslöste, ließ ihn nicht mehr klar denken. In seinem Kopf war nur noch Matsch und er wusste nicht, ob er das noch lange aushalten würde. Außerdem meldeten sich in diesem Moment noch andere Körperteile. Das war definitiv nicht gut.

»Vielleicht gar keine so schlechte Idee«, meinte sie und schaute ihn an. Er hielt die Luft an. Ihr Blick war so intensiv und bohrend, dass er nicht wusste, wo er hinsehen sollte.

»Jo, ich …« Sein Atem ging stoßweise und auch sie begann zu zittern. Sie klammerte sich an seine Oberarme und versuchte ein wenig Abstand zwischen sie beide zu bekommen.

»Ja?«, fragte sie und spürte seinen Atem an ihrer Wange. Ihre Nackenhaare richteten sich auf und sie merkte, wie ihre Kehle trocken wurde. Seine blauen Augen leuchteten und sie schluckte. Jetzt begann er sich langsam zu ihr hinunter zu beugen. Sie konnte sich nicht wehren. Sie musste ihm entgegenkommen. Die Spannung stieg, die Luft brannte und der Abstand zwischen ihnen wurde immer kleiner.

Als sie nur noch wenige Zentimeter voneinander entfernt waren, hörten sie draußen eine Tür, die krachend ins Schloss fiel. Sie zuckten beide gleichermaßen zusammen und schauten sich erschrocken an. Die Realität hatte sie mit einem Schlag wieder eingeholt und es fühlte sich an wie eine kalte Dusche.

»Sie sind weg«, flüsterte Joselyn.

»Ich habe es mitbekommen«, sagte er und nahm seine Hände von ihrem Rücken. Sie räusperte sich und drehte sich um, öffnete die Tür und stürmte aus der Kabine. Er folgte ihr mit einigem Abstand. Sie verließen die Toilette und traten nacheinander auf den Flur. Zum Glück war niemand zu sehen. In diesem Moment bog Nicklas um die Ecke, dicht gefolgt von Marco. Beide Männer schauten sich suchend nach ihren Kollegen um. Joselyn warf Nicklas einen kurzen Blick zu und rauschte dann an ihm vorbei nach draußen. Marco hob eine Braue und blickte ihr fragend nach.

»Alles okay bei euch beiden?«, fragte Nicklas und bedeutete Marco Joselyn zu folgen. Der junge Mann nickte und verschwand. Eric richtete sich die Krawatte.

»Alles bestens«, sagte er schließlich und klopfte seinem Freund auf die Schulter.

»Was habt ihr da drinnen gemacht?« Nicklas schaute kritisch zur Damentoilette.

»Frag lieber nicht«, antwortete Eric und lief dann zurück in den Saal.

Flughafen San Diego –
später Nachmittag

Langsam hob er seine Tasche vom Gepäckband und versuchte sich zu orientieren. Er hatte es geschafft. Er war angekommen. Nun konnte es losgehen. Seine Suche würde hoffentlich nicht allzu lange dauern. Er hatte einige Anhaltspunkte und er würde sie alle nutzen. Er fühlte sich ein wenig müde und ausgelaugt. Er schob es auf den Jetlag und auf den Klimawechsel. In New York war es Winter, hier war mehr oder weniger Sommer. Es waren knapp 23 Grad und die Luftfeuchtigkeit lag bei fast 80 %. Er hasste diese schwüle Wärme, sie machte ihn klebrig und verursachte, dass er nicht klar denken konnte.

Er griff in seine Jackentasche und holte ein Foto heraus. Es zeigte sie und ihren Partner. Sie lächelten stolz in die Kamera. Grimmig strich er über das Bild und setzte sich in Bewegung. Er trat hinaus aus dem Gebäude und blinzelte in die gleißende Sonne.

Neben ihm hielt ein Taxi und der Fahrer schaute ihn fragend an. Er schüttelte nur mit dem Kopf. Er konnte sich kein Taxi leisten, nicht mehr. Und dafür hasste er sie umso mehr. Er trottete in Richtung Bushaltestelle und versuchte herauszufinden, in welchen Bus er steigen musste, um sein Ziel zu erreichen. Als er die Fahrpläne studiert hatte, setzte er sich in das Wartehäuschen und stellte seine Tasche auf die Knie. Eine junge Frau mit einem Kind auf dem Arm und einer großen Reisetasche, die ebenfalls auf den Bus wartete, schaute ihn freundlich an und er lächelte ihr zu.

Er musste nachdenken, musste überlegen, wie er am besten vorgehen konnte. Er brauchte Geld und er brauchte eine Waffe. In genau dieser Reihenfolge.

Er blickte sich um.

In diesem Moment fuhr der Bus ein und er drückte sich an der Frau vorbei zum Eingang. Sie sprang empört zur Seite. Er stieg die Treppen hinauf und bezahlte sein Ticket. Der Bus war leer. Als er sich setzte, registrierte er, wie die junge Frau verzweifelt mit dem Busfahrer diskutierte und schwor, ihr Geld dabei gehabt zu haben. Doch der Fahrer ließ sie nicht mitfahren.

Die Türen schlossen sich und der Bus fuhr an. Er konnte die junge Frau am Straßenrand stehen sehen. Sie weinte und ein flehender Blick traf ihn. Doch er berührte ihn nicht. Nicht mehr. Langsam griff er in seine Tasche und holte die rote Geldbörse heraus. Er öffnete sie und entnahm ihr mehrere Scheine. Er zählte 200 Dollar. Wahrscheinlich war es ihre gesamte Reisekasse gewesen. Er steckte das Geld in seine Hosentasche und ließ die Brieftasche achtlos auf den Boden fallen.

Kapitel 10

San Diego, Freitag 02. Dezember

Es war kurz nach halb acht und Joselyn setzte sich seufzend auf ihr Bett. Sie hatte gerade eine gute Stunde damit zugebracht, ihren völlig erschöpften und dadurch ziemlich aufgedrehten Sohn Matthew ins Bett zu bringen. Der Kleine hatte wieder einmal seine Ohren auf Durchzug geschaltet und war auch nach der fünften freundlichen Ermahnung nicht aus der Wanne geklettert, was sie schließlich dazu veranlasst hatte, ihn anzubrüllen und eigenhändig aus der Wanne zu heben. Daraufhin war ihr Abend in die übliche Diskussion ausgeartet und Joselyn hatte ihm schließlich die Gute-Nacht-Geschichte gestrichen, was ihr in der Seele wehgetan hatte. Aber anders war er nicht zu bändigen gewesen. Nun schlief er endlich tief und fest und sie gönnte sich eine Auszeit. Sie setzte sich auf ihr Bett und lehnte sich gegen die Wand, zog die Beine an, schlang die Arme darum und schloss die Augen. Sie fühlte sich erschöpft. Ihr Tag war lang gewesen und sie versuchte sich so gut es ging zu entspannen, ohne auf der Stelle einzuschlafen.

Sie war nun gute vier Wochen wieder zurück in San Diego und sie war überrascht, wie viel inzwischen passiert war. Sie hatte sich für ihre Verhältnisse gut eingelebt. Sie bewältigte ihren Alltag, zwar mit Hilfe ihrer Eltern, aber sie bewältigte ihn. Außerdem ging sie arbeiten und zu ihrem Erstaunen machte es ihr nichts aus, dies auf einem Polizeirevier zu tun. Sie hatte geglaubt, es würde sie mit diesen ganzen Erinnerungen in Konflikt bringen, aber das tat es nicht. Es war ganz und gar etwas Anderes. Sie fühlte sich von ihren Kollegen geschätzt. Alle hatten sie mit offenen Armen empfangen. Vor allem Nicklas war inzwischen zu einem Freund geworden, mit dem sie sich hin und wieder sogar über privatere Dinge unterhalten konnte und auch Caroline schien ehrlich an einer Freundschaft interessiert zu sein. Sie hatte Joselyn am gestrigen Tag zum Yoga mitgenommen und sie waren danach ins Quatschen gekommen und hatten beschlossen, nun regelmäßig einen »Mädelsnachmittag« zu machen. Mit David und Marco hatte sie eher weniger zu tun, aber auch diese beiden bemühten sich um ein gutes Miteinander.

Und dann waren da noch ihre Chefin und Eric. Joselyn konnte nicht genau sagen warum, aber sie mochte Claire und daran hatte die Tatsache, dass sie Erics Exfrau war, nichts geändert. Sie konnte ihr ihren Männergeschmack schlecht verübeln. Eric war sehr attraktiv und eigentlich ganz nett, das musste Joselyn zugeben. Doch darüber hinaus? Was war er für sie? Und was war sie für ihn? Dass er und Claire auch nach dem Ende ihrer Ehe offensichtlich noch hier und da etwas am Laufen hatten, störte Joselyn weit mehr als sie zugeben wollte. Es machte sie seltsamerweise traurig. Eric berührte ihr Herz an einer ganz bestimmten Stelle, so wie es bisher nur zwei Männer in ihrem Leben getan hatten. Es hatte sie verletzt, dass er nach dem Abend im JUCE zu Claire gefahren war. Irgendwie machte sie das wütend, obwohl sie beide ja absolut kein Anrecht auf den jeweils anderen hatten. Das versuchte sie sich zumindest glaubhaft einzureden.

Sie seufzte tief und stand dann auf, blickte aus dem Fenster in den Garten und dann weiter in Richtung Strand. Das Meer war ruhig und sie hörte durch das gekippte Fenster das leichte Platschen, mit dem die Wellen aufs Ufer trafen. Es beruhigte sie, wie jedes Mal, wenn sie innerlich aufgewühlt war. Das hatte sie an New York immer vermisst. Diese Ruhe. Dort war es stets hektisch und laut, denn der Verkehr stand nie wirklich still und es gab immer Leute, die sich auf den Straßen tummelten. Selbst im Central Park war man niemals allein. Nicht so wie hier, wo man durchaus die Chance hatte, der einzige Spaziergänger am Strand zu sein.

Ihre Gedanken kreisten wieder um Eric und sie musste daran denken, was er gesagt hatte, als er erfahren hatte, dass sie Mutter war. Doch konnte sie ihm wirklich glauben, dass er kein Problem mit Matthew hatte? Und konnte sie ihm glauben, dass es zwischen ihm und Claire wirklich aus und vorbei war? Sie kannte ihn kaum und sie wollte in keine Beziehung investieren, die vielleicht keine Zukunft hatte. Sie war verwirrt und sie hatte keine Ahnung, wie sie sich jetzt verhalten sollte. Ihr erster Impuls hatte darin bestanden, einfach Abstand zu halten und ihm schien es ähnlich zu gehen. Es herrschte Schweigen zwischen ihnen seit dem Undercovereinsatz, auf dem sie sich wieder einmal viel zu nahe gekommen waren.

Sie nahm ihr Telefon zur Hand und blätterte eine Weile darin herum, rief ihre letzten Nachrichten auf und ließ dann ihren Finger über Erics Telefonnummer schweben. Sie war geneigt, ihn anzurufen und die Sache noch einmal mit ihm zu besprechen, traute sich aber nicht, den ersten Schritt zu tun. Sie hätte nicht gewusst, was sie ihm hätte sagen sollen und so legte sie ihr Telefon wieder auf den Nachttisch. In diesem Moment vibrierte es und sie schaute auf das erleuchtete Display.

»Lust eine Runde Joggen zu gehen?«, las sie und entsicherte den Bildschirm, um eine Antwort zu tippen.

»Klar«, schrieb sie zurück.

»Warte vor der Tür auf dich.«

Joselyn lächelte und legte das Telefon wieder beiseite. Dann ging sie zur Kommode und holte ihre Trainingssachen heraus. Sie band sich einen Pferdeschwanz und schnappte sich ihre Laufschuhe, die in der Ecke hinter der Tür standen. Schnell warf sie noch einen Blick ins Kinderzimmer und schlich dann auf Zehenspitzen die Treppe hinab. Sie sah ihre Eltern im Wohnzimmer auf der Couch sitzen. Der Fernseher lief und ihre Mutter hatte die Füße auf den Schoß ihres Vaters gelegt. Es war ein idyllisches Bild und Joselyn merkte, wie zeitgleich Wehmut und Dankbarkeit in ihr aufstiegen. Dankbarkeit, dass sie ein so liebevolles Zuhause hatte, und Wehmut, weil sie Curt in diesem Moment wieder vermisste. So hatten sie auch oft dagesessen und den Abend ausklingen lassen. Sie blinzelte und räusperte sich dann, so dass ihre Eltern auf sie aufmerksam wurden. Mira drehte sich zu Joselyn herum und hob eine Braue.

»Ich gehe noch eine Runde Joggen, mit einem Kollegen«, sagte Joselyn und hielt ihre Schuhe nach oben.

»Es ist dunkel draußen«, warf ihr Vater ein.

»Die Promenaden sind beleuchtet, Dad, erinnerst du dich?« Ihr Vater drehte täglich ein paar Runden und das oftmals auch erst, wenn die Sonne bereits untergegangen war.

»Viel Spaß«, sagte ihre Mutter und griff nach dem Arm ihres Mannes. Dieser brummelte etwas, sagte aber nichts weiter. Joselyn war ihrer Mutter dankbar dafür. Sie hatte absolut keine Lust auf Diskussionen, zumal sie sich durchaus in der Lage fühlte, auf sich selbst aufzupassen. Wieder einmal wünschte sie sich eine eigene Wohnung. Doch dann wären ihre Möglichkeiten, abends noch einmal wegzugehen, begrenzt. Ihre Eltern als Babysitter für Matthew zu haben, war irgendwie schon ganz praktisch und verschaffte ihr ein gewisses Maß an Freiraum.

»Matthew schläft. Könntet ihr bitte ein Auge auf ihn haben?«, fragte Joselyn und ihre Eltern nickten.

»Sei vorsichtig«, mahnte ihr Vater und Joselyn seufzte innerlich.

»Ja Daddy.« Damit drehte sie sich um und lief zur Tür. Sie zog sich ihre Schuhe an und holte sich dann noch eine kleine Flasche Wasser aus der Vorratskammer, die sie sich in ihre Bauchtasche steckte. Sie öffnete die Tür und trat auf die Straße.

***

Er lehnte an seinem Wagen und winkte ihr lächelnd zu. Sie lief zu ihm.

»Hi Nick.«

»Josi.«

»Bist du bereit, dich von mir schlagen zu lassen?«, fragte sie und er grinste. Sie stemmte die Hände in die Hüften und schaute ihn herausfordernd an.

»Schaffst du eh nicht«, meinte er und stieß sich vom Wagen ab, so dass er sich nun zu seiner vollen Größe aufrichten konnte. Sie musste ihren Kopf heben, um ihm auch weiterhin ins Gesicht sehen zu können und lächelte nun ihrerseits.

»Werden wir sehen.« Damit lief sie los und er folgte ihr. Sie bogen nach rechts ab und liefen ein paar Straßen, bis sie zur Strandpromenade gelangten, auf der sich noch etliche Leute herumtrieben. Sie fanden ihren Rhythmus und liefen ein gutes Stück am Strand entlang, bis sie schließlich aus der Puste waren und eine Pause einlegen mussten.

Joselyn lehnte sich nach vorne und legte die Hände auf ihre Knie. Nicklas keuchte ebenfalls und meinte:

»Du bist gar nicht so schlecht, Davis, weißt du das?«

»Und das obwohl ich seit gefühlten hundert Jahren nicht mehr Joggen war«, meinte sie.

Seit Matthews Geburt hatte sie sich eher aufs Walken und Rad fahren konzentriert. Sie hatte ganz vergessen, wie befreiend eine Runde Joggen bisweilen doch sein konnte.

»Dann sollten wir das ab sofort öfter machen, was meinst du?«, fragte er und sie holte ihr Wasser heraus und schraubte die Flasche auf. Dann trank sie ein paar Schlucke und nickte.

»Gern. Ein bisschen mehr Form könnte ich schon noch gebrauchen.« Sie reichte ihm die Flasche und er nahm sie dankbar entgegen.

»Wollen wir am Wasser zurückgehen?«, fragte er schließlich und sie nickte, war froh, dass sie nicht den ganzen Weg zurück joggen sollte, denn ihr taten mit einem Mal die Beine weh. Sie war wirklich nichts mehr gewöhnt.

»Was führt dich eigentlich zu mir? Ich meine, wir haben mal locker über ein Training gesprochen, aber ich hätte nicht so spontan mit dir gerechnet«, sagte Joselyn, als sie nun nebeneinander in Richtung Wasser spazierten.

»Ich hatte nichts Besonderes vor und da dachte ich, ich schau mal, was du so machst.«

Sie schaute ihn von der Seite her an und versuchte an seinem Gesicht abzulesen, was das zu bedeuten hatte.

»Das ist wirklich nett von dir, aber nicht notwendig, weißt du.« Er druckste eine Weile herum, kam aber dann doch recht schnell auf sein eigentliches Anliegen zu sprechen.

»Ich wollte wissen, was genau da abgelaufen ist, während des Undercovereinsatzes.«

»Das hättest du mich auch im Büro fragen können.«

»Hätte ich machen können. Also?«

»Ich habe nur das gemacht, worum ihr mich gebeten hattet.«

»Das meine ich nicht.«

Sie wusste ganz genau, was er meinte, wollte aber eigentlich nicht über Eric sprechen.

»Er ist fast ausgeflippt, als du dich an Samira herangemacht hast«, sagte Nicklas und Joselyn schaute ihn überrascht an.

»Ist mir gar nicht aufgefallen.«

Nicklas seufzte und sie liefen schweigend weiter.

»Sag mal, was ist das eigentlich zwischen euch?«, fragte er plötzlich und sie zuckte innerlich zusammen. Da war nichts. Definitiv war da nichts, oder doch? Joselyn fühlte sich ertappt.

»Nichts«, wiegelte sie ab.

»Ach nun komm schon.« Nicklas Stimme hatte einen sarkastischen Unterton und Joselyn konnte es ihm nicht einmal verübeln.

Sie wusste ganz genau, dass es auffiel, dass sie und Eric sich plötzlich aus dem Weg gingen oder sich ab und zu aus unerfindlichen Gründen in die Haare bekamen oder aber einfach nur anstarrten. Doch was sollte sie tun. Sie war nicht gut in solchen Dingen und Eric offenbar genauso wenig, denn sonst hätten sie schon längst einen Weg gefunden, darüber zu sprechen, was aber nicht der Fall war.

»Nick, lass gut sein«, sagte sie und beschleunigte ihre Schritte. Sie wollte vor ihm und seinen Fragen davonlaufen, doch er blieb an ihr dran und holte sie spielend wieder ein.

»Du bist ganz schön geschockt darüber, dass Eric und Claire mal verheiratet waren, stimmt's?« Sie blieb stehen. Er ebenfalls.

»Es schockt mich viel mehr, dass die beiden offenbar auch jetzt noch was am Laufen haben«, entgegnete sie.

»Ich werde mit Eric reden.«

»Nick, lass es einfach. Es ist egal. Ich bin geschockt von der Tatsache, dass er und Claire ein Paar waren oder sind oder was auch immer und er ist es ebenso von der Tatsache, dass ich ein Kind habe. Er geht mir aus dem Weg, ich gehe ihm aus dem Weg. Keine guten Voraussetzungen, würde ich sagen.«

Nicklas überlegte eine Weile und schien über ihre Worte nachzudenken.

»Ich glaube nicht, dass er dir wegen deinem Kleinen aus dem Weg geht. Ich glaube eher, dass er keine Ahnung hat, was er jetzt tun soll.«

»Vielleicht, aber ich mache einfach keine Kompromisse mehr, Nick. Dazu habe ich schon zu viel erlebt und durchgemacht.«

»Würde es dich beruhigen, wenn ich dir erzählen würde, dass er eine Kinderfußballmannschaft trainiert und zwei Patenkinder hat?«

»Nick«, rief sie und schlug die Hände über dem Kopf zusammen. Warum ließ er sie nicht einfach in Ruhe? Sie wusste, dass er es nur gut meinte, aber für ihren Geschmack schoss er damit gehörig übers Ziel hinaus.

»Er mag dich, Josi, ist dir das eigentlich bewusst?«

Sie schluckte. Ihr Herz fing an wie wild zu klopfen und sie versuchte krampfhaft, sich nichts anmerken zu lassen. Sie holte tief Luft.

»Er hat eine Exfrau, mit der er offensichtlich … du weißt schon und ich habe einen Sohn, an den ich denken muss. Eric kann machen, was er will, ich nicht«, sagte sie und die Worte hatten einen bitteren Nachgeschmack.

»Ich möchte mich nicht einmischen, aber …«, sagte Nicklas und vergrub die Hände in den Taschen seiner Trainingsjacke. Es kühlte allmählich herunter und der leichte Wind, der vom Meer hinaufzog, ließ ihn frösteln.

»Tust du doch schon.«

»Schuldig im Sinne der Anklage.« Nicklas zog die Hände aus den Taschen und hob sie nach oben. Joselyn musste lachen. Dann wurde sie wieder ernst.

»Nick, ich kann das nicht. Er hängt noch immer an Claire und ich …« Sie dachte an Curt und wie sehr sie noch an ihm hing, schüttelte aber den Gedanken sogleich wieder ab. Nicklas nickte verstehend. Er beschloss, es auf sich beruhen zu lassen.

»Noch eins, bevor ich dann meine Klappe für immer halte«, sagte er und legte eine Hand auf ihre Schulter. Joselyn schaute ihn fragend an.

»Ich habe Cole noch niemals so durcheinander erlebt wie im Moment. Ihr solltet das klären und zwar bald.« Er ließ seine Hand sinken und verfiel dann wieder in einen leichten Joggingschritt. Joselyn merkte, wie ihr die Tränen kamen. Tapfer schluckte sie sie hinunter, bevor sie sich in Bewegung setzte, um ihm zu folgen.

Kapitel 11

San Diego, Donnerstag 8. Dezember

»Hast du Lust mit mir Mittagessen zu gehen?«, fragte Joselyn und schaute Eric herausfordernd an. Dieser blickte zu ihr hoch und hob eine Augenbraue. Joselyn hatte genug davon, ihm aus dem Weg zu gehen und sie wusste, dass Nicklas absolut recht gehabt hatte, als er ihr sagte, sie sollten das schleunigst klären. Sie hatte während der vergangenen Woche schon ein paar Anläufe genommen, um mit Eric zu sprechen, hatte sich dann aber doch nicht dazu durchringen können. Und Eric hatte es vorgezogen, auch erst einmal in Deckung zu bleiben und die Wogen sich glätten zu lassen. Doch nun schien der Moment gekommen zu sein, in dem sich das unvermeidbare Gespräch nicht mehr aufschieben ließ. Er strich sich übers Kinn und sagte:

»Klar.« Es war eine schlichte Antwort, die Joselyn überraschte. Sie hätte mit mehr Widerstand gerechnet. Er erhob sich von seinem Stuhl, griff nach seiner Jacke und folgte ihr. Als er an Nicklas' Schreibtisch vorbeikam und dessen Grinsen wahrnahm, zischte er ihm zu:

»Halt ja die Klappe, Partner.«

Nicklas zwinkerte kurz und drehte sich dann um, versenkte seinen Kopf wieder in der Akte, die er gerade bearbeitete, und machte eine wegwerfende Handbewegung in Richtung Eric. Dieser schloss mit Joselyn auf und gemeinsam stiegen sie in den Fahrstuhl, fuhren hinunter ins Erdgeschoss und verließen das Gebäude. Die Sonne schien und es war angenehm warm draußen.

»Wohin willst du gehen?«, fragte Eric und steckte die Hände in seine Jackentaschen.

»Da vorne hat ein neuer Chinese aufgemacht. Ich dachte, wir probieren den mal aus.«

»Okay.«

»Okay«, entgegnete sie. Eine Weile liefen sie schweigend nebeneinander her. Doch als sie kurz vor dem Eingang zum Restaurant waren, hielt Joselyn es nicht mehr aus.

»Okay Eric. Lass uns darüber reden.«

»Über was?«, fragte er und sah, dass sie vor ihm stand, die Hände in die Hüften gestemmt und ihn anschaute.

»Über das hier … über unsere Beziehung … über Matthew und Claire.«

»Wollen wir nicht erst einmal reingehen?«, fragte er und hielt ihr die Tür auf. Sie schluckte, nickte dann aber und folgte ihm ins Innere. Eine Bedienung kam auf sie zu und zeigte ihnen einen Tisch, brachte ihnen die Karte und nahm ihre Getränkewünsche entgegen.

»Ich nehme ein Wasser«, sagte Joselyn.

»Apfelschorle bitte«, sagte Eric und vertiefte sich in die Karte.

»Bist du irgendwie sauer auf mich?«, fragte sie schließlich weiter. Eric ließ die Karte sinken und schaute sie an.

»Warum sollte ich?«

»Es kommt mir nur so vor, als würdest du mir aus dem Weg gehen seit …«

»Seit ich weiß, dass du einen Sohn hast?«, fragte er und legte die Karte beiseite.

»Ja genau.«

»Warum denkst du, dass ich dir deswegen aus dem Weg gehen sollte?«

»Weil du es tust. Und weil … weil, na weil ich das schon ein paar Mal erlebt habe.« Eric holte tief Luft, bevor er antwortete:

»Erstens, ja, ich war ein wenig irritiert, als ich mitbekommen habe, dass du einen fünfjährigen Sohn hast. Ich habe einfach nicht damit gerechnet …« Joselyn wollte etwas erwidern, aber er hob die Hand und brachte sie somit zum Schweigen.

»Zweitens, nein, ich gehe dir deswegen nicht aus dem Weg. Er gehört zu deinem Leben und ich verstehe nicht, warum du nichts gesagt hast.«

»Warum hätte ich mein gesamtes Privatleben vor dir ausbreiten sollen? Wir sind Kollegen, mehr nicht«, sagte Joselyn und merkte zu spät, dass das, was sie da sagte, nicht mehr ganz so genau stimmte. Die Kellnerin kam und brachte ihre Getränke, nahm die Bestellung auf und verschwand wieder. Erics Augen hatten bei ihren Worten einen eigenartigen Glanz angenommen, doch Joselyn schob es auf das Dämmerlicht im Restaurant.

»Ja, mehr nicht«, murmelte er vor sich hin und trank einen Schluck von seiner Schorle.

»Eric …« Joselyn griff nach seiner Hand und er zuckte zurück, ließ es aber schließlich geschehen. »Du weißt absolut nichts von mir«, begann sie.

»Ja, weil du es wunderbar schaffst, dich vor uns allen zurück zu ziehen.«

»Mein Leben ist kompliziert.«

»Meins auch.«

»Erzähl mir von dir und Claire«, bat sie ihn, als das Essen kam. Er lachte kurz auf.

»Soll das ein Witz sein, Jo?«

»Nein.«

»Ich dachte, wir sind nur Kollegen.« Er malte imaginäre Gänsefüßchen um das Wort ›nur‹ herum und nahm sich dann seine Stäbchen und begann zu essen.

»Okay, das war vielleicht nicht der passende Ausdruck. Vielleicht sind wir ja inzwischen so etwas wie Freunde geworden«, sagte sie und schob dann ein leises »Cole.« hinterher. Er begann zu lächeln. Das war das erste Mal, dass sie seinen Spitznamen benutzt hatte. Es bestand also noch Hoffnung für sie beide. Jetzt begann Joselyn ebenfalls zu essen.

»Ich erzähle dir von ihr, wenn du mir von Matthew erzählst.«

»Abgemacht.« Eric hob eine Braue.

»Das war aber leicht.«

»Erstaunt dich das?«

»Ja, an dir erstaunt mich so einiges.«

»Also, was ist nun mit dir und Claire?«

»Wir waren ein Jahr verheiratet, davor ein paar Jahre zusammen.«

»Ich lebe nicht mit dem Vater meines Sohnes zusammen«, sagte Joselyn und stopfte sich einen Pilz in den Mund.

»Wir haben uns getrennt, weil es irgendwann kein WIR mehr gab und wir nicht mehr reden konnten.«

»Wir haben die letzten Jahre in New York gelebt. Doch diese Stadt hat es nicht besonders gut mit mir gemeint und ich wollte zurück, bevor Matthew in die Schule kommt.«

»Ich hätte gerne Kinder gehabt.« Eric blickte Joselyn erwartungsvoll an.

»Warum habt ihr keine bekommen?« Eric zuckte mit den Schultern, bevor er sich den letzten Rest seines Gemüses in den Mund schob. Joselyn konnte einen merkwürdigen Ausdruck auf seinem Gesicht erkennen, doch dieser war genauso schnell wieder verschwunden, wie er gekommen war.

»Es hat wohl nicht sollen sein, denke ich.«

»Matthew war nicht geplant. Er ist zum denkbar ungünstigsten Zeitpunkt in meinem Leben geboren worden.« Joselyn wischte sich den Mund ab und legte dann die Serviette wieder neben den Teller.

»Und trotzdem liebst du ihn.«

»Ja, das tue ich.«

»Würde ich auch«, meinte er und lächelte. Joselyn musste unwillkürlich mit lächeln. Die Kellnerin kam und brachte die Rechnung.

»Lass mich das machen«, sagte Eric und schnappte sich den Streifen von dem Teller, den die Kellnerin ihnen hingestellt hatte.

»Ich kann selbst für mein Mittagessen sorgen«, wollte Joselyn protestieren.

»Das ist mir durchaus klar. Sieh es als kleine Entschuldigung, weil ich dir aus dem Weg gegangen bin.«

»Na gut.« Sie überließ Eric die Rechnung und dann machten sie sich auf den Rückweg zum Revier.

»Empfindest du noch etwas für sie?«, fragte Joselyn auf einmal und Eric blieb stehen, drehte sich zu ihr herum und schaute nachdenklich auf seine Füße. Sie musste ihren Namen nicht erwähnen, er wusste es auch so. Er bedauerte, dass Claire irgendwie zwischen ihnen stand und wollte dies so schnell wie möglich ändern.

»Auf eine gewisse Art und Weise liebe ich sie wohl noch immer«, gestand er schließlich. »Und das wird wohl auch immer so bleiben.«

»Genug, um mit ihr zu schlafen?«

»Das ist vorbei«, sagte er schnell.

»Bist du dir da sicher?« Joselyn merkte, dass er ernsthaft nachzudenken begann und setzte sich in Bewegung. Er folgte ihr.

»Ja, Jo, ich bin mir sicher. Ich hätte das Ganze schon vor langer Zeit beenden sollen, aber …«

»Aber?«, fragte sie und schaute zu ihm auf.

»Ich hatte bislang noch keinen Grund dazu.«

»Und jetzt hast du einen?«, fragte sie weiter.

Sie waren inzwischen wieder am Revier angekommen und standen vor dem Haupteingang.

»Ich habe dir noch nichts von Drittens erzählt.«

»Ich höre.« Sie lächelte und stemmte wieder die Hände in die Hüften, warf die Haare ein wenig zurück und wartete. Und in diesem Augenblick fiel ihr Blick auf einen Mann, der auf der anderen Straßenseite stand und sie beobachtete. Zunächst war sie sich nicht sicher, glaubte falsch gesehen zu haben, aber als sie noch einen Blick riskierte, war es klar. Joselyn merkte, wie ihr mit einem Mal ein Schauer über den Rücken lief und instinktiv ging sie in Deckung, indem sie auf Eric zutrat und ihn umarmte. Sie versteckte ihr Gesicht an seiner Brust und klammerte sich an ihm fest.

»Hey ... so war das nicht gemeint«, stotterte er und wollte sie von sich wegschieben, doch sie hielt ihn weiter fest.

»Egal was du tust, Eric, aber dreh dich auf keinen Fall um«, flüsterte sie und spähte leicht über seine Schulter. Wie aus einem Reflex heraus, drehte er den Kopf, doch sie griff ihm mit beiden Händen an die Wangen und hielt ihn fest.

»Was ist denn?«, fragte er irritiert und sah sie an. Plötzlich spürte er, wie sie sich gegen ihn lehnte und ihn dann in Richtung Eingang schob. Er stolperte beinahe, als sie ihn die Treppen hinaufzog und hastig ihren Ausweis nach oben hielt. Die Schranke der Vereinzelungsanlage öffnete sich und sie sprang hindurch. Sie hielt erst inne, als sie sich sicher im Gebäude wusste. Eric, der ihr in einigem Abstand gefolgt war, schaute sie nun fragend an.

»Tut mir leid«, flüsterte sie und er sah Angst in ihren Augen stehen.

»Was, Jo? Was war los da draußen?« Er deutete in Richtung Tür. Sie spähte durch die Scheibe, konnte ihn aber nicht mehr sehen. Ihre Hände waren eiskalt und ihr war schlecht vor Angst.

»Nichts. Schon okay. Ich dachte nur, ich hätte da jemanden gesehen.«

»Wen denn? Jo, du machst mir Angst?« Er fasste ihre Arme und schüttelte sie leicht, versuchte ihren Blick einzufangen.

»Meine Vergangenheit«, sagte sie mit heiserer Stimme und eine einzelne Träne rollte ihre Wange hinab.

Ein billiges Motel in San Diego

Er hatte sie gefunden. Er hatte sie tatsächlich gefunden. Es hatte eine Ewigkeit gedauert, aber jetzt war es endlich soweit. Er konnte es kaum glauben. Sie sah verändert aus. Älter vielleicht, erwachsener oder einfach nur verbrauchter. Er konnte sich nicht entscheiden. Ihre Haare waren länger und sie trug sie in offenen Wellen. Nicht wie damals, streng zurück gebunden in einem Knoten. Sie wirkte kurviger, aber auch das konnte er sich einbilden. Er hatte sie eine Weile nicht gesehen und auch er hatte sich verändert, das wusste er.

Sie hatte ihn angesehen und er wusste, dass sie ihn erkannt hatte. Doch er hatte auch den Zweifel gesehen, die Wut, die Angst und er wusste, dass er schnell handeln musste. Sie würde ihn nicht einsperren. Sie würde sterben, genau wie er. Und das wäre seine Rache für das, was sie ihm angetan hatte.

Er nahm das letzte Stückchen Pizza aus der Schachtel, die er vor sich auf den kleinen Couchtisch gestellt hatte und biss hinein. Das Fett tropfte auf seinen Bart, aber er wischte es nicht ab. Die Pizza war kalt und schmeckte nicht, aber das war er gewohnt. Er nahm einen Schluck Bier aus einer Dose und rülpste laut, als er sie wieder abstellte. Dann lehnte er sich zurück und schnappte sich den dreckigen Lappen, den er neben sich aufs Bett gelegt hatte. Er schlug die Beine übereinander und nahm die Waffe zur Hand, begann dann langsam mit dem Lappen über den Lauf zu wischen. Er reinigte sie gründlich, denn er würde sie schon bald benutzen müssen.

Sehr bald.

Kapitel 12

San Diego, Samstag 10. Dezember

»Da ist Besuch für dich.« Joselyn hob den Kopf und sah ihre Mutter den Garten betreten. Im Schlepptau hatte sie Eric, der ihr freundlich zulächelte. Schnell wischte sie sich die Hände an den Jeans ab und stand auf. Sie hatte mit Matthew im Sandkasten gesessen und gefühlte tausend Burgen gebaut. Jetzt waren ihre Beine steif und sie musste ihre Glieder erst einmal wieder strecken, um gerade stehen zu können.

»Hi Eric«, begrüßte sie ihn und er erwiderte ihren Gruß, schaute auf Matthew und ging in die Hocke.

»Hi, ich bin Eric. Wer bist du?« Matthew starrte ihn mit großen Augen an und versteckte sich dann hinter dem Bein seiner Mutter. Joselyn hielt ihn fest und sagte entschuldigend zu Eric:

»Sorry, er ist sonst nicht so.«

»Schon okay«, sagte Eric und stand auf, blieb etwas unsicher vor ihr stehen und schien nicht so recht zu wissen, was er jetzt tun sollte. Mira Davis räusperte sich und hatte damit wieder Erics Aufmerksamkeit.

»Also ich werde dann mal das Abendessen vorbereiten. Sie bleiben doch sicher, Eric?« Es war nicht wirklich eine Frage, die Joselyns Mutter Eric da stellte, sondern eher eine Aufforderung, also nickte Eric schnell und Joselyn wurde rot. Mira verließ den Garten und nun waren Joselyn und Eric, mal abgesehen von Matthew, allein. Joselyn drehte sich zu ihrem Sohn herum und meinte:

»Gehst du noch ein paar Burgen für mich bauen, mein Schatz? Ich muss nur kurz mit meinem Kollegen hier sprechen.«

»Och nee, Mummy«, maulte Matthew und verdrehte theatralisch die Augen, stapfte mit dem Fuß auf und hätte sich um ein Haar in den Buddelkasten geworfen, wenn Joselyn ihn nicht festgehalten hätte.

»Magst du Fußball, Matthew?«, schaltete sich nun Eric in das Gespräch ein. Matthew nickte.

»Ich habe da eine Idee, Matthew. Du spielst jetzt noch ein bisschen mit deinen Sandförmchen, während ich mich mit deiner

Mummy kurz unterhalte. Und dann spiele ich mit dir bis zum Abendessen Fußball.«

»Wie lange ist denn kurz?«, fragte Matthew und legte den Kopf leicht schräg, blinzelte Eric an und dieser musste grinsen. Er schaute hilfesuchend zu Joselyn und die blickte zu ihrem Sohn.

»Zwanzig Minuten«, meinte Eric dann.

»Wie lang ist zwanzig Minuten?«

»Ähm?« Darauf fiel Eric nichts Passendes ein. Joselyn sprang ihm zur Seite.

»Ungefähr so lange wie eine Folge mit deinen Ninjakämpfern dauert, mein Schatz.« Matthews Augen begannen zu leuchten, als er sich nun vorstellte, wie lange dies ungefähr sein würde.

»Okay«, sagte er schließlich und trottete dann mit hängenden Schultern zu seinem Sandkasten, ließ sich hineinfallen und griff sich eine Schaufel. Dabei ließ er seine Mutter und ihren neuen Freund nicht aus den Augen. Joselyn zog Eric am Ärmel beiseite und meinte dann:

»Weißt du, worauf du dich da eingelassen hast?«

»Wieso? Ich habe ihm nur versprochen, Fußball mit ihm zu spielen. Ich könnte sowieso mal wieder ein wenig Training gebrauchen«, entgegnete er und klopfte sich auf den Bauch, der eigentlich keines weiteren Trainings bedurfte. Joselyn schaute auf seinen Sixpack, den sie unter seinem T-Shirt vermutete und lächelte in sich hinein.

»Ich dachte, du trainierst eine Fußballmannschaft«, sagte sie.

»Tu ich, aber da laufen eher die Kinder und nicht ich. Woher weißt du das?«

»Nick«, sagte sie schnell.

»Warum frage ich eigentlich«, seufzte er und grinste.

Sie zuckte mit den Schultern.

»Du wirst schon sehen«, meinte sie und deutete auf Matthew, bevor sie zur Sitzecke lief, die auf der Terrasse eingerichtet war. Sie setzte sich und bot Eric ebenfalls einen Stuhl an.

»Willst du was trinken?«, fragte sie und deutete auf die Glaskaraffe, die neben ihr auf dem Tisch stand. Er nickte und sie goss ihm ein Glas Wasser ein.

»Danke.« Er trank einen Schluck und schaute sich um.

»Hübsches Haus und hübscher Garten«, sagte er.

»Erzähl das meiner Mutter.«

»Mach ich. Ihr habt ja sogar einen eigenen Zugang zum Strand. Wow, ich bin neidisch.« Eric deutete auf das kleine Tor am Ende des Gartens.

»Du darfst gerne jederzeit vorbeikommen und den Ausblick genießen«, bot Joselyn ihm an.

»Darauf komme ich zurück«, meinte er lächelnd.

»Jetzt aber mal Schluss mit dem Smalltalk, Eric. Was führt dich her? Es ist Wochenende.«

»Ich hatte gerade nichts weiter vor.« Er verschränkte die Arme vor der Brust.

»Na klar. Das glaube ich dir sofort.« Eric entging ihr ironischer Unterton nicht.

»Ich wollte nur sehen, ob es dir gut geht.«

»Mir geht es gut. Die Magenverstimmung hatte Matthew und ich musste ihn gestern pflegen. Ich konnte nicht ins Büro.« Joselyn hatte sich für den vergangenen Tag krankmelden müssen, weil es Matthew nicht gut gegangen war. Sie war allerdings nicht so böse darüber gewesen, denn die Begegnung, die sie vor dem Revier gemacht hatte, hatte sie doch ein wenig aus der Bahn geworfen. Sie war sich immer noch nicht ganz sicher, ob sie das alles nur geträumt hatte, aber sie hatte Vorsichtsmaßnahmen getroffen. Sie hatte mit New York telefoniert.

»Ich weiß. Ich wollte dich nur fragen, ob du darüber reden willst, was am Donnerstag passiert ist?«

»Was meinst du?« Joselyn wusste ganz genau, was er meinte, aber sie wusste nicht, ob sie mit ihm darüber reden wollte.

»Du hast ziemlich verschreckt ausgesehen.«

»Es ist nichts, Eric.« Missmutig schenkte sie sich ebenfalls ein Glas Wasser ein und trank hastig einen Schluck.

»Wer war der Mann, Jo?«, versuchte es Eric erneut.

»Ich bin mir nicht mal sicher, ob er es auch wirklich war.«

»Er macht dir Angst.«

»Ja, vielleicht stimmt das sogar.« Sie sah ihm in die Augen und korrigierte sich: »Okay, ja er macht mir Angst. Aber ...«

»Vielleicht kann ich dir helfen?«

»Wie willst du mir helfen, Eric?«

»Ich bin zufälligerweise Polizist.« Joselyn machte ein Geräusch, das sich fast wie ein Schnauben anhörte und er setzte sich etwas aufrechter hin, stellte die Beine auf und schaute Joselyn fest an.

»Ich kann ein paar Nachforschungen anstellen, wenn du willst. Ich könnte ihn ausfindig machen lassen, aber dazu müsstest du mir schon ein paar Informationen geben.«

»Ich kann nicht«, sagte sie hastig. Eric hob frustriert die Schultern und trank noch einen Schluck Wasser.

»Spielst du jetzt mit mir Fußball?« Neben Eric war plötzlich Matthew aufgetaucht und schaute ihn mit großen Augen an. Eric blickte auf das Kind hinab und stellte dann langsam sein Glas auf den Gartentisch. Dann erhob er sich und meinte:

»Wo ist dein Ball?« Matthew nahm seine Hand und zog Eric mit sich fort in den hinteren Teil des Gartens. Dann begannen die beiden zu Kicken und Joselyn schaute ihnen zu. In ihr tobte ein Sturm an Gefühlen. Einerseits wollte sie Eric um Hilfe bitten, andererseits wollte sie nicht, dass er zu viel von ihrer Vergangenheit erfuhr.

»Warum erzählst du ihm nicht, was dir passiert ist?«, fragte eine Stimme in ihrem Rücken und Joselyn drehte sich um, sah ihren Vater hinter sich stehen, der noch in Trainingsklamotten war. Er hatte seine übliche Runde vor dem Abendessen gedreht, genau wie sein Arzt es ihm verordnet hatte. Er hatte zwei Herzinfarkte überlebt und war nun dabei sein Leben zu ändern, was ihm mehr oder weniger gut gelang.

»Dad, ich kenne ihn doch kaum.«

»Offensichtlich ist er aber ein guter Freund, wenn er extra hierher kommt, um dir seine Hilfe anzubieten.«

»Woher willst du wissen, dass er das getan hat?«

»Tut mir leid, ich habe den letzten Teil eures Gespräches mitbekommen.«

»Daddy«, protestierte Joselyn.

»Ich bin froh, dass du wieder Menschen in deinem Leben zulässt, Josi. So konnte es doch nicht weitergehen.«

»Es geht mir gut.«

»Du sollst mich nicht anlügen. Ich sehe doch, dass es noch lange nicht wieder gut ist.« Joselyn seufzte. Sie wusste, ihr Vater meinte es nur gut und er versuchte alles, um ihr zu helfen, aber sie wollte nicht, dass ihr ständig irgendjemand helfen musste. Wo war sie nur geblieben, die starke Joselyn, die alleine in einer fremden Stadt gewohnt, ihr Leben alleine gemeistert und die vor nichts Angst gehabt hatte.

Es machte sie wütend, dass sie so geworden war, wie sie sich jetzt manchmal fühlte.

»Er scheint ein netter Kerl zu sein«, sagte ihr Vater plötzlich.

»Wer? Eric?«

»Ja, oder siehst du hier noch jemanden, der mit deinem Sohn Fußball spielt?« Joselyn schaute zu den beiden hinüber und beobachtete, wie Eric und Matthew sich lachend den Ball zuspielten.

»Ja, er ist wirklich ziemlich nett.«

»Läuft da was zwischen euch?«

»Daddy«, rief Joselyn und schlug ihrem Vater gegen den Arm. Dieser zuckte zurück.

»Was denn?«, fragte er und legte dann einen Arm um die Schultern seiner Tochter.

»So etwas sollte ein Vater seine Tochter ganz bestimmt nicht fragen.«

»Ich will dich nur mal wieder lächeln sehen. Und ich glaube, ich mag ihn.« Er deutete auf Eric, der gerade ein Tor geschossen hatte und wie ein kleiner Junge auf und ab hüpfte.

»Ich mag ihn auch«, gestand Joselyn in diesem Moment und sie wusste, dass es die reine Wahrheit war.

»Na, dann ist ja alles geklärt.« Robert Davis drehte sich um und ging in Richtung Tür. Joselyn schnaufte und stemmte die Hände in die Hüften. In diesem Moment tauchte ihre Mutter wieder auf und rief zum Abendessen. Eric und Matthew kamen mit roten Gesichtern auf sie zu und Matthew sprang seiner Mutter in die Arme.

»Das hat Spaß gemacht, Mummy. Kann Eric jetzt öfter vorbeikommen und mit mir spielen?« Joselyn strich ihrem Kind über den Kopf.

»Das entscheiden wir später.«

»Och menno«, maulte Matthew und schmollte.

»Ich könnte ihn mal mit zum Kickerplatz unten am Strand nehmen, wenn du nichts dagegen hast«, bot Eric an.

»Au ja, darf ich Mummy? Bitte.« Matthew warf sich gegen ihre Beine und schaute sie mit diesem Blick an, dem sie niemals widerstehen konnte.

»Okay, aber du hörst auf ihn und, wenn mir einmal Klagen kommen, dann hat sich das erledigt, hast du verstanden?« Joselyn sprach in strengem Ton, um Matthew zu zeigen, dass noch immer sie das Sagen hatte, aber Matthew war zu aufgeregt, um überhaupt mitzubekommen, dass Joselyn ihm ein Ultimatum stellte. Eric hielt Matthew die Hand hin und Matthew schlug ein. Joselyn zog es das Herz zusammen, als sie die beiden zusammen sah. Dies hätte sein Vater mit ihm tun sollen oder Curt, aber das hatte leider nicht sollen sein. Ihr Ausflug in die Vergangenheit bescherte ihr feuchte Augen und sie wischte sich hastig übers Gesicht, als sie nun an Eric vorbei hinein ins Haus ging.

***

Mira und Robert hatten bereits Platz genommen und warteten bis Matthew und Eric sich ordnungsgemäß die Hände gewaschen hatten. Joselyn setzte sich auf ihren Platz und schaute zu ihren Eltern. Als Matthew und Eric zurückkamen und die Teller endlich gefüllt waren, legte sich eine beruhigende Stille über den Raum. Alle kauten und offensichtlich schien es zu schmecken.

»Sie können wirklich traumhaft kochen, Mrs. Davis«, sagte Eric nach einer Weile und schaute über den Tisch zu Joselyns Mutter.

»Vielen Dank, Eric. Freut mich, dass es Ihnen schmeckt.«

»Ich komme wirklich selten in den Genuss von einem selbst gekochten Abendessen.«

»Sie sind offensichtlich nicht verheiratet«, meinte Mira und Joselyn zischte:

»Mum.« Doch Eric lächelte nur und sagte:

»Nicht mehr. Das ist ja genau das Problem. Meine Wohnung hat nur zwei kleine Kochplatten und selbst wenn ich wollte, es würde nicht so gut schmecken wie bei Ihnen.«

»Oh«, machte Mira und aß schnell noch etwas Gemüse. Joselyn sah, dass ihre Mutter errötete.

»Sie sind Polizist?«, mischte sich nun Robert in das Gespräch ein.

»Ja«, bestätigte Eric.

»Interessant. Habe noch nie von Ihnen gehört, aber die letzten Jahre ging es eh immer drunter und drüber.«

Eric hob eine Augenbraue und schaute Mr. Davis fragend an.

»Mein Vater ist der ehemalige Revierchef von dem Revier, auf dem wir arbeiten«, erklärte Joselyn und Robert nickte bestätigend.

»Im Ruhestand seit geraumer Zeit«, brummte er.

»Oh, das wusste ich nicht.«

»Hat Joselyn nichts gesagt?«, fragte Robert und schaute seine Tochter an.

»Nein, aber sie redet im Allgemeinen sehr wenig über private Dinge.«

Joselyn verstand Erics Seitenhieb durchaus und trat ihm unter dem Tisch gegen das Schienbein. Er hatte Mühe, nicht aufzuschreien.

»Dann kennen Sie ja Claire Brown«, meinte Robert und spießte eine Kartoffel auf. Eric verschluckte sich beinahe an seinem Gemüse. Er räusperte sich und meinte:

»Ja, das könnte man so sagen.«

»Wie macht sie sich?«

»Soll das ein Verhör werden?« Eric grinste Mr. Davis an und der zuckte nur mit den Schultern.

»Ich will nur wissen, ob mich jemand vermisst. So bin ich halt. Ich muss mich immer noch daran gewöhnen, nicht mehr gebraucht zu werden.«

»Ach Robert, nicht schon wieder diese alte Leier. Es ist mehr als ein Jahr her«, meinte Mira und legte ihrem Mann eine Hand auf den Arm.

»Er war mit Leib und Seele Polizist, müssen Sie wissen, aber sein Herz …«

»Verstehe schon. Wenn es Sie beruhigt, ich denke es läuft alles ziemlich gut. Und seit Ihre Tochter Claire unterstützt, sogar noch besser.«

»Prima. Wo waren Sie, bevor Sie zu uns gekommen sind, Eric?« An Roberts Worten merkte man, dass er sich immer noch als Teil dieser Behörde sah und noch nicht wirklich im Ruhestand angekommen war.

»Ich war eine Weile weg«, gestand Eric.

»Oh, Auslandseinsatz?«, fragte Robert nach und Joselyn verdrehte die Augen. Sie hatte es schon immer gehasst, dass ihr Vater jeden mit seinen Fragen löcherte. Und ganz besonders schlimm fand sie diese Macke bei ihren potentiellen Freunden.

»Nein, ich hatte vor zwei Jahren einen Unfall und konnte eine Zeitlang nicht arbeiten« Erics Blick traf den von Joselyn und sie schaute ihn fragend an.

»Tut mir leid«, meinte Mira und mit einem Mal schauten alle betreten in die Runde.

»Muss es nicht. Es geht mir wieder gut.« Eric aß den letzten Rest seines Abendessens auf und legte dann das Besteck auf den Teller.

»Ich will Nachtisch, Grandma«, rief Matthew, der während des Essens erstaunlich ruhig gewesen war und klapperte mit seinem Teller.

»Okay, wer will alles ein Eis?« Mira stand auf und ging zum Kühlschrank.

»Ich, ich …« Matthew hob den Arm und schnippte in die Luft.

»Okay, wir nehmen alle eins, Mum«, sagte Joselyn und schaute Eric an. Dieser lächelte. Er fühlte sich wohl. Es war eine angenehme Atmosphäre im Hause Davis und beinahe vergaß er, warum er eigentlich hergekommen war.

Nachdem sie ihr Eis gegessen hatten, durfte Matthew noch eine halbe Stunde fernsehen und verschwand freudestrahlend mit seinem Opa ins Wohnzimmer, während sich Mira um den Abwasch kümmerte. Eric bot an zu helfen, doch sie lehnte dankend ab.

»Ich sollte jetzt gehen«, meinte Eric, der ein wenig unbeholfen in der Küche herum stand.

»Ich bringe dich noch nach draußen«, sagte Joselyn und Eric nickte. Er verabschiedete sich von Mira, nicht ohne ihr zu versprechen, bald mal wieder zum Essen vorbei zu kommen. Als sie am Wohnzimmer vorbeikamen, rief Eric Matthew noch einen Gruß zu, aber der Kleine war schon völlig in die Welt des Comics abgetaucht, so dass er Eric völlig ignorierte.

»Mach dir nichts draus. Wenn die alten Superhelden kommen, dann sind alle anderen abgemeldet.«

»Kann ich nachvollziehen«, meinte Eric grinsend und nahm sich dann seine Jacke, die er im Flur hatte hängen lassen. Sie gingen zur Tür und in den Vorgarten hinaus. Eric hatte sein Auto am Straßenrand geparkt und sie schlenderten darauf zu.

»Danke für den schönen Abend«, meinte er und blieb neben dem Wagen stehen.

»Danke, dass du mit Matthew Fußball gespielt und dich den Fragen meiner Eltern gestellt hast.«

»Das macht mich zu einem sehr tapferen Mann.« Eric zwinkerte ihr zu und Joselyn musste lachen.

»Ja, wohl wahr. Und danke, dass du extra vorbeigekommen bist, um nach mir zu sehen.«

»Nicht dafür, Jo«, sagte er. Joselyn fröstelte ein wenig. Die Sonne war dabei unterzugehen und es wurde kühl.

»Ich kann dich wirklich gut leiden, Cole.«

»Soll das ein Liebesgeständnis werden?«, fragte er ironisch und sie schlug ihm leicht gegen die Schulter.

»Im Ernst, Eric. Du bist der erste Mensch seit langer Zeit, dem ich sowas wie vertraue.«

Eric hob eine Braue und wartete.

»Der Mann, den ich glaubte gesehen zu haben …«

»Ja?«, fragte Eric. Sie sah an ihm vorbei und versuchte sich zu konzentrieren.

»Er heißt Nils Harper. Ich habe gedacht, er sei inzwischen tot. Er war eine ganze Weile verschwunden. Ich hatte gehofft, ihn niemals wieder zu sehen, allenfalls in einem Leichensack. Aber meine Wünsche erfüllen sich irgendwie nie.«

Er spürte die Aufregung in ihrer Stimme und merkte, dass sie leicht zitterte.

»Ich könnte versuchen, etwas über ihn herauszufinden. Ich meine, ich habe da ein paar Freunde …«

»Was für Freunde?«

»Das willst du lieber nicht wissen«, meinte er und legte ihr dann die Hände auf die Schultern.

»Okay, es wäre wirklich schön, wenn du herausfinden könntest, was mit Harper passiert ist. Ich habe ihn das letzte Mal in New York gesehen. Das war vor rund einem Jahr.«

»Alles klar. Ich sehe, was ich machen kann.«

»Danke«, flüsterte sie ihm zu und er hob seine Hand, legte sie ihr auf die Wange und strich dann ganz sanft mit dem Daumen über ihre Lippen. Joselyn schloss die Augen und genoss seine Berührung. Und dann überkam sie wieder dieser Schmerz, diese Sehnsucht und diese unendliche Trauer. Sie konnte das hier nicht zulassen. Sie wollte nie wieder verletzt werden und so konnte sie ihn nicht weiter in ihr Leben lassen. Jedenfalls nicht in diesem Augenblick. Sie entzog sich ihm und er trat schnell einen Schritt zurück und räusperte sich.

»Gute Nacht«, sagte er und seine Stimme klang rau.

»Gute Nacht«, sagte sie und drehte sich dann um.

Er stieg schnell in den Wagen. Er wollte ihr nicht hinterher sehen, wollte sie nicht weggehen sehen, denn er wollte sie gerne noch eine Weile bei sich haben, wollte ihre weichen Lippen spüren und sie festhalten. Wollte ihr den Schmerz aus den Augen küssen, aber er wusste, dass sie das nicht wollte. Und so startete er jetzt den Motor und machte sich auf den Weg nach Hause oder besser gesagt dorthin, wo sein Bett stand. In solchen Momenten wäre er vor nicht allzu langer Zeit zu Claire gefahren und hätte mit ihr geschlafen, um das wirkliche Leben zu vergessen, aber das tat er nicht. Denn dieses Mal wollte er das reale Leben nicht vergessen. Auch, wenn es im Moment noch wehtat, er war sich sicher, dass es sich dieses Mal lohnte zu kämpfen.

Kapitel 13

San Diego, Sonntag 11. Dezember

»Kannst du mir mal den 10-er Maulschlüssel reichen, Cole«, rief Nicklas und rollte unter dem Auto hervor. Eric kramte im Werkzeugkasten, welcher auf dem Boden in der Garage stand und als er gefunden hatte, was er suchte, legte er den Schlüssel in Nicklas' geöffnete Handfläche. Dieser fuhr mit seinem Rollbrett wieder zurück und verschwand unter der Vorderseite seines himmelblauen Oldtimers, an dem er jede freie Minute, oftmals zusammen mit Eric, herumschraubte. Es war schon fast ein Ritual, denn der Wagen wurde eigentlich niemals so richtig fertig. Nicklas hatte ihn vor ein paar Jahren auf einer Auktion ersteigert und seither blockierte er die Garage seines kleinen Hauses.

»Wo ist Mike?«, fragte Eric und schlenderte zum Kühlschrank, der in der Ecke der Garage stand. Er holte zwei Flaschen Bier heraus, kam zurück und lehnte sich dann gegen die Wagentür.

»Musste arbeiten«, antworte Nicklas. Mike war Nicklas' aktueller Lebensgefährte, mit dem er seit ein paar Monaten zusammen wohnte. Er war ebenfalls Polizist und arbeitete beim FBI, was ihm oftmals Aufträge im ganzen Land verschaffte.

»Schade, hatte gedacht, ich könnte noch eine Revanche kriegen«, meinte Eric und beugte sich nach unten, um zu sehen, wie weit Nicklas war.

»Euer Schachspiel läuft euch bestimmt nicht weg, Kumpel«, rief dieser und seine Stimme wurde durch den Wagen zwischen ihnen gedämpft.

»Richtig … Lust auf ein Bier?« Nicklas kam wieder unter dem Auto hervor und erhob sich mühsam. Seine Arme und Hände waren ölverschmiert und sein Gesicht zierte ein schwarzer Streifen. Er trug einen alten Overall, dessen Ärmel er nach oben gekrempelt hatte, sowie Turnschuhe, die auch schon bessere Zeiten gesehen hatten.

»Immer doch«, sagte er und nahm sich einen Lappen von der Werkbank, wischte sich die Hände notdürftig daran sauber und nahm das Bier, das Eric ihm reichte. Sie öffneten die Flaschen und stießen an. Dann tranken sie einen Schluck und schauten auf den chromverzierten Oldtimer, der vor ihnen stand.

»Was kann ich tun?«, fragte Eric und deutete auf das Auto.

»Erst Mal, mein Freund, könntest du mir erzählen, was dich hertreibt. Müsstest du nicht eigentlich beim Fußball sein?«

»Fällt aus und außerdem wollte ich mit dir noch über was sprechen.«

Nicklas schaute seinen Freund an und runzelte die Stirn. Wenn Eric zu ihm kam, um mit ihm zu sprechen, dann war die Sache ernst. Normalerweise kam er einfach vorbei, um ein wenig am Wagen zu schrauben, Bier zu trinken oder mit Mike Schach zu spielen. Allenfalls trafen sie sich noch zum Fernsehen oder aber sie saßen einfach nur im Garten und sagten nichts. Und so wurde Nicklas jetzt doch ein wenig neugierig.

»Schieß los«, sagte er deshalb und trank noch einen Schluck Bier. Eric räusperte sich.

»Es geht um Jo«, sagte er schließlich.

»Warum überrascht mich das jetzt nicht?«, fragte Nicklas schmunzelnd.

»Nicht das, was du denkst«, murrte Eric.

»Ich denke nichts«, meinte Nicklas und Eric verzog den Mund zu einem Grinsen.

»Ich denke, sie steckt in Schwierigkeiten.«

»In welchen?«

»Das kann ich nicht sagen. Sie schweigt sich aus.«

»Und wie soll ich dabei helfen?«

»Kannst du einen gewissen Nils Harper überprüfen?«

»Du meinst bestimmt diskret, oder?« Nicklas trank noch einen Schluck Bier und schaute Eric an. Er wusste, sein Freund würde ihn nicht um Hilfe bitten, wenn es nicht absolut wichtig wäre.

»Natürlich diskret«, sagte Eric. Nicklas hatte bis jetzt noch jede Person finden können und er hoffte, dass es auch dieses Mal so sein würde. Seine eigenen kurzen Recherchen hatten ihn noch nicht wirklich weitergebracht und er hoffte, Nicklas würde seine Kontakte zum FBI spielen lassen können.

»Ich werde sehen, was ich tun kann, mein Freund.« Nicklas klopfte Eric auf die Schulter und stellte dann sein Bier auf die Werkbank neben sich. Eric tat es ihm nach und zog sich dann seine Jacke aus. Darunter trug er ein schwarzes Shirt, dessen Ärmel abgetrennt worden waren. Es war sein Arbeitsshirt, welches übersät mit Ölflecken und Schmiere war. Nicklas legte sich wieder auf sein Rollbrett und fuhr zurück unter das Auto, während Eric sich über den Motor beugte. So arbeiteten sie eine ganze Weile schweigend, bis es Nicklas schließlich nicht mehr aushielt.

»Triffst du dich eigentlich noch mit Claire?« Eric hob den Kopf und schlug damit gegen die geöffnete Motorhaube.

»Autsch, verdammt«, rief er und rieb sich die schmerzende Stelle. Nicklas wartete geduldig.

»Das mit Claire und mir ist vorbei«, sagte Eric schließlich.

»Das hast du schon öfter gesagt«, meinte Nicklas ziemlich ruhig.

»Dieses Mal ist es wirklich vorbei.« Eric konnte seinem Freund nicht verübeln, dass er diese Fragen stellte, denn er ging den Weg mit ihm schon eine ziemliche Weile, hatte die Aufs und Abs in seiner Beziehung mit Claire hautnah mitbekommen und ihm viele Nächte Zuflucht auf seiner Couch gewährt.

»Weiß sie das auch?«, fragte Nicklas weiter und kam unter dem Auto hervor, stand auf und stellte sich zu Eric. Dieser schaute seinen Freund nachdenklich an.

»Ich denke schon.«

»Und du? Ich meine, ihr habt euch mal geliebt, wart verheiratet und hättet beinahe eine Familie gegründet. Ich kann verstehen, dass man da aneinander hängt.«

Über Erics Gesicht huschte ein Schatten, doch er war genauso schnell wieder weg, wie er gekommen war. Er wollte nicht an früher denken, nicht mehr. Seit Joselyn in sein Leben gestolpert war, wollte er einfach nur noch nach vorne schauen.

»Die Fehlgeburt war der Anfang vom Ende, Nick. Das habe ich lange Zeit nicht so gesehen, aber Claire hat sich verändert seit damals. Sie ist härter geworden, will Karriere machen, was ja auch in Ordnung ist. Aber es ist ihr Weg, nicht meiner.«

»Und du möchtest einen neuen Weg mit Josi gehen?«

»Vielleicht.« Eric blieb vage, denn er hatte noch immer keine Ahnung, wer Joselyn Davis tatsächlich war. Sie war so geheimnisvoll wie am ersten Tag, als sie sich in der Kaffeeküche getroffen hatten.

»Meinen Segen hast du.« Nicklas grinste und Eric schaute ihn empört an.

»Ich lasse dir das jetzt mal durchgehen, weil wir uns schon seit einer gefühlten Ewigkeit kennen, Kumpel, aber …«

»… ich weiß, ich bin nicht deine Mutter«, witzelte Nicklas weiter. Es war ein ungeschriebenes Gesetz, dass sie beide, seit sie zusammen auf der Polizeiakademie gewesen waren, aufeinander aufpassten. Und das egal in welcher Hinsicht. Ob es nun im Job oder bei den Frauen und Männern war, in die sie sich verliebten. Sie hatten schon viele Beziehungen des jeweils anderen kommen und gehen sehen, doch eines hatte immer Bestand gehabt - ihre Freundschaft. Man konnte mit Fug und Recht behaupten, dass sie durch Dick und Dünn gegangen waren und das würde wohl auch immer so bleiben.

»Was hältst du von einer Runde surfen vor dem Abendessen?«, fragte Nicklas plötzlich und trank sein restliches Bier aus.

»Klingt nicht schlecht. Ich hole mein Board aus dem Auto«, sagte Eric und klopfte Nicklas dann auf die Schulter.

»Danke Mann.«

»Wofür?«, fragte Nicklas und ging in Richtung Garagentür, trat dann ins Freie und blinzelte in die gerade noch am Himmel befindliche Abendsonne.

»Für alles. Du weißt schon«, stotterte Eric. Er war nicht gut in solchen Sachen, aber er war sich sicher, dass Nicklas ihn verstand. Mehr Worte brauchte es zu diesem Thema nicht. Sie schauten sich noch einmal an und machten sich dann daran ihre Surfklamotten zusammen zu suchen.

***

Es war schon spät. Joselyn hatte sich in eine Decke gewickelt und saß nun im Garten. Die Füße hatte sie herangezogen und sich daraufgesetzt. In der Hand hielt sie ein Glas Weißwein. Sie schaute nachdenklich in den Himmel und lauschte wieder einmal dem gleichmäßigen Tosen der Wellen. Sie konnte nicht behaupten, dass sie sich im Moment besonders sicher fühlte. Nicht, nachdem sie Harper gesehen hatte. Er war ihr so nahegekommen und dabei hatte sie gehofft, er würde nie wieder auftauchen. Ihr Telefonat mit ihrem ehemaligen Chef in New York hatte auch nicht sonderlich dazu beigetragen, dass sie sich nun besser fühlen konnte. Das Erstaunen über Harpers Auftauchen war groß gewesen und Joselyn hatte leichte Zweifel, dass er ihr helfen konnte. Sie war gerade dabei, ihre wirren Gedanken zu ordnen, als sich jemand neben sie setzte.

»Daddy«, flüsterte sie.

»Alles okay?«, fragte ihr Vater und sie legte ihren Kopf an seine Schulter, wie sie es früher, als sie noch ein Kind gewesen war, oft getan hatte.

»Ja, alles gut«, log sie. Sie wollte ihren Vater auf keinen Fall in die Sache mit hineinziehen. Er hatte ein schwaches Herz und außerdem hatte er schon viel zu viel für sie und Matthew getan. Sie hoffte, Eric würde etwas herausfinden, aber eigentlich hoffte sie vielmehr, Harper würde einfach wieder verschwinden. Sie war aus New York weggegangen, um ihre Vergangenheit hinter sich zu lassen, einen Neuanfang zu wagen und sie wollte nicht, dass dies alles umsonst gewesen war.

»Ich geh ins Bett«, sagte ihr Vater nach einer Weile und sie nickte.

»Schlaf gut.« Er stand auf und schaute noch einmal nachdenklich auf seine Tochter hinab.

»Tu mir einen Gefallen, Josi.«

»Welchen?«, fragte sie.

»Egal was du tust, sei bitte vorsichtig und hol dir Hilfe. Wenn schon nicht meine, dann wenigstens von deinen neuen Freunden.«

»Oh, Daddy.« Jetzt sprang sie auf und umarmte ihren Vater spontan, vergrub ihr Gesicht an seiner Schulter und fühlte sich dadurch tatsächlich stärker. Robert küsste Joselyn auf den Scheitel und löste sich dann von ihr.

»Schlaf gut«, murmelte er und dann war er verschwunden. Joselyn wischte sich eine Träne ab und setzte sich dann seufzend wieder zurück auf die Gartenbank.

Kapitel 14

San Diego, Donnerstag 15. Dezember

»Cole, warte einen Augenblick«, rief Nicklas und kam auf seinen Partner zugelaufen. Eric, der gerade auf dem Weg in die Asservatenkammer war, blieb stehen und drehte sich herum.

»Was ist?«, fragte er und musterte Nicklas' verkniffenes Gesicht.

»Dieser Harper, den du überprüft haben wolltest …«

Eric hatte Nicklas um Hilfe gebeten, obwohl er nicht wusste, ob das Joselyn recht gewesen wäre. Aber er konnte Nicklas' Kontakte gut gebrauchen und sein Freund war stets loyal. Außerdem schien Nicklas einen Draht zu ihrer beider neuen Kollegin zu haben, den sonst kein anderer hier hatte, nicht einmal er selbst. Und da er Nicklas absolut vertraute, hoffte er, dass auch Joselyn es tun würde und seine Hilfe annahm.

»Ja?« Eric ahnte nichts Gutes.

»Vor ein paar Tagen hat er am Flughafen einer Frau die Geldbörse geklaut.«

»Woher weißt du das?«

»Es gab eine Überwachungskamera, die ihn aufgenommen hat.« Nachdem Eric Nicklas von Harper erzählt hatte, hatte dieser sich zuallererst ein Foto von ihm besorgt und mit Hilfe der modernen Technik herausgefunden, wo sich Harper aufgehalten hatte, seitdem er in San Diego aufgetaucht war.

»Und dann? Gibt es noch mehr Spuren?«, fragte Eric.

»Und dann, mein Freund, hat er am gleichen Tag eine kleine Bankfiliale im Süden von San Diego überfallen.«

Eric sog scharf die Luft ein und starrte seinen Partner an.

»Was?«

»Du hast richtig gehört, Mann. Er ist mit knapp 15.000 Dollar entkommen. Mehr hatte die Kasse gerade nicht vorrätig. Es muss wohl eben erst alles in den Tresor gebracht worden sein, denn sonst wäre es sicherlich noch mehr gewesen.«

»Das zeugt doch irgendwie davon, dass er keine Ahnung hatte, wann es sich wirklich lohnt zuzuschlagen. Er hat spontan gehandelt«, meinte Eric und folgte Nicklas dann zurück zu ihren Schreibtischen.

»Ganz genau. Ich vermute, er brauchte einfach nur ein bisschen Geld, keine großen Summen und es war ihm völlig egal, wie er da herankam.« Nicklas griff in seine Schreibtischschublade und holte eine dünne Akte heraus. Dann blätterte er eine Weile darin herum, bis er sie schließlich auf den Schreibtisch warf.

»Was hat er vor?«, rätselte Eric und rieb sich missmutig übers Gesicht.

»Was er genau vorhat, darüber müsste ich noch spekulieren, aber was er getan hat, kann ich dir sagen.«

»Noch mehr als eine Bank zu überfallen?«, fragte Eric ironisch.

»Und wieder zu verschwinden«, ergänzte Nicklas.

»Nun mach's doch nicht so spannend«, mahnte Eric ihn. Manchmal ging ihm sein Partner mit seiner Masche gehörig auf den Zeiger.

»Er hat sich eine Waffe gekauft. Was er mit dem Rest des Geldes gemacht hat, weiß ich noch nicht, aber ich finde das reicht schon. Nach meinen Recherchen besitzt er keinen Waffenschein, also könnte man ihm durchaus mal einen Besuch abstatten.«

»Du hast nicht zufällig herausfinden können, bei wem er die Waffe gekauft hat, Nick?«, fragte Eric, dessen Gehirn gerade mächtig ins Rattern geriet.

»Du kennst mich doch«, meinte Nicklas und blickte seinen Partner grinsend an.

»Ja … und?«

»Ich warte noch auf die endgültige Bestätigung, aber es sieht so aus, als hätte er das bei keinem geringeren als Theodor Samira getan.«

»Unserem Hauptverdächtigen in unserem Discofall?«

»Genau der.«

»Das verstehe ich nicht. Wie kommt er denn an den heran?«

»Das gilt es wohl herauszufinden, schätze ich.«

»Schätze ich auch.« Eric runzelte die Stirn und musste mit einem Mal an ihren Undercovereinsatz auf der Wohltätigkeitsgala des Bürgermeisters denken, den sie vor neun Tagen durchgeführt hatten. Sie hatten Samira den ganzen Abend beobachtet, Joselyn hatte ihm sowohl Fingerabdrücke als auch DNA mit einer List abgenommen, doch das hatte sie noch nicht wirklich weitergebracht. Caroline war immer noch dabei, alles auszuwerten und die Fingerabdrücke mit den ungeklärten Fällen abzugleichen. Aber bis jetzt hatten sie nichts Verdächtiges herausfinden können. Entweder war Samira sehr vorsichtig oder aber wirklich sauber. An Letzteres glaubte jedoch keiner von ihnen. Bei der Erwähnung eines Zusammenhangs zwischen Harper und Samira schoss Eric plötzlich ein Gespräch, welches er mit Joselyn gegen Ende des Einsatzes geführt hatte, durch den Kopf.

Er hatte seine wunderschöne Begleitung die ganze Zeit über beobachtet und fragte sich wohl zum hundertsten Mal an diesem Abend, ob sie noch mehr Geheimnisse hatte. Sie sah sehr sexy aus in ihrem weinroten Abendkleid und den hochgesteckten Haaren. Sie wirkte professionell und doch irgendwie aufgeregt. Eric konnte es nicht einschätzen. Er konnte sie nicht einschätzen. Sie hatte ganz selbstverständlich ein Gespräch mit Samira angefangen, und ungezwungen mit ihm geplaudert. Schließlich hatte sie ihm sowohl Fingerabdrücke als auch ein Haar zur DNA-Bestimmung abgenommen, ohne dass dieser etwas gemerkt hatte. Und die ganze Zeit über hatte man Joselyn nicht angesehen, dass sie sich in einer gefährlichen Situation befand.

Eric bewunderte ihr Talent, war aber auch noch immer ein wenig sauer, dass sie Samira so angebaggert hatte. In ihm regte sich die Eifersucht und als er wieder daran zurückdachte, was in der Toilette geschehen war, bekam er ein flaues Gefühl in der Magengegend. Seit sie beinahe fluchtartig die stillen Örtlichkeiten verlassen hatten, war sie auf Distanz zu ihm gegangen, als fürchte sie, er könne ihr wieder zu nahekommen.

Jetzt stand sie auf der Terrasse des Saales, in dem die Wohltätigkeitsgala stattfand und ließ sich den Wind um die Nase wehen. Es war recht spät geworden und die meisten Gäste schickten sich so langsam an zu gehen. Eric hatte ihr ein Glas Wein besorgt und trat nun neben sie ans Geländer.

»Hier bist du«, eröffnete er das Gespräch und reichte ihr das Glas. Sie drehte sich zu ihm herum und schaute ihn an.

»Ich brauchte ein wenig frische Luft. Wenn sich zu viele unehrliche Leute in einem Raum befinden, bekomme ich manchmal Atemnot.« Eric verzog den Mund zu einem leichten Grinsen.

»Kann ich verstehen«, meinte er und sie nahm ihm das Glas ab.

»Danke«, sagte sie und trank einen Schluck.

»Gern geschehen«, gab er zurück und widmete sich dann seinem eigenen Glas, welches einen ziemlich teuren, aber gut schmeckenden Whiskey enthielt.

»Also, Jo, was hältst du von Samira?«, fragte er, nachdem sie eine Weile schweigend über die Stadt geschaut hatten.

»Er ist undurchschaubar, Eric. Ich kann ihn nicht einschätzen. Wirklich nicht. Er ist charmant und er weiß, wie er auf Frauen wirkt. Er ist aber auch knallhart und eisig, wenn es um seinen Willen geht. Ob er was mit den Morden, die ihr untersucht, zu tun hat? Ich denke schon. Ich traue ihm alles zu.«

»Hast du das gemacht da drüben in New York?«, fragte Eric und sie zuckte kaum merklich zusammen, antwortete aber nicht.

»Du solltest noch eins wissen, Eric. Ich habe das Gefühl, Samira schon einmal gesehen zu haben.« Damit trank sie ihr Glas in einem Schluck aus und drückte es ihm in die Hand. Sie ließ seine Frage unbeantwortet und ging zurück zu den anderen Gästen.

Eric seufzte und lehnte sich rückwärts gegen die Brüstung. Sie war ihm erneut ausgewichen. Es frustrierte ihn mehr, als er es erwartet hatte. Für einen kurzen Moment war er geneigt sie zu verfluchen, aber irgendetwas hielt ihn davon ab. Langsam stieß er sich vom Geländer ab und lief ihr hinterher.

Erics Gedanken kehrten in die Gegenwart zurück und er riss die Augen auf.

»Was ist?«, fragte Nicklas, der seinen Partner beobachtet hatte.

»Mir fiel gerade etwas ein, was Jo gesagt hat, als wir undercover auf der Wohltätigkeitsgala beim Bürgermeister waren.«

»Okay, spuck's aus.«

»Sie hat gesagt, sie hat das Gefühl, Samira schon einmal gesehen zu haben.«

126

»Möglich, aber irgendwie auch unwahrscheinlich, findest du nicht?«

»Nick, vielleicht ist die Welt einfach nur ein Dorf und sie sind sich zufällig über den Weg gelaufen. Das kann ja sein, aber weißt du, was ich glaube?«

»Nein.«

»Ich glaube, sie hat ihn dienstlich gesehen.«

»Was willst du damit sagen?« Nicklas kramte nach einem Apfel und rieb ihn an seinem Hemd blank.

»Hat sie jemals mit dir darüber gesprochen, was sie beruflich gemacht hat, bevor sie nach San Diego kam?«, fragte Eric.

»Sie hat bei der Polizei in New York gearbeitet.«

»Das hat sie dir erzählt?«, fragte Eric mit einem Mal ziemlich aufgebracht. Es versetzte ihm einen gewaltigen Stich, dass Joselyn offensichtlich mit Nicklas über ihre Vergangenheit redete, aber mit ihm selbst nicht.

»Was regst du dich so auf. Sie sagte, dass sie dort ebenfalls einen Assistentenjob hatte. Seit ihr Sohn Matthew auf der Welt ist, wollte sie kürzertreten.«

»Und was hat sie davor gemacht?«

»Keine Ahnung.«

»Wirklich nicht?«

»Cole, was ist denn los? Meine Güte, du führst dich gerade auf, als wärst du ziemlich eifersüchtig.«

»Bin ich nicht, Nick. Ich bin nur ein wenig irritiert, dass sie mit dir spricht und mit mir nicht.«

»Tut sie nicht. Es ist eher zufällig, dass ich was aufschnappe. Von ihrem Sohn habe ich auch nur erfahren, weil wir uns eines Sonntags am Strand über den Weg gelaufen sind.«

»Meine Güte«, grummelte Eric und schloss kurz die Augen. Diese ganze Sache zerrte an seinen Nerven.

»Du magst sie doch mehr, als du zugegeben hast, hab ich recht? Sonst würde dir das hier alles nicht so viel ausmachen.«

»Ja, ich mag sie«, zischte Eric und Nicklas lächelte vor sich hin.

»Lass ihr ihre Freiheiten, Cole. Sie wird sich öffnen, wenn sie bereit dazu ist, glaub mir.«

»Und wenn es dann zu spät ist?«, fragte Eric und sah Nicklas dabei zu, wie er seinen Apfel aß.

Nicklas überhörte diese zweideutige Anspielung und meinte:

»Noch mal zurück zum Geschäft … Du hast vorhin erzählt, dass Joselyn Samira wahrscheinlich schon einmal gesehen hat, ihn von früher kennt.«

Eric holte tief Luft und schluckte seinen Ärger fürs Erste herunter.

»Ja, das hat sie gesagt. Sie sagte, sie glaubte, ihn schon einmal gesehen zu haben.«

»Meinst du, Samira hat Harper hierhergeholt, weil er Joselyn erkannt hat?«

»Ich weiß es nicht. Möglich wäre es doch, oder?«

»Möglich ist alles, Cole.« Nicklas warf sich den restlichen Apfel in den Mund und kaute.

»Wo ist sie eigentlich?«, fragte Eric und drehte sich suchend im Büro um. Nicklas hob eine Hand und deutet mit dem Zeigefinger zum Büro von Claire.

»Ist seit zwei Stunden da drin. Keine Ahnung, was die so lange zu bequatschen haben«, antwortete Nicklas.

»Wir sollten mit ihr reden. Sie braucht Schutz. Und wenn das mit Samira wirklich stimmt, dann ist vielleicht unsere gesamte Tarnung aufgeflogen und wir sind alle in Gefahr. Dieser Harper scheint gefährlicher zu sein, als sie es angenommen hat.«

»Was genau hat sie dir denn erzählt, Cole? Ich tappe da absolut im Dunkeln und solange sie nicht konkreter wird, können wir ihr auch nicht helfen.«

»Ich weiß, Nick.« Eric wirkte frustriert. In dem Moment klingelte Nicklas' Telefon und er schaute Eric stirnrunzelnd an.

»Mein Informant.«

»Okay, geh ran!« Eric war mit einem Mal ziemlich aufgeregt und beobachtete Nicklas ganz genau, der jetzt leise in sein Handy sprach. Als er aufgelegt hatte, blieb es eine Weile still im Raum und Eric wäre am liebsten in die Luft gegangen.

»Was ist denn? Nun sag schon.«

»Also … Harper und Samira scheinen tatsächlich alte Bekannte zu sein.« Nicklas zückte sein Handy und drückte auf eine Nachricht, die er soeben erhalten hatte. Ein Bild wurde geöffnet und dieses zeigte sowohl Harper als auch Samira. Beide in schicken Anzügen, mit Champagnergläsern in der Hand in ein Gespräch vertieft. Ein dritter Mann, den sie im Moment nicht zuordnen konnten, komplettierte das Bild.

»Woher hast du das?«

»Wie gesagt, ich war sehr fleißig.«

»Weißt du, wo das ist?«

»In New York. Es ist eine Wohltätigkeitsveranstaltung, die jedes Jahr im Dezember, kurz vor Weihnachten abgehalten wird. Es ist also vor ziemlich genau einem Jahr aufgenommen worden.«

»Ein Zeitungsartikel?«

»Ja. Und rate mal, wer bis vor einigen Monaten in New York sein Unwesen getrieben hat und den Kollegen dort ein Dorn im Auge war?«

»Samira?«

»Korrekt.«

»Und Harper?«

»Wie man sieht. Fest steht, sie kennen sich von früher und Harper ist nun zu seinem alten Kumpel gelaufen und hat ihn um Hilfe gebeten.«

»Meinst du, sie machen immer noch Geschäfte zusammen?«

»Nichts ist unmöglich, Cole, das weißt du so gut wie ich. Dieses Business ist verworren, die Leute haben ihre Netzwerke und es ist beinahe unmöglich für uns da durchzusteigen, es sei denn, man hat einen Insider.«

»Was willst du tun?«

»Ich schleuse mich ein.«

»Kommt nicht in Frage.«

»Doch, vielleicht ist das unsere Chance, gleich beide zu schnappen.«

»Was willst du Claire sagen?«

»Dass wir den Discofall knacken werden. Das sage ich ihr.«

»Okay.« Eric hob eine Braue und schaute seinen Partner an. Das musste man Nicklas lassen. Wenn er einmal an einem Fall Lunte gerochen hatte, dann brachte ihn so schnell nichts aus der Fassung. Er konnte sich in etwas verbeißen und leistete dadurch sehr gute Arbeit.

Nicklas' Telefon klingelte erneut. Erstaunt sah er auf das Gerät und ging schließlich ran. Eric bekam nicht viel von dem Gespräch mit, aber als Nicklas aufgelegt hatte, konnte er anhand des Gesichtsausdruckes seines Partners erkennen, dass noch etwas passiert war.

»Wir wissen, wo er sich aufhält.«

»Wer?«

»Harper.«

»Wie das?«

»Ich habe Caroline eine Suche mit der Gesichtserkennungssoftware machen lassen. Sie hat mir eben Bescheid gesagt, dass sie ihn gefunden hat.«

»Ich will gar nicht wissen, wer noch alles an der Sache beteiligt ist«, meinte Eric grinsend. Nicklas zuckte nur mit den Schultern.

»Also, Nick ... worauf warten wir noch.« Eric schnappte sich seine Jacke und zog sie sich über.

»Cole, ... Meinst du das ist eine gute Idee?«

»Sagt der, der sofort undercover in eine kriminelle Gang eintauchen will, nur weil er besondere Zusammenhänge vermutet. Nick, ich sehe das so: Wir tragen jetzt erst einmal nachhaltig dazu bei, einen flüchtigen Dieb dingfest machen. Um alles andere kümmern wir uns später. Ich finde, das ist eine ziemlich gute Idee«, entgegnete Eric.

»Wenn man es so sieht ... Aber du redest mit Claire«, sagte Nicklas und zog die Schublade seines Schreibtisches auf, holte seine Waffe heraus und steckte sie in seinen Hosenbund.

»Sicher ... später«, brummte Eric und holte ebenfalls seine Waffe. Schließlich drehte er sich zu Nicklas herum und sagte:

»Es kann doch sicherlich nichts schaden, wenn wir der zuständigen Einheit ein wenig unter die Arme greifen, meinst du nicht auch?«

»Ich liebe dich, Mann.« Nicklas grinste Eric an und der grinste zurück. Dann liefen sie zum Fahrstuhl und machten sich auf den Weg.

***

Sie saß seit beinahe zwei Stunden im Büro ihrer Chefin und hörte ihr aufmerksam zu. Sie hatten eine Menge Papierkram erledigt und nun stand Claire plötzlich auf und trat zum Fenster. Joselyn hob den Kopf und fragte sich, was nun kommen mochte. Die Stille war beinahe unerträglich und Joselyn begann sich unwohl zu fühlen.

»Wieso haben Sie sich eigentlich auf diesen Posten hier beworben, Joselyn?«, fragte Claire schließlich ohne Umschweife.

Joselyn horchte auf.

»Ich brauchte einen Job, nachdem ich wieder zurück nach San Diego gezogen bin«, antwortete sie dann wahrheitsgemäß und suchte ihre Papiere zusammen.

»Verstehen Sie mich nicht falsch, Joselyn, Sie machen das hervorragend, aber eigentlich ist es doch nicht das, was sie machen sollten, oder?« Claire drehte sich herum und schaute Joselyn mit einem undefinierbaren Blick an.

»Es ist das Einzige, was ich im Moment machen kann.«

Claire seufzte und trat dann wieder hinter ihren Schreibtisch, setzte sich und verschränkte die Arme vor der Brust.

»Sie wissen, dass Robert Davis, ihr Vater, der frühere Revierchef immer noch ab und zu hier auftaucht?«

»Ja sicher, um seine Kollegen zu besuchen … Und?«, fragte Joselyn und hob eine Braue. Was hatte ihr Vater mit der ganzen Sache zu tun.

»Es gab ungefähr 20 Bewerber auf diese Stelle, Joselyn.«

Joselyn sagte nichts dazu. Sie konnte sich denken, was jetzt kommen würde.

»Aber ich habe nicht einen persönlich kennengelernt. Und wissen Sie auch warum?«

»Ich kann es mir ungefähr vorstellen.« Ihr Vater hatte ihr erzählt, dass dieser Posten zu besetzen sei und dass sie seit ewigen Zeiten nicht den Richtigen fanden. Er hatte ihr gesagt, dass sie dringend jemanden suchten und dass sie ganz bestimmt die einzige Bewerberin wäre. Sie hatte gewusst, dass ihr Vater immer noch Einfluss im Polizeidienst hatte und dass er bestimmt viele Freunde an den richtigen Stellen kannte, aber sie hätte niemals damit gerechnet, dass er ihr eine Stelle zuschanzen würde. Das hätte sie nie und nimmer angenommen. Lieber wäre sie in New York geblieben und hätte dort weitergemacht, wo sie aufgehört hatte.

»Ich hatte letztens ein sehr interessantes Gespräch mit meinem Vorgesetzten, Joselyn.«

»Bitte, Claire. Ich habe nicht gewusst, wie ich zu diesem Job gekommen bin. Wenn mein Vater da tatsächlich seine Finger im Spiel hatte, dann werde ich selbstverständlich kündigen.« Joselyn stand auf und wollte schon gehen, doch Claire hielt sie auf.

»Das werden Sie nicht, Joselyn. Sie sind gut. Sie sind wirklich gut. Sie erledigen Ihren Job in einer Art und Weise, die weit über die Qualifikationen einer Assistentin hinausgehen. Ich habe Sie überprüfen lassen.«

Joselyn horchte auf und machte sich auf das Schlimmste gefasst.

»Ich weiß, dass Sie suspendiert worden sind und das letzte Jahr am Schreibtisch zugebracht haben. Ich weiß auch, warum und ich kann nachvollziehen, warum Sie nicht wieder auf die Straße wollen, aber …«

»Bitte … zwingen Sie mich nicht, darüber zu reden, Claire. Ich möchte einfach, dass alles so bleibt wie es ist. Ich fühle mich wohl hier. Ich bin gern hier und die Arbeit macht mir Spaß. Das andere, das war ein anderes Leben.« Ihre Stimme brach und sie merkte, wie ihr Tränen in die Augen schossen. Claire beobachtete sie und stand schließlich auf, trat auf Joselyn zu und legte ihr eine Hand auf den Arm. Joselyn schaute auf die Hand und fragte sich, wieso Claire ihr nicht einfach die Tür wies. Sie konnte diese Frau in keiner Weise einschätzen, wusste nur, dass sie einen grandiosen Job machte.

»Ich habe nicht vor, Sie gehen zu lassen und ich habe nicht vor, Sie auf die Straße zu schicken, es sei denn Sie möchten das. Eric hat mir von Ihrem Undercovereinsatz erzählt. Er hat mir gesagt, dass Sie gut waren. Vielleicht ist das etwas für Sie, in der näheren Zukunft. Sie können es sich überlegen. Vorerst bleiben Sie meine Assistentin mit speziellen Sonderaufgaben.«

Joselyn schlug das Herz bis zum Halse. Sie würde bleiben können. Sie würde sich ihr Leben wieder aufbauen können. Und vielleicht konnte sie sich schon bald eine eigene Wohnung für sich und ihren Sohn leisten. Mehr wollte sie nicht.

»Danke«, flüsterte sie und schaute ihre Chefin an.

»Oh, ich handele nicht ganz uneigennützig«, meinte Claire und schmunzelte. Joselyn musste unwillkürlich auch ein wenig lächeln.

»Wenn Sie jetzt nichts weiter für mich haben, würde ich gerne noch diese Akten weghängen, bevor ich gehe«, sagte Joselyn.

»Nur eins«, Claire setzte sich wieder an ihren Schreibtisch.

»Ja?«

»Tun Sie ihm nicht weh.«

»Was?«, fragte Joselyn irritiert und schaute Claire verwundert an.

»Er mag Sie.«

Jetzt wusste Joselyn, von wem Claire sprach.

»Er mag Sie ebenfalls, Claire«, entgegnete sie.

»Das ist nicht dasselbe.«

»Ach nein? Er war mit Ihnen verheiratet, soweit ich weiß.«

»Und jetzt sind wir geschieden.«

»Aber …«

»Keine Angst, Joselyn. Ich werde mich nicht einmischen. Ich möchte, dass er glücklich ist. Das möchte ich wirklich. Wir beide haben einfach nicht zusammengepasst.«

»Wir sind nur Freunde«, sagte Joselyn leise.

»Aber sicher sind Sie das.«

Damit schien das Gespräch für Claire beendet zu sein. Sie schlug eine ihrer Akten auf und sagte nichts mehr. Joselyn wartete noch einen Augenblick, dann drehte sie sich um und verließ das Büro. Sie war verwirrt. Ihr schwirrte der Kopf und sie konnte nicht genau sagen, ob dieses Gespräch gut oder schlecht für sie gelaufen war. Claire kannte den Grund, warum Sie nach San Diego zurückgekehrt und was in ihrer alten Dienststelle passiert war, aber sie schien es nicht an die große Glocke hängen zu wollen. Joselyn fragte sich, wie lange es wohl dauern würde, bis sie den Gefallen von ihr zurück fordern würde.

***

Als sie Claires Büro verließ, war außer Marco niemand zu sehen.

»Wo sind denn alle?«, fragte sie und schaute sich suchend um. Sie hatte gehofft, noch einmal kurz mit Eric reden zu können, bevor sie nach Hause ging, aber der war nirgends zu entdecken. Es war kurz vor zwei Uhr. Es war ihr freier Nachmittag, den sie sich einmal im Monat gönnte, um mit Matthew etwas zu unternehmen. Marco, der sich gerade einen Müsliriegel schmecken ließ, schaute zu ihr hoch und meinte kauend:

»David ist unten bei Caroline und Nicklas und Eric haben sehr geheimnisvoll getan und sind vor zehn Minuten verschwunden.«

»Wohin?«, fragte Joselyn.

»Keine Ahnung. Sie haben aufgeregt getuschelt und wenn du mich fragst, hecken sie mal wieder was aus, aber ich mische mich da einfach nicht mehr ein.«

»Was willst du denn damit sagen, Marco?« Joselyn trat zu ihrem Kollegen und lehnte sich an den gegenüber stehenden Schreibtisch.

»Nichts … gar nichts«, stotterte er und biss schnell noch einmal in seinen Riegel.

»Komm schon … du weißt doch irgendwas.« Joselyn lehnte sich nach vorne und suchte seinen Blick.

»Okay, du hast gewonnen. Ich hab nur mitgekriegt, dass Nick mit einem seiner Informanten gesprochen hat und meistens ruft er den nur an, wenn er jemanden ausfindig machen will, der untergetaucht ist.«

Joselyn horchte auf und merkte, dass ihr eine Gänsehaut über den Rücken schoss. Konnte es sein, dass Eric und Nicklas Harper gefunden hatten? Sie wollte gar nicht darüber nachdenken.

»Hast du die Adresse mitgekriegt?«

»Ich glaube, Nick hat sie aufgeschrieben.« Marco zeigte mit der Hand auf Nicklas' Schreibtisch und Joselyn ging hinüber, schob einige Papiere beiseite und suchte nach dem Notizblock. Doch sie fand ihn nicht und wollte schon frustriert nach ihrem Telefon greifen, als ihr die dünne Akte auffiel, die auf Nicklas' Tisch lag. Sie schlug sie auf und blätterte darin herum.

Eric und Nicklas waren wirklich fleißig gewesen. Sie hatten allerlei Informationen über Nils Harper zusammengetragen. Vornehmlich Informationen aus dem letzten Jahr und Joselyn war erstaunt, was alles über den Kerl, der doch angeblich wie vom Erdboden verschluckt gewesen war, zu finden gewesen war. Sie blätterte hastig durch die Seiten und dann entdeckte sie ganz hinten eine Notiz, die Nicklas offensichtlich in aller Eile dorthin gekritzelt hatte. Es war die Adresse eines billigen Motels in einer der weniger schönen Gegenden von San Diego. Schnell speicherte sie die Adresse in ihr Handy ein und klappte die Akte wieder zu.

»Ich bin dann für heute weg«, rief sie Marco zu und dieser nickte nur kurz, bevor er sich wieder seinem Schreibkram widmete. Joselyn lief zur Tür und trat in den Flur. Sie nahm die Treppe, weil sie im Moment keinerlei Nerven besaß, auf den immer ziemlich langsamen Fahrstuhl zu warten. Im Gehen schrieb sie eine Nachricht an ihre Mutter, dass sie sich bitte um Matthew kümmern sollte. Sie hatte jetzt schon ein schlechtes Gewissen, aber sie konnte es nicht ändern. Sie hoffte, dass Eric und Nicklas noch nicht allzu weit gekommen waren und sie sie noch davon abhalten würde können, zu Harper zu gehen. Warum wusste sie auch nicht so genau, aber sie wollte nicht, dass einer ihrer neuen Kollegen unnötig in Gefahr geriet. Und schon gar nicht wegen ihr. Recherchen anzustellen war eine Sache, aber sich Harper zu schnappen, eine ganz andere. Das konnte sie nicht so einfach zulassen.

Ein Hinterhof in San Diego

Er hatte sie kommen sehen und ärgerte sich gerade, dass er nicht vorsichtiger gewesen war. Sie waren in sein Motelzimmer eingebrochen und hatten herumgeschnüffelt, während er vor dem Fenster über dem Abzug zur Küche gehangen und sie belauscht hatte. Sie gehörten zu ihr und es würde sicherlich nicht lange dauern, bis sie ihn zu ihr führen würden.

Er fühlte seine Waffe im Hosenbund und ein breites Grinsen stahl sich über sein faltiges Gesicht. Er würde bereit sein. Er versuchte noch mehr von ihrem Gespräch mitzubekommen und horchte auf, als er eine weibliche Stimme vernahm. Sie schienen sich zu streiten und er hob langsam den Kopf über den Fenstersturz, um einen Blick ins Zimmer zu erhaschen. Sie hatten alle seine Sachen durchwühlt und dann sah er sie. Sie war schön wie eh und je und sie strahlte dieses Feuer aus, was er schon lange nicht mehr bei ihr gesehen hatte. Nicht seit jener Nacht. Das war seine Chance. Sie war so nah.

Langsam griff er zu seiner Waffe und zog sie hervor, hielt sie an die Fensterscheibe und schoss. Das Glas zerbarst in einem ohrenbetäubenden Knall und der Schuss dröhnte in seinen Ohren. Er konnte nicht sehen, ob er getroffen hatte, aber er sah die beiden Männer auf das Fenster zuspringen. Schnell drehte er sich um und rannte zur Feuerleiter, sprang auf die Stufen und begann hastig hinunter zu klettern. Die beiden Männer folgten ihm und kamen immer näher. Als er die letzte Stufe hinabsprang, verlor er das Gleichgewicht und fiel zu Boden. Er rollte sich ab und rannte los. Dabei verlor er seine Pistole. Doch er konnte sich nicht umdrehen. Sie waren schon zu nah.

Keuchend schlug er Haken und verschwand schließlich hinter einer Häuserecke, ließ sich in einen offenen Keller gleiten und wartete. Sie rannten an ihm vorbei. Er schaute sich um und fand schließlich etwas, was er als Waffe verwenden konnte. Gespannt wartete er. Er wusste, sie würden zurückkommen. Und dann würde er bereit sein.

Kapitel 15

San Diego, am selben Tag

Er sah den Schlag nicht kommen und konnte ihm demzufolge auch nicht ausweichen. Er spürte, wie ihm mit einem Mal schwarz vor Augen wurde und er griff instinktiv nach oben, um sich irgendwo festzuhalten. Doch da war nichts, was er noch greifen konnte. Er stürzte zu Boden und schmeckte den Staub der Straße. Er fühlte Tritte gegen seinen Rücken und seine Beine, aber er war nicht in der Lage, sich zu wehren. Er bekam kaum Luft und sein Kopf schien ihm nicht mehr zu gehören. Er versuchte sich so klein wie möglich zu machen, aber die Tritte hörten nicht auf. Er drehte den Kopf und spuckte auf den Boden, um den Dreck, der sich auf seinen Lippen befand, loszuwerden.

Nicklas und er hatten sich aufgeteilt, um Harper zu schnappen, doch das war ein fataler Fehler gewesen. Er war ihnen einfach einen Schritt voraus. Er war schnell und er war skrupellos. Sie hatten Harper in seinem Motel überraschen wollen, aber er war nicht da gewesen. Sie hatten sich Zugang verschafft und sich ein wenig umgesehen, als plötzlich Joselyn aufgetaucht war. Sie war wütend und sie hatten sich gestritten, bis aus heiterem Himmel ein Schuss gefallen war. Sie hatten sich in letzter Sekunde auf den Boden geworfen, bevor Nicklas und er zum Fenster gerannt waren. Joselyn war im Raum geblieben und Eric konnte noch ihr entsetztes Gesicht sehen, als er durch das kaputte Fenster hinaus auf die Feuerleiter geklettert war. Jetzt sah Eric seinen Angreifer aus dem Augenwinkel und wollte nach seiner Waffe greifen. Im letzten Moment fiel ihm ein, dass Harper sie ihm abgenommen hatte. Und dann sah er in den Lauf seiner eigenen Pistole.

Er wusste nicht, ob er besser die Augen schließen sollte oder nicht. Er war starr vor Schreck und zum ersten Mal in seinem Leben wurde ihm klar, dass er in diesem Augenblick tatsächlich sterben konnte. Er hatte es immer für Humbug gehalten, wenn die Leute erzählten, dass ihnen in solchen Momenten das Leben noch einmal am geistigen Auge vorüberzog. Doch jetzt konnte er sie irgendwie verstehen.

Während er so dalag, im Staub der Straßen von San Diego, dachte er an die schönen Dinge in seinem Leben und plötzlich wurde ihm bewusst, dass es da einen Menschen gab, der sich dort hineingeschlichen hatte, ohne dass er es hätte verhindern können.

Er schloss die Augen nun doch und sah Joselyns Gesicht vor sich. Wie sie ihn anlächelte, ihn provozierte und ihn rasend vor Wut machte. Aber auch, wie sie ihm sein Herz stahl und eine kleine Wunde darin zurückließ. Er wartete auf den Schuss und auf das Ende und kniff die Augen noch ein wenig fester zusammen.

Und dann kam er, der Schuss, aber darauf folgte nicht, wie erwartet, Schmerz, sondern – gar nichts. Er hörte einen dumpfen Knall, dann ein Geräusch von Füßen, die über den Asphalt strichen und etwas beiseiteschoben. Dann spürte er einen leichten Windhauch und sog den Duft einer ganz bestimmten Person ein, die sich nun über ihn beugte und ihn sanft am Arm berührte.

»Cole?«, fragte diese Person und er öffnete die Augen, sah in Joselyns besorgtes Gesicht und stöhnte auf.

»Was? Was ist passiert?«, fragte er verwirrt und fragte sich für einen Augenblick, ob er tatsächlich gestorben und im Himmel gelandet war.

»Geht's dir gut, Cole?«, fragte sie erneut und hielt ihm dann ihre Hand entgegen. Er ergriff sie und sie zog ihn nach oben auf seine Füße. Er kam schwankend zum Stehen und sie fing ihn auf, hielt ihn fest und dann folgte eine Umarmung. Sie hielten sich fest umklammert und warteten. Er zitterte und merkte, dass sie ebenfalls bebte. Der Moment dauerte nicht lange, denn sie begann, sich ihm zu entziehen. Sie schauten sich an und er strich sich die Haare aus der Stirn.

»Ja, geht schon«, entgegnete er und versuchte wieder die professionelle Distanz herzustellen, die sie bis dato gehabt hatten. Doch das war nicht so einfach. Sie hatte ihm soeben das Leben gerettet und er fragte sich gerade, wo sie schießen gelernt hatte. Nicklas tauchte auf und brüllte Eric zu, ob alles in Ordnung sei.

»Schön, dass du auch schon da bist«, rief Eric seinem Partner entgegen und schaute dann wieder zu Joselyn, die immer noch die Waffe in der Hand hielt, so als wüsste sie nicht, was sie damit anstellen sollte.

»Tut mir leid, Mann. Harper hat uns ganz schön an der Nase herumgeführt«, sagte Nicklas und versuchte zu Atem zu kommen.

Er war ziemlich schnell gerannt, um zu Eric zu kommen.

»Dich vielleicht. Mich hat er einfach nur zusammengeschlagen. Hätte nicht geglaubt, dass dieser kleine Mistkerl so flink ist«, meinte Eric und strich sich über den Mundwinkel, an dem er Blut schmeckte.

»Wie geht es dir, Josi?«, fragte Nicklas schließlich und blickte Joselyn an. Diese ließ ihre Hände sinken und die Waffe, mit der sie soeben auf Harper geschossen hatte, fiel auf die Straße. Es war Harpers Waffe, die er bei seinem Sprung von der Feuerleiter verloren hatte. Joselyn war Eric und Nicklas in einigem Abstand gefolgt und hatte sie an sich genommen. Nicht etwa mit der Absicht sie zu benutzen, aber aus einem tieferen Instinkt heraus. Jetzt merkte sie, dass sie am ganzen Körper zitterte und ihr wurde beinahe schwindelig.

»Komm … setz dich am besten mal«, sagte Nicklas und nahm Joselyn bei der Hand, half ihr sich hinzusetzen und sie schaute ihn dankbar an. Von Ferne hörten sie die ersten Sirenen und jetzt drehte sich Nicklas zu Harper herum, der sich auf dem Boden wand und vor Schmerzen schrie. Die Waffe, mit der er auf Eric gezielt hatte, lag einige Meter entfernt im Straßengraben. Nicklas hob sie auf und steckte sie ein. Dann wandte er sich Harper zu. Schnell griff er sich dessen Hände und band sie ihm hinter dem Rücken zusammen.

»Du hast ihn ins Bein getroffen, Josi«, sagte Nicklas anerkennend.

»Guter Schuss und danke, Jo«, murmelte Eric und merkte, dass er sich gerade nicht sonderlich wohlfühlte. Sein Blick fiel auf Joselyn und er konnte Tränen in ihren Augen schimmern sehen, als sie leise sagte:

»Ich konnte doch nicht noch einen Partner sterben lassen.« Damit stand sie auf, drehte sich um und rannte davon. Eric schaute ihr hinterher, unfähig irgendetwas zu sagen und wusste nicht, was er mit dieser Information anfangen sollte. Nicklas, der Harper soeben an die zuständigen Beamten übergeben hatte, blickte Eric an und dieser schüttelte nur mit dem Kopf.

»Keine Ahnung, was sie damit meint«, sagte Eric und merkte, dass ihm auf einmal die Beine versagten. Der Adrenalinschub, den er erhalten hatte, als man ihm die Waffe an den Kopf hielt, ließ langsam nach und die Nachwirkungen des Schocks traten plötzlich mit aller Macht hervor. Nicklas sprang geistesgegenwärtig nach vorne und fing ihn auf, bevor er erneut auf dem Asphalt landen konnte.

»Hey, Kumpel … vorsichtig«, raunte er und half seinem Freund dann, sich auf den Bordstein zu setzen. Eric blickte auf und sein Partner hatte schon sein Handy gezückt, um einen Krankenwagen zu rufen.

»Es geht mir gut, Nick«, murmelte Eric und rieb sich über die Stirn.

»Das sieht man«, kommentierte Nicklas seinen Zustand und duldete keine Widerrede. Eric war eigentlich ganz froh darüber eine Weile zu sitzen, denn sein Kreislauf spielte immer noch verrückt. Doch am liebsten wäre er Joselyn hinterhergelaufen, um sie zu fragen, was genau sie mit ihrem letzten Satz gemeint hatte.

***

Er fand sie, nicht weit entfernt vom Haus ihrer Eltern, am Strand, nahe der Klippen. Sie saß auf einem großen Stein und starrte aufs Meer hinaus. Es war Abend geworden und die Sonne stand nicht mehr hoch am Himmel, sondern machte sich daran, im Meer zu versinken. Er trat hinter sie und blieb eine Weile stehen, schaute auf ihren Rücken und sagte nichts. Sie hatte die Arme um ihre aufgestellten Beine geschlungen und stützte ihr Kinn darauf.

»Wie hast du mich gefunden?«, fragte sie, ohne sich umzudrehen.

»Deine Mum hat mir gesagt, wo du bist.«

Sie nickte verstehend.

»Als Kind bin ich oft hierhergekommen, wenn ich allein sein wollte.«

»Es ist schön hier«, sagte er und schaute sich um. Die Dämmerung breitete sich minütlich weiter aus und tauchte den Himmel in glutrotes Licht.

»Ja, ist es«, bestätigte sie.

»Claire hat nach dir gefragt.« Jetzt drehte sie sich halb zu ihm herum. Er wirkte angeschlagen.

»Ist sie sehr sauer?«, fragte sie und ließ ihren Blick über sein Gesicht wandern.

»Sauer ist untertrieben. Sie ist stinkwütend. Aber vor allem auf mich und Nick.«

»Tut mir leid.«

»Ist nicht deine Schuld. Wir sind schon groß, weißt du.«

»Aber ohne mich wärt ihr nie da hineingeraten.«

»Wir haben nur unsere Pflicht als Polizisten getan. Und außerdem hatten wir guten Grund anzunehmen, dass Harper irgendwie mit Samira zusammensteckt.«

»Ich wusste gleich, dass ich Samira schon mal irgendwo gesehen hatte. Aber ich habe eins und eins irgendwie nicht zusammengezählt gekriegt.«

»Dich trifft keine Schuld, Jo.«

»Ich habe keine Ahnung, was Harper das letzte Jahr über getrieben hat, aber ich hätte wissen müssen, dass er und Samira vom gleichen Schlag sind.«

»Soweit ich weiß, sind beide Geschäftsmänner …«

»Ja, so könnte man es sagen. Fragt sich nur, welche Art von Geschäften sie tätigen.«

»Darauf kann ich dir eine genaue Antwort geben, wenn du willst.«

»Ich weiß, dass sie korrupt und skrupellos sind. Zumindest ist es Harper.«

»Und der andere steht ihm in nichts nach.«

»Wie geht es jetzt weiter?«

»Das muss ich erst noch mit Claire besprechen. Nick ist bereits unterwegs und versucht sich an Samira dranzuhängen.«

»Er will sich einschleusen?«

»Ja, das war der Plan.«

»Meine Güte, was ist sein Backup?«

»David und Marco sind da dran. Sie werden ihn nicht aus den Augen lassen.«

Joselyn seufzte schwer. Es war ihr ziemlich unangenehm, dass sie ihre Kollegen da mit hineingezogen hatte, ohne dass sie die gesamte Wahrheit kannten. Sie wusste, sie musste schleunigst mit Claire sprechen, bevor das Ganze irgendwie eskalierte.

»Wird es ein Verfahren geben?«, fragte sie, nachdem sie eine Weile wieder nachdenklich aufs Meer hinausgeschaut hatte.

»Wahrscheinlich eine Anhörung, aber hey …« Jetzt trat er vor sie, damit er sie anschauen konnte. »… es ist mir egal. Ich wollte dir nur helfen. Ich konnte es nicht mit ansehen, wie du Angst hattest.« Er suchte ihren Blick, doch sie wich ihm aus. Mal wieder. Er seufzte frustriert auf.

»Tut mir leid, dass ich vorhin einfach so abgehauen bin«, entgegnete sie stattdessen, ohne auf seinen Satz einzugehen.

»Schon gut«, sagte er.

»Nein, ist es nicht. Ich …«

»Ja?«, fragte er.

»Ich …« Weiter kam sie nicht. Sie starrte wieder aufs Meer hinaus und schwieg. Eric rieb sich über seine schmerzenden Rippen und versuchte seine Position zu verlagern, ohne sich allzu sehr anstrengen zu müssen.

»Du hast den morgigen Vormittag frei«, sagte er schließlich und hielt kurz den Atem an, als ein Stich in der Brust ihn beinahe aufschreien ließ. Doch er biss die Zähne zusammen und schaute Joselyn wieder an.

»Was?«, fragte sie und jetzt hob sie den Kopf und drehte sich ein wenig herum. Er kletterte über ein paar Steine, bis er direkt bei ihr angekommen war.

»Ich denke, du musst dich von dem Schock erholen.«

»Wieso?«, fragte Joselyn erstaunt.

»Darf ich mich setzen?«, fragte er und sie nickte. Er nahm schwerfällig neben ihr Platz und schaute sie an.

»Das tun Partner füreinander«, sagte er ganz leise und merkte, dass sie zusammenzuckte. Was verschwieg sie ihm, was sie so sehr mitnahm? Er verstand es einfach nicht und wenn sie nicht bald anfing zu reden, würde er noch durchdrehen.

»Du, Eric, solltest dir ein paar Tage frei nehmen. Dich hat er ganz schön zusammengeschlagen.« Sie hob eine Hand und strich ihm sacht über das Pflaster, welches man ihm quer über die Stirn geklebt hatte. Er zuckte zurück und sie ließ die Finger wieder sinken.

»Ich bin hart im Nehmen«, meinte er und grinste sie an. Doch in seinem Inneren hätte er weinen mögen. Ihm steckte diese ganze Aktion noch ziemlich in den Knochen und er hätte gerne jemanden gehabt, an den er sich hätte anlehnen können. Aber Joselyn stand nicht zur Verfügung. Sie machte dicht und schloss ihn aus. Das tat ihm weh, viel mehr als die angebrochene Rippe und die Platzwunden, die ihm Harper zugefügt hatte.

»Das bist du wohl«, entgegnete sie und lächelte leicht. Sie wusste, er war gekommen, um mit ihr über die ganze Sache zu sprechen, aber sie hatte keine Ahnung, wie sie das anstellen sollte. Sie hatte so lange geschwiegen und nun fiel es ihr so verdammt schwer, den ersten Schritt zu tun.

»Ich wollte dir noch mal danken, dass du mich heute Nachmittag gerettet hast«, sagte er, nachdem sie wieder in dieses grässliche Schweigen verfallen waren.

»Dafür musst du dich nicht bedanken, Eric, wirklich nicht.« Jetzt sah sie ihm in die Augen. Er schluckte.

»Willst du mir nicht erzählen, was dich bedrückt? Warum bist du vorhin einfach davongelaufen? Was war mit deinem Partner?«, fragte er schließlich. Sie antwortete nicht sofort und er merkte, dass sie sich wieder in ihr Schneckenhaus zurück zu ziehen begann. Sie stand auf und schaute dann von oben auf ihn hinab.

»Darüber will ich nicht sprechen«, sagte sie schließlich und nahm ihre Jacke, zog sie sich über und kletterte dann über die Felsen hinab zum Strand. Er blieb sitzen und schaute ihr hinterher. Er wusste, er würde nicht an sie herankommen – noch nicht.

Zumindest nicht, wenn sie es nicht von alleine zuließ. Sie ließ ihn allein und ging langsam in Richtung Promenade. Er war sich sicher, dass er noch nie in seinem Leben eine Frau getroffen hatte, die ihn gleichzeitig so faszinierte und frustrierte. Joselyn war ein Buch mit sieben Siegeln und er hatte keine Ahnung, wie er an ihr Innerstes gelangen sollte.

Kapitel 16

Es klingelte. Er öffnete stöhnend die Augen und versuchte wieder einigermaßen klar zu werden. Er war sich nicht sicher, ob das Geräusch echt gewesen war oder ein Teil seines Traumes. Doch als es sich nun wiederholte, wusste er, dass er definitiv wach war. Er setzte sich schwerfällig auf und rieb sich dann mit beiden Händen übers Gesicht. Er hatte sich nur kurz hinlegen wollen, aber er war tief und fest eingeschlafen. Nach dem heutigen Tage, hatte er nur ein wenig ausruhen wollen und merkte nun, dass sein ganzer Körper sich irgendwie geschunden anfühlte. Es klingelte erneut und dann klopfte jemand ganz sacht gegen seine Tür.

»Ich komme schon«, rief er in den Flur und stand auf. Ihm war schwindelig, was vermutlich von den Schlägen herrührte, die er erhalten hatte. Sein Schädel dröhnte und er fühlte seinen Puls, der noch nicht wieder auf Normalmaß angekommen war. Als es nun still blieb, dachte er schon, sein abendlicher Besucher wäre wieder gegangen. Er überlegte einen Augenblick und wollte schon zurück auf die Couch, als es noch einmal an seiner Tür klopfte. Er schlurfte in den Flur und öffnete die Tür.

»Jo?«, fragte er und schaute sein Gegenüber erstaunt an. Mit ihr hätte er am allerwenigsten gerechnet.

»Tut mir leid, wenn ich hier so einfach reinschneie«, sagte sie und deutete ein kleines Lächeln an.

»Ähm … kein Problem … komm … ich meine, komm doch einfach rein.« Er wusste auch nicht, warum ihm plötzlich so heiß wurde. Er öffnete die Tür ein wenig weiter und ließ sie eintreten. Sie zog die Schuhe aus und stellte ihre Tasche auf den Boden. Er strich sich durch die Haare und versuchte den Schlaf aus ihnen herauszubekommen, was ihm aber gehörig misslang. Sie kringelten sich in alle Himmelsrichtungen und er gab es schließlich auf.

»Hier entlang«, sagte er völlig unnötigerweise, denn seine Wohnung bestand nur aus dem Flur, einem kleinen Wohnzimmer, einem noch kleineren Schlafzimmer sowie Küche und Bad. Mehr brauchte er auch nicht, denn oft zu Hause war er nicht. Sie nickte und ging dann voran. Er hob die Decke von der Couch und räumte schnell ein paar Klamotten beiseite, damit sie sich setzen konnte.

»Danke«, sagte sie und nahm Platz.

»Willst du was trinken?«, fragte er.

»Wasser.«

»Okay.« Er lief in die Küche und holte zwei Flaschen Wasser, kam zu ihr zurück und gab ihr eine davon. Dann setzte er sich neben sie auf die Couch, nicht ohne einen gewissen Abstand einzuhalten.

»Wie geht es dir?«, fragte sie und deutete auf seine Platzwunden, die man im Gesicht noch deutlich sehen konnte.

»Ganz gut, glaube ich ... ein wenig Kopfschmerzen und schwindlig. Nichts, was ich nicht schon einmal erlebt hätte.« Er schraubte seine Flasche auf und trank einen Schluck.

»Das ist fein«, sagte sie und starrte ihn wieder an. Ihr Blick war undefinierbar und so traurig, dass er sie am liebsten in die Arme genommen hätte. Doch das durfte er nicht. Nicht wenn sie es nicht zuließ.

»Was machst du hier?«, fragte er dann gerade heraus.

»Ich wollte sehen, wie es dir geht«, antwortete sie.

»Mehr nicht?« Er hob eine Augenbraue und runzelte die Stirn.

»Nein, mehr nicht.«

»Du hättest anrufen können.«

»Hätte ich machen können.«

»Warum bist du dann hier?« Er merkte, wie sein Herz anfing zu klopfen, wenn er sie nur ansah und er musste erneut einen Schluck Wasser trinken, um seine Kehle zu befeuchten.

»Ich wollte ... ich ... ich weiß auch nicht.«

»Jo ...«, sagte er leise und stellte dann die Flasche auf den Couchtisch. Dann drehte er sich vollends zu ihr um und griff langsam nach ihren Händen, die sie in ihren Schoss gelegt hatte. Sie starrte ihn an, rührte sich aber nicht, so dass er es wagte, ihre Hände in die seinen zu nehmen und festzuhalten. Sie waren kalt.

»Es tut mir leid«, sie sprang auf und ließ ihn los. Er schaute nach oben und rief:

»Was, Jo? Was ist denn nur los? Bitte rede mit mir.«

Er war ebenfalls aufgestanden, ignorierte sein Schwindelgefühl und packte sie an den Schultern.

Er hielt sie fest und zwang sie so, ihm in die Augen zu sehen.

»Ich habe versucht ihn zu retten und es ist mir nicht geglückt.«

»Wen, Jo? Von wem sprichst du?«

»Von meinem Partner bei der New Yorker Polizei.«

Jetzt rollten Tränen aus ihren wunderschönen Augen und Erics Herz zog sich einmal mehr zusammen. Schweigend nahm er sie in die Arme und sie ließ es geschehen. An seiner Schulter begann sie zu schluchzen.

»Ich bin Polizistin, Cole.«

»Ich weiß«, sagte er und strich ihr sanft über den Rücken.

»Tut mir leid, dass ich es dir nicht erzählt habe.« Sie löste sich von ihm und wischte sich übers Gesicht. Er drückte sie langsam zurück auf die Couch und ging dann in die Küche um kurze Zeit später mit einer Box voller Taschentücher zurückzukehren, die er nun auf den Tisch stellte. Sie zupfte sich ein Tuch heraus und putzte sich die Nase. Er ließ sich neben sie fallen und schaute sie an. Sie wischte sich über die Augen und begann dann von dem Tag zu erzählen, der ihr Leben verändert hatte:

Es war früher Nachmittag. Die Sonne schien und es war ruhig. Joselyn trat hinter ihn und legte ihm die Arme um den Hals. Dann drückte sie ihm einen Kuss auf die Wange und meinte:

»Was hältst du von Kino heute Abend? Ich habe den Babysitter angerufen.« Er drehte sich herum und nahm ihre Hand. Ein Lächeln lag auf seinem glattrasierten Gesicht.

»Gern, aber ich suche den Film aus.«

»Nein, Curt. Du hast beim letzten Mal schon ausgesucht. Heute bin ich mal dran.«

»Dann wird es wieder so ein Schnulzending, wo nichts passiert ...«

»Außer Liebe, Liebe und Liebe, mein Schatz.« Sie hob seinen Kopf nach oben und küsste ihn auf den Mund. Er erwiderte ihren Kuss und sie merkte einmal mehr, wie sehr sie ihren Partner liebte.

»Ich hätte da noch eine ganz andere Idee, Baby«, entgegnete er grinsend und zog sie zu sich heran, legte seine Hände auf ihre Hüften und streichelte sie sanft. Joselyn drehte sich ein wenig schüchtern um und wand sich dann aus seinem Griff.

»Wir sind im Büro, Curt.«

»Und?«

»Und? Wir sind Kollegen.«

»Und ein Paar. Es wissen eh alle. Also was ist schon dabei, wenn ich meine Freundin einmal küsse.«

»Ich will nicht«, wehrte sie sich weiter und lief lachend zu ihrem Schreibtisch. In dem Moment klingelte Curts Telefon und er ging ran. Während er sprach, wurde seine Miene ernst. Joselyn trat neben ihn und legte ihm eine Hand auf die Schulter.

»Was ist los?«, fragte sie, als er aufgelegt hatte.

»Wir wissen, wo er ist, Josi.«

»Alles klar, dann lass uns gehen.« Sie schnappte sich ihre Jacke und prüfte ihre Waffe. Ihr Partner tat das Gleiche und folgte ihr dann zum Auto.

Sie wagte es nicht, Eric in die Augen zu blicken. Er saß neben ihr auf der Couch, ein Bein unter seinem Schoß vergraben, das andere aufgestellt auf dem Boden und beobachtete sie.

»Du hattest eine Affäre mit deinem früheren Partner«, fasste Eric Joselyns Erzählung noch einmal zusammen.

»Es war keine Affäre, wir haben uns geliebt. Wir waren zu der Zeit ungefähr ein halbes Jahr zusammen. Vorher waren wir schon gute zwei Jahre Partner.«

»Er ist also nicht der Vater von Matthew?«

»Nein, war er nicht. Aber sie kannten sich und er war derjenige, der mir in der schlimmen Zeit nach der Trennung beigestanden hat.« Eric hatte genau das Wörtchen **war** registriert, wollte aber nicht vorgreifen, sondern Joselyn selbst erzählen lassen.

»Okay«, Eric dehnte das Wort beinahe unmenschlich in die Länge.

»Matthews Vater … das ist eine andere Geschichte«, sagte Joselyn, die merkte, dass Eric neugierig wurde.

»Lass mich raten … die erzählst du mir in ein paar Jahren.«

Joselyn quittierte seinen Sarkasmus mit einem Stirnrunzeln und Eric hob die Hände.

»Keine Angst, Jo, ich frage nicht. Erzähl mir mehr von deinem Partner … bitte.« Sie blinzelte leicht und verscheuchte so die sich schon wieder heranschleichenden Tränen.

Eric trank noch einen Schluck Wasser und wartete.

»Wir …«, begann Joselyn. »Wir waren an diesem Fall dran, der uns schon mehrere Monate beschäftigte. Da gab es einen Mann namens Connor Harper. Er war ein junger Geschäftsmann, reich, ambitioniert, aber leider auch verwickelt in dunkle Geschäfte. Man spekulierte, dass er sowohl in Drogengeschäfte als auch in diverse Korruptionsfälle verstrickt war und unsere Abteilung ermittelte ziemlich intensiv.«

»Connor Harper?«, fragte Eric noch einmal nach.

»Ja, Connor Harper war Nils Harpers Sohn.« Joselyn schaute ihn an und Eric begann ganz allmählich die Puzzleteilchen zusammen zu setzen.

»Ich nehme an, er ist tot.«

»Ich habe ihn erschossen«, bestätigte Joselyn Erics Vermutung.

»Was ist passiert?« Joselyn stockte einen Augenblick, bevor sie weitererzählte.

»Wir haben ihn in die Enge getrieben. Wir haben undercover ermittelt. Curt und ich, wir …« Sie schaute Eric an und er nickte ihr sacht zu. Sie durfte jetzt nicht aufhören zu erzählen. Sonst würde sie sich wieder in ihr Schneckenhaus zurückziehen und das war nicht gut. Sie holte tief Luft.

»Wir waren ziemlich gut in solchen Sachen, hatten das schon tausend Mal gemacht. Wir haben uns bei ihm eingeschleust und irgendwann haben wir gemerkt, dass Connor nicht der Kopf der Gang war.«

»Sondern Nils Harper.«

»Ganz genau.«

»Er führte die Geschäfte. Sein Sohn war nur eine Marionette, er hat gemacht, was sein Vater ihm aufgetragen hat. Das Ganze hatte mafiaähnliche Züge an sich.«

»Klingt irgendwie nach Samira und unserem Fall.«

»Kann schon sein. Deswegen finde ich es auch nicht gut, dass Nicklas sich da einschleusen will. Die Typen sind gefährlich.«

»Das wissen wir. Aber Jo, auch wir machen das nicht zum ersten Mal.«

»Ich weiß.« Sie strich sich die Haare aus der Stirn und trank noch einen Schluck Wasser. Eric änderte seine Position auf der Couch und legte einen Arm auf die Lehne, was ihm wieder einen Stich durch seine schmerzende Brust jagte. Seine angeknackste Rippe brachte ihn an den Rand dessen, was er ertragen konnte, aber er hielt den Mund.

»Warum kam es schließlich dazu, dass du Connor erschießen musstest?«, fragte er und bewegte sacht die Finger, um das taube Gefühl aus ihnen zu verscheuchen, was sich in den letzten Minuten eingestellt hatte.

»Connor hat uns enttarnt und alles Weitere ging ziemlich schnell. Ich hatte keine Wahl. Es galt: er oder ich. Und du weißt, dass man manchmal einfach nicht wirklich danebenschießen kann.«

Eric nickte. Es war oftmals schwierig in einer wirklichen Gefahrenlage nur auf die Extremitäten zu schießen, musste man doch immer damit rechnen, dass der Gegner noch in der Lage sein würde, zurück zu schießen. Man war in solchen Situationen ziemlich allein und auch ihre jahrelange Ausbildung und Übung schützte sie nicht davor. Sie mussten die Entscheidungen in Bruchteilen von Sekunden treffen und meist hieß das, den Gegner tatsächlich auszuschalten.

»Was war mit seinem Vater?«

»Er hat den Tod seines Sohnes nie verwunden. Er schwor Rache. Und weißt du, Cole, als Mutter kann ich ihn sogar verstehen. Aber das, was er dann gemacht hat, das …« Jetzt traten wieder Tränen in Joselyns Augen und sie zupfte sich noch ein Taschentuch aus der Box. Er trank einen Schluck Wasser und wartete darauf, dass sie weitersprach. Doch sie schwieg.

»Er hat deinen Partner getötet?«, fragte Eric schließlich, als sie auch nach ein paar Minuten nichts sagte und rückte etwas näher an sie heran, wollte ihre Hand greifen, ließ es dann aber lieber bleiben. Er wollte sie nicht bedrängen.

»Nils Harper ist erst einmal eine Weile verschwunden gewesen und wir haben versucht ihn zu finden. Doch ohne Erfolg. Der Mann hatte Geld und er hatte Macht und er nutzte beides ziemlich geschickt, um uns immer wieder auszuweichen.«

»Verstehe.« Eric klang resigniert. Er wusste, was es bedeutete, wenn Geld die Gerechtigkeit besiegte. Das frustrierte ihn oftmals an seinem Job.

»Und dann kam der Tag, an dem Curt und ich diesen Anruf bekamen. Ein Informant hatte Harper gesehen und wir wollten ihn ein für alle Mal dingfest machen. Wir sind losgefahren, aber es war eine Falle. Er hatte Freunde, mächtige Freunde …«

»Was ist passiert?«

»Sie haben uns entwaffnet. Curt hat mich gerettet, indem er mich eine Böschung hinuntergestoßen hat. Sie haben auf mich geschossen, aber ich konnte mich verstecken. Curt haben sie mitgenommen.« Jetzt zitterte ihre Stimme und sie biss sich auf die Lippen. Eric schluckte. Es tat ihm weh, sie so leiden zu sehen, aber sie musste es aussprechen. »Er war mehrere Tage verschwunden. Wir haben nach ihm gesucht. Ich bin fast wahnsinnig geworden.«

»Haben Sie …« Eric konnte das Wort Folter nicht aussprechen, doch als er in Joselyns Augen blickte, wusste er, dass er richtiglag.

»Irgendwann wurde mir eine Information zugespielt. Sie hielten ihn in der Kanalisation gefangen. Wir haben einen Einsatz geplant, aber der ging schief. Ich kann nicht sagen, was passiert ist. Ich hatte die Leitung und ich habe versagt.« Ihre Stimme brach. Eric nahm ihre Hände und hielt sie fest. Sie ließ es geschehen, während sie unter Tränen vom schlimmsten Augenblick in ihrem Leben berichtete:

»Ich bin in diesen schier endlosen Gang geraten. Es war stockdunkel und es war kalt, ich fühle es noch, als wäre es gerade erst geschehen. Ich musste langsam laufen, weil ich keine Ahnung hatte, wie ich mich orientieren sollte. Ich konnte meinen Puls fühlen und mein Herz hat so schnell geschlagen, dass ich dachte, es würde aus meiner Brust springen. Und die ganze Zeit war mir bewusst, dass er irgendwo da draußen auf mich wartete, dass er meine Hilfe brauchte. Mir lief die Zeit davon. Ich bin mehr gestolpert als gelaufen. Da war so viel Müll, es roch modrig und ein wenig vergammelt …«

Sie hielt kurz inne und wischte sich übers Gesicht. Doch die Tränen flossen einfach weiter.

»Ich wusste, ich hatte einen Fehler gemacht und ich musste mich beeilen, ihn zu korrigieren. Aber es war so verdammt schwer. Ich bin weitergelaufen und als ich endlich am Ausgang ankam, sah ich ihn. Er kniete am Boden, die Hände gehoben und starrte in den Lauf einer Waffe ...« Joselyn schluchzte auf und konnte für einen Moment nicht mehr sprechen. Eric strich ihr mit dem Daumen über den Handrücken und versuchte ihr so zu zeigen, dass er für sie da war. Sie holte tief Luft.

»Ich hatte keine Waffe bei mir. Ich konnte nichts tun. Ich habe gesehen, wie er langsam umgefallen ist, als die Kugel ihn getroffen hat. Eric, so etwas ist das Schlimmste, was man erleben kann. Ich sehe ihn noch immer da liegen, das Blut quillt aus seiner Brust und tränkt den Asphalt. Seine Augen – oh mein Gott – seine Augen haben in den Himmel gestarrt. Sie sahen so vorwurfsvoll aus ...« Sie entzog ihm ihre rechte Hand und presste sich die Faust über den Mund, um nicht laut los zu schreien. Die Erinnerungen waren mächtig und versuchten sie aufzufressen. Sie war überwältigt und der Schmerz kroch in ihrem Hals empor und legte sich wie eine Schlinge um ihre Brust.

»Seither habe ich Albträume. Ich sehe ihn auf dem Boden liegen und ich weiß nicht, was ich dagegen tun soll.« Jetzt weinte sie wieder und ihre Schultern zitterten dabei. Er strich ihr über den Rücken, versuchte sie zu trösten, aber er wusste, dass er das nicht schaffen würde. Also begnügte er sich damit, weiterhin ihre Hand zu halten.

Sie weinte noch eine Weile und er saß einfach nur da. Als sie schließlich verstummte, blieb es still im Raum. Lediglich das leise Summen der Kühltruhe war zu hören. Irgendwann bewegte er sich wieder und sie hörte, wie er schluckte. Joselyn wischte sich die Tränen ab und schaute betreten zu Boden. Sie hatte das erste Mal, seit es passiert war, wirklich darüber gesprochen. Das, was unzählige Therapeuten nicht geschafft hatten, das hatte er hinbekommen. Er hatte ihr Herz geöffnet und sie an die Hand genommen, im wahrsten Sinne des Wortes.

Ein wenig peinlich berührt saß sie vor ihm und ihre Finger hatten sich ineinander verschränkt. Es tat gut, sich quasi an ihm festzuhalten, ein wenig Stärke zu bekommen und zu wissen, dass er nicht gehen würde. Nach einer ganzen Weile flüsterte er:

»Damit habe ich nicht gerechnet, aber ich bin froh, dass du es mir erzählt hast.«

»Ich habe noch nie so wirklich darüber gesprochen.«

»Warum nicht?«

»Es gab noch keine Person, der ich soweit vertraut habe, um es auszusprechen. Alle sind immer nur um mich herumgetänzelt, haben mir kluge Ratschläge erteilt, aber nie wirklich zugehört, außer du …«

Er hob die Hand und strich ihr sanft eine Strähne aus dem Gesicht. Seine Finger verweilten ein wenig zu lange an ihrer Wange und sie spürte ein Prickeln auf ihrer Haut. Sie wusste nicht warum, aber bei ihm fühlte sie sich das erste Mal, seitdem es passiert war, sicher und geborgen. Sie merkte, dass ein großer Stein von ihrer Seele abgefallen war. Sie fühlte sich leichter und obwohl es sehr wehgetan hatte, ihm von Curt zu berichten, hatte sie doch das Gefühl, dass es absolut richtig gewesen war. Sie griff nach Erics Hand und hielt sie fest.

»Ich sollte jetzt gehen«, meinte sie, machte aber keine Anstalten sich zu bewegen.

»Warum?«, fragte er und schaute sie an. Sie zuckte leicht mit den Schultern, ließ seine Hand aber nicht los.

»Eigentlich habe ich absolut keine Lust, jetzt nach Hause zu fahren, aber …«, murmelte Joselyn und lehnte ihre Stirn dann gegen die seine. Eric war versucht die Luft anzuhalten, spürte sein klopfendes Herz, aber er zwang sich ruhig und gleichmäßig weiter zu atmen.

»Dann bleib«, flüsterte er.

»Wie?«, fragte sie.

»Na ja, die Couch ist sehr bequem und ich habe nichts gegen ein bisschen Gesellschaft. Außerdem ist es wirklich schon spät.«

»Wenn wir in New York wären, könnte ich sagen, dass es draußen schneit und ich nicht mehr fahren möchte.«

»Zählt ein Gewitter auch?«, fragte Eric und beide drehten den Kopf in Richtung Fenster, an dem tatsächlich dicke Regentropfen zu sehen waren.

»Ich weiß nicht … was ist mit Matthew?«

»Er schläft bestimmt schon tief und fest«, argumentierte Eric weiter.

»Ja, und er ist ohnehin morgen mit meinem Dad zum Angeln verabredet.«

»Perfekt«, sagte er und in dem Moment blitzte es draußen.

Joselyn und Eric fuhren auseinander und sahen sich dann irritiert an. Bildete sie sich das nur ein oder glänzten seine Augen.

»Okay, aber ich habe keinen Schlafanzug dabei«, meinte sie.

»Auch dafür findet sich eine Lösung.« Er stand auf und ging ins Schlafzimmer oder besser gesagt in den abgetrennten Teil der Wohnung, in dem sein Bett stand. Kurz darauf kam er mit einem T-Shirt zurück, welches er Joselyn reichte.

»Das wird dir wahrscheinlich ein wenig groß sein, aber es erfüllt seinen Zweck.« Sie stand auf und lächelte. Dann griff sie nach dem Kleidungsstück und drückte es sich an die Brust.

»Danke, Cole.«

»Kein Ding. Ich trage das Shirt eh nicht mehr.«

»Das meine ich nicht.« Sie trat verlegen von einem Bein aufs andere und er vergrub die Hände in seinen Hosentaschen.

»Du musst dich nicht rechtfertigen, Jo, wirklich nicht.«

»Ich habe aber das Gefühl, dass es unsere Beziehung belastet. Ich meine, nicht, dass wir eine Beziehung hätten und ich weiß ehrlich gesagt auch nicht, ob ich das jemals wieder kann, aber ich …«

»Ich verstehe schon …«, unterbrach er sie und sie schaute ihn etwas unsicher an.

»Du bist ein guter Freund geworden, Eric Coleman, weißt du das?« Er seufzte.

»Ich weiß«, entgegnete er und versuchte ein Lächeln. Er wusste nicht, ob er nur ein guter Freund sein wollte. Andererseits war es das, was sie im Moment geben konnte und er wollte sie in seiner Nähe, das war ihm klargeworden. Und wer sagte denn, dass sich aus Freundschaft nicht auch mehr entwickeln konnte?

»Wo ist das Bad?«, fragte Joselyn plötzlich und riss ihn damit aus seinen Gedanken.

»Ähm … da hinten.« Er deutete mit dem Daumen in die entsprechende Richtung und sie machte sich auf den Weg. Er schaute ihr nach und rief:

»Schau mal im Wandschrank. Da ist noch eine unbenutzte Zahnbürste.«

»Okay, danke«, antwortete sie und dann hörte er die Tür, die mit einem leisen Klicken ins Schloss fiel. Er ließ sich auf die Couch fallen und lehnte sich zurück, trank noch einen Schluck Wasser und gab sich für einen Augenblick der Schwere hin, die ihn soeben befiel. Er hatte geglaubt sein Leben wäre schwierig, doch was er soeben von Jo erfahren hatte, übertraf seine Probleme bei weitem. Er fühlte Mitleid mit ihr und ihrer Situation und doch wusste er, dass Mitleid das Letzte war, was sie jetzt gebrauchen konnte. Er musste ihr helfen, das Thema Harper abzuschließen und damit auch das Thema um ihren Ex-Partner.

Während er so dasaß und grübelte, merkte er, wie ihm langsam die Lider schwer wurden und er rutschte immer weiter in die Couch hinein, bis er schließlich zum Liegen kam und einschlief.

So fand ihn Joselyn, die ein paar Minuten später aus dem Bad zurück ins Wohnzimmer kam. Sie blieb vor der Couch stehen und betrachtete ihn eine Weile. Seine blonden Haare hingen ihm ins Gesicht und er schien friedlich zu schlafen. Sie beugte sich zu ihm und ging neben ihm in die Hocke. Dann strich sie ihm eine Strähne aus dem Gesicht und drückte ihm einen Kuss auf die Wange. Er murmelte etwas vor sich hin, wachte aber nicht auf. Joselyn lächelte ihn noch einmal an, nahm die Sofadecke, die auf dem Boden lag, und breitete sie ihm über die Beine. Dann löschte sie das Licht und schlich ins Schlafzimmer.

Sie kroch ins Bett und zog sich die Bettdecke über den Körper. Es roch nach ihm und sie rollte sich seitlich zusammen und vergrub das Gesicht im Kissen. Sie merkte, wie ihr die Tränen kamen. Sie wehrte sich nicht dagegen. Sie konnte sich nicht mehr wehren. Eric hatte die Schleusen zu ihrem Inneren geöffnet und Joselyn wusste, dass es gut so war. Sie fühlte sich zerrissen zwischen dem Schmerz, dem Verlust und dem Wissen, dass das hier ein Neuanfang war, dass sie sich bei Eric aufgehoben und geborgen fühlte. Sie wusste nicht genau, was er für sie war und was er werden könnte, aber sie wusste, sie wollte hier sein und nirgendwo anders. Sie weinte lange und als der Wecker auf dem Nachttisch Mitternacht zeigte, fiel sie in einen tiefen Schlaf.

***

Er erwachte und merkte, dass er Kopfschmerzen hatte. Die unbequeme Position auf der Couch und die Tatsache, dass man ihn am vergangenen Tag zusammengeschlagen hatte, hatten wohl dazu geführt. Er richtete sich auf und strich sich über den Nacken, legte den Kopf in seine Hände und atmete ein paar Mal tief durch.

Dann erhob er sich und schlurfte in die Küche. Er kramte nach einer Kopfschmerztablette und goss sich ein großes Glas Wasser ein. Er löste die Tablette darin auf und trank es in einem Zug aus. Schließlich ging er ins Bad und suchte nach seinem Pyjama. Er fand ihn auf der Waschmaschine und schlüpfte schnell hinein. Er wollte nicht unbedingt wacher als notwendig werden und sehnte sich nach seinem Bett. Er ging noch einmal auf die Toilette und löschte dann das Licht.

Sein Weg führte ihn ins Schlafzimmer und er legte sich ins Bett. Er registrierte nicht wirklich, dass Joselyn dort lag und tief und fest schlief. Er hatte die Augen schon wieder geschlossen und war mehr oder weniger wach. Er zog an der Bettdecke und rollte sich dann zur Seite. Es wunderte ihn nicht, dass die Decke sich ungewöhnlich schwer anfühlte. Er fluchte leise und stopfte dann das Kissen unter seinen Kopf, versuchte die pochenden Schmerzen in ihm zu ignorieren und dämmerte wieder weg.

Joselyn war durch den ungewöhnlichen Ruck der Decke erwacht und merkte, dass da jemand war, konnte es aber nicht ganz deuten. Sie hatte das Gefühl zu träumen und wusste nicht, was Realität und was Traum war. Instinktiv rückte sie enger an Eric heran und kuschelte sich an ihn. Er murmelte kurz in sein Kissen und legte dann einen Arm um sie herum. Wenig später waren sie wieder eingeschlafen.

Untersuchungsgefängnis von
San Diego

Das Telefonat, das er hatte führen dürfen, war zu seiner Zufriedenheit verlaufen. Offenbar stellte allein die Tatsache, dass man ihn verhaftet hatte, eine Gefahr dar, der sie gerne ausweichen würden. Das Einzige, was ihn wurmte, war, dass niemand ihm sagen konnte, wann man ihn hier rausholen würde. Er wurde vorschriftsmäßig, aber ohne Vorzüge behandelt. Doch wie lange würde es dauern, bis man ihm ein Messer in die Seite rammte? Er fürchtete den Tod nicht, aber er fürchtete zu sterben, bevor er seine Mission erfüllt hatte. Und dass sie immer noch lebte, machte ihn wahnsinnig. Sie hatte ihm, ohne zu zögern, ins Bein geschossen. Die Kugel war entfernt worden, hatte mehr sein Ego als seinen Körper verletzt.

Die Schmerzmittel, die man ihm gegeben hatte, machten ihn müde und er beschloss, sie nicht mehr zu nehmen. Er humpelte in seiner Zelle auf und ab und versuchte angestrengt nachzudenken, einen Plan zu schmieden, für den Fall, dass er hier rauskommen würde. Er wusste, sie mussten ihm innerhalb von zwei Wochen den Prozess machen. Vielleicht konnte die Anhörung eine Möglichkeit sein, ihr noch einmal nahe zu kommen. Vielleicht konnte er noch einmal eine Chance bekommen, sie zu eliminieren.

Seine Gedanken waren verworren und kehrten immer wieder zu seinem Sohn zurück. Er war sein einziges Kind gewesen. Er hatte ihn alleine großgezogen. Er ganz allein. Seine Mutter war früh gestorben und sie hatten nur einander gehabt. Connor war ihm treu ergeben gewesen, hatte alles gemacht, was man von ihm verlangt hatte. Er war ein guter Sohn und er selbst ein guter Vater. Eines Tages hätte Connor das Familienunternehmen übernommen. Es hatte alles so gut ausgesehen. Sie hatten die richtigen Freunde an den richtigen Stellen gehabt und dann war sie gekommen. Sie und die anderen Cops hatten sich eingemischt. Sie hatten Connor beschattet, hatten ihn an der Nase herumgeführt.

Und dann hatten sie ihn getötet.

Sie war schuld, sie und ihr verdammter Partner. Und sie würde eben-so büßen müssen wie er. Sie sollte in der Hölle schmoren, das hatte er sich damals schon geschworen, als ihre Kugel seinen Sohn getroffen hatte.

Die kurze Befriedigung, die er verspürt hatte, als er ihren Partner ausgeschaltet hatte, hatte nicht lange angehalten. Ziemlich schnell war die Wut zurückgekommen und hatte ihn nach ihr suchen lassen. Er war so nah dran gewesen.

Und während er so hin und her lief und nachdachte, wurde es hell. Er spürte nichts weiter außer Hass, keinen Hunger, keinen Durst, nur Hass und dieser fraß ihn auf. Er drehte eine weitere Runde in seiner Zelle wie ein Tiger, der nach Beute Ausschau hielt und mit einem Mal stahl sich ein Lächeln auf sein Gesicht.

Er trat an die Gitterstäbe heran und blickte dem Mann auf der anderen Seite in die kalten Augen.

Kapitel 17

San Diego, Freitag 16. Dezember

»Du siehst echt scheiße aus, Mann.« Nicklas klopfte seinem Partner auf die Schulter und dieser warf ihm einen bösen Blick zu.

»Danke für die Blumen«, murmelte Eric und schlürfte seinen Kaffee, den er sich soeben geholt hatte.

»Was machst du hier? Ich dachte, du bist krankgeschrieben?«

Nicklas lief um seinen Schreibtisch herum, setzte sich dann auf die Kante und schaute Eric mit einem fragenden Blick an.

»Bin ich auch«, sagte Eric.

»Was zum Teufel willst du dann hier?«

Eric rieb sich über die Stirn. Er hatte immer noch Kopfschmerzen. Die Tablette schien ihre Wirkung verfehlt zu haben.

»Ich habe es einfach zu Hause nicht mehr ausgehalten.«

»Lass mich raten … du denkst die ganze Zeit über den Fall Harper nach.« Jetzt stand Nicklas auf und trat auf Eric zu, der sich gerade an seinen Schreibtisch setzen wollte. Seine Rippen brachten ihn beinahe um und er verzog leicht das Gesicht.

»Das … und …«, setzte Eric an.

»Joselyn!« rief Nicklas und Eric nickte. Dann registrierte er, dass Nicklas' Ausruf keine Frage, sondern eine Feststellung gewesen war und drehte den Kopf in Richtung Tür, durch die Joselyn gerade getreten war. Sie sah nicht weniger mitgenommen aus als Eric, aber sie hatte keine Platzwunden im Gesicht und wirkte auch um einiges ruhiger.

»Du hast hier nichts verloren, Jo«, begrüßte Eric sie sogleich.

»Du doch auch nicht. Wenn ich mich nicht irre, hast du einen Krankenschein«, entgegnete Joselyn und stellte ihre Tasche auf den Schreibtisch.

»Okay, touché.« Eric hob die Hände und Joselyn warf ihm einen giftigen Blick zu.

»Alles okay bei euch?« Nicklas schaute von einem zum anderen und hatte das Gefühl, in irgendetwas hineingeplatzt zu sein, obwohl er definitiv als erster im Raum gewesen war.

»Ja«, riefen Eric und Joselyn wie aus einem Mund und Nicklas trat den Rückzug an.

»Ich will mich da nicht hineindrängeln in euer Ding.«

»Dann tu's nicht«, riet Eric ihm und Joselyn verdrehte die Augen. Nicklas zuckte die Schultern.

»Wenn ihr mich sucht, ich bin unten bei Caroline.« Damit ließ er die beiden stehen und machte sich auf den Weg. Als Nicklas weg war, ließ Eric sich endlich auf seinen Stuhl fallen und lehnte sich seufzend zurück. Er versuchte die Beine auf den Schreibtisch zu legen, ließ es dann aber doch lieber bleiben, als sich seine Rippe erneut meldete und ihn unsanft an seine Verletzung erinnerte.

»Alles klar?«, fragte Joselyn und musterte ihn.

»Ja, und bei dir?«, fragte er zurück.

»Alles gut.«

»Gut«, meinte er und versuchte ihren Blick einzufangen. Sie wich ihm aus.

»Hör mal …«, begann sie dann und steckte ihre Hände in die Hosentaschen, weil sie nicht wusste, wo sie mit ihnen hinsollte.

»Ja?«, fragte er.

»Das mit heute Nacht …«

»Was ist damit?«

»Ich, es tut mir leid.«

»Du musst dich nicht entschuldigen, Jo. Es ist wie es ist.«

»Ja, es ist wie es ist«, bestätigte sie und dachte daran, wie sie am Morgen erwacht war.

Ein lautes Piepsen riss sie aus dem Schlaf. Sie hatte einen merkwürdigen Traum gehabt. Sie hatte in den Armen eines Mannes gelegen und seine Hände auf ihrem Körper gespürt. Es hatte sich ziemlich real angefühlt und Joselyn war verwirrt. Ein kleiner Teil von ihr hatte geglaubt, dass sie bei Curt war und das hatte sie für einen kurzen Moment ziemlich glücklich gemacht. Und nun war der Traum vorbei und die Realität holte sie wieder ein. Mit dem Morgengrauen, kam der Schmerz, der sich seit seinem Tod jeden Morgen auf ihre Brust legte und dieses dumpfe Gefühl in ihr zurückließ. Wie jeden Tag musste sie auch heute erst einmal tief durchatmen und sich leise zureden, wofür sie lebte, bis es ein wenig nachließ und sie nicht das Gefühl hatte, jeden Augenblick zu verbrennen.

Langsam begann sie sich zu bewegen und versuchte herauszufinden, woher das penetrante Piepsen kam. Sie schaffte es, ihre Augen zu öffnen und registrierte den Wecker, der auf dem Nachttisch stand. Doch es war weder ihr Wecker, noch war es ihr Nachttisch und es war ganz bestimmt nicht ihr Bett. Ruckartig setzte sie sich auf und schaute zur Seite. Halb unter der Decke verborgen und tief und fest schlafend, lag Eric. Sie stieß einen leisen Schrei aus und zog sich die Decke vor die Brust, was dazu führte, dass er nun keine mehr hatte. In dem Moment erwachte auch Eric. Verschlafen rieb er sich die Augen und starrte Joselyn irritiert an.

»Jo?«, fragte er und rieb sich noch einmal über die Augen.

»Was zum Teufel machst du hier?«, fragte sie und rutschte noch weiter unter die Decke.

»Ich liege in meinem Bett. Was machst du hier?«

»Ich ... ich ... weiß nicht.« Sie rückte von ihm weg und strich sich nervös durch die Haare.

»Du wolltest auf der Couch schlafen«, meinte er.

»Aber da hast du gelegen, als ich aus dem Bad zurückgekommen bin.«

»Und da bist du in mein Bett geschlüpft?«

»Wo hätte ich denn deiner Meinung nach schlafen sollen?«

»Ähm ...« Darauf hatte er keine Antwort. Es war früh am Morgen und eigentlich hätte dieser verdammte Wecker auch nicht klingeln dürfen, denn Eric hatte den Tag frei, nachdem er verprügelt worden war. Er sollte sich erholen.

»Wie bist DU hier ins Bett gekommen?«, fragte sie weiter und begann ihn zu mustern. Was sie sah, gefiel ihr irgendwie. Er wirkte niedlich, so zerzaust und verschlafen und peinlich berührt, neben ihr aufgewacht zu sein.

»Ich bin wach geworden und hatte tierische Kopfschmerzen. Ich habe nicht dran gedacht, dass du noch da bist. Ich bin einfach ins Bett gegangen und ... Warte mal Joselyn Davis, du unterstellst mir hier doch nicht irgendetwas, oder?«

Sie schüttelte heftig den Kopf.

»Nein, ich war nur erschrocken.«

»Du weißt hoffentlich, dass ich so eine Situation niemals ausnutzen würde.« Er rutschte ans Kopfende des Bettes und lehnte den Kopf an die Wand. Sein Schädel brummte noch immer und er hätte gerne noch etwas Ruhe gehabt. Eine Diskussion am frühen Morgen war so gar nicht sein Ding und schon gar nicht nach einem Tag wie dem gestrigen.

»Das weiß ich, Eric«, entgegnete Joselyn ein wenig bissig und sprang aus dem Bett. Sie hatte sich komplett in die Decke eingewickelt und Eric konnte nicht anders, er musste grinsen wegen ihrer Schüchternheit.

»Was machst du da?«, fragte er.

»Ich glaube, ich gehe dann mal«, stotterte sie und hielt die Decke vor ihrer Brust zusammen, während sie die Enden hochhob, um einigermaßen laufen zu können.

»Jo ...«, versuchte Eric sie aufzuhalten.

»Was?«, fragte sie.

»Ich ...« Weiter kam er nicht. Die ganze Situation war mehr als peinlich. Joselyn schaute ihn mit einem undefinierbaren Blick an und flüchtete sich dann rasch ins Wohnzimmer, in dem sie ihre Sachen hatte liegen lassen. Hastig zog sie sich an und war gerade dabei, sich ihre Schuhe zuzubinden, als er im Türrahmen erschien.

»Ich wollte dir nicht zu nahetreten«, murmelte er.

»Bist du nicht«, gab sie zurück, schnappte sich ihre Tasche und verließ dann fluchtartig seine Wohnung. Draußen lehnte sie sich gegen die Tür und atmete einmal tief durch, versuchte ihr klopfendes Herz zu beruhigen und ging dann langsam die Treppen hinab.

»Jo?«, hörte sie ihren Namen und erst jetzt merkte sie, dass sie mit ihren Gedanken ganz wo anders gewesen war. Sie schaute hoch und sah Eric direkt an.

»Hast du gehört, was ich gesagt habe?«, fragte er und sie wusste nicht, was sie darauf antworten sollte. Sie hatte ihm nicht zugehört. Sie war immer noch geschockt darüber, dass sie in seinem Bett aufgewacht war. Nicht, dass sie ihn nicht mochte, aber das Ganze entwickelte ein Eigenleben, für das sie noch nicht bereit war. Ob sie es jemals sein würde, konnte sie nicht sagen.

Es machte ihr viel zu viel Angst.

»Tut mir leid. Was hast du gesagt?«, fragte sie deshalb und hoffte, er würde ihr nicht allzu böse sein, dass sie einfach aus der Wohnung geflüchtet war.

»Ich schulde dir ein Frühstück«, sagte er, richtete sich mühevoll auf und wartete dann, dass sie etwas dazu sagte.

»Wieso?«

»Komm einfach mit, ja. Ich will dir nichts Böses und du kannst sagen, was du willst, aber unsere Freundschaft bedeutet mir etwas. Wir beide sind eigentlich gar nicht hier, also dürfte es nicht weiter auffallen, wenn wir jetzt verschwinden.«

Ohne, dass sie etwas dagegen tun konnte, griff er ihre Hand, schnappte sich ihre Taschen und zog sie zu den Aufzügen.

***

Er fuhr mit ihr zum Strand und Joselyn konnte wider erwartend die Fahrt sogar genießen. Sie fühlte sich längst nicht mehr so schrecklich und durcheinander wie am Morgen, aber sie fühlte sich auch noch nicht auf sicherem Terrain. Eric hatte das Radio eingeschaltet und die Fenster heruntergelassen, so dass der Wind ihnen um die Nase wehen konnte. Es war angenehm warm und es roch immer noch nach dem Regen, der am vergangenen Abend heruntergekommen war. Joselyn, die eine Weile aus dem Fenster geschaut hatte, meinte plötzlich:

»Es ist kaum zu glauben, dass in ein paar Tagen Weihnachten ist.«

»Wie kommst du denn jetzt da drauf?«, fragte er und musterte sie von der Seite.

»Ich habe einen Sohn, Eric. Und der weiß ganz genau, wann es Geschenke gibt.« Sie sah sein Grinsen und musste nun ebenfalls lächeln.

»Was macht ihr an den Feiertagen?«

»Normalerweise würden wir Ski fahren gehen, aber ich fürchte, dieses Jahr fällt es wohl wegen Klimaerwärmung aus.«

»Vermisst du New York?«, fragte Eric. Joselyn schüttelte mit dem Kopf und zog die Beine auf ihren Sitz.

»Nicht wirklich. Außer tatsächlich um diese Jahreszeit. Irgendwie ist Weihnachten mit Schnee doch nicht so schlecht.«

»Aber du stammst von hier.«

»Früher sind meine Eltern und ich immer in den Weihnachtsferien in die Berge geflogen. Also Schnee war vorprogrammiert.«

»Was hält dich davon ab?«, fragte Eric und setzte den Blinker, um an der nächsten Kreuzung abzubiegen. Sie fuhren in Richtung Meer. Sie konnte den salzigen Duft schon riechen.

»Es ist nicht dasselbe ohne Curt.«

»Verstehe.«

Joselyn schüttelte alle Gedanken früher ab.

»Was hast du vor? Hast du Urlaub?«, fragte sie an Eric gewandt.

»Nein. An diesen Tagen, wo alle weg sind, komme ich endlich mal dazu, den Papierkram zu erledigen.«

»Sicher«, kommentierte Joselyn Erics Worte.

»Manchmal helfe ich im Gemeindezentrum aus. Es gibt da ein paar Kids, mit denen kann man wunderbar Fußball spielen.«

Sie schauten sich kurz in die Augen und Joselyn spürte einen Anflug von Mitleid darüber, dass Eric offensichtlich keine Familie hatte, mit der er die Feiertage verbringen wollte oder konnte. »Meine Mum bereitet an Heilig Abend immer ihren berühmten Kartoffelsalat zu.«

»Soll das eine Einladung sein?«, fragte er und grinste.

»Warum nicht«, meinte sie und zuckte mit den Schultern.

»Okay.« Jetzt parkte Eric den Wagen auf einem Parkplatz in der Nähe eines kleinen Diner, der mit frischem Kaffee und Kuchen warb. Sie stiegen aus und machten sich auf den Weg zum Eingang. Ihr Gespräch ging ihm nicht aus dem Kopf. Er hatte es schön gefunden, so ungezwungen mit ihr zu reden. Aber es war auch irgendwie merkwürdig gewesen, so persönlich zu werden. Er schüttelte sein ungutes Gefühl ab und öffnete die Tür zum Diner.

»Normalerweise würde ich an solchen Tagen eine Runde surfen gehen, aber wie du weißt, bin ich gerade etwas unpässlich«, meinte Eric und hielt Joselyn die Tür auf.

»Tut mir echt leid«, murmelte sie und drehte sich zu ihm um.

»Hey, jetzt fang nicht wieder damit an, Jo. Es war meine Entscheidung zu Harper zu fahren. Punkt. Und jetzt lass uns nicht mehr darüber reden. Wir müssen uns über andere Dinge unterhalten.« Er steuerte auf eine Bank zu und setzte sich. Joselyn nahm ihm gegenüber Platz und legte die Hände auf den Tisch. Eine Bedienung brachte ihnen Kaffee und legte ihnen die Speisekarten hin. Dann verschwand sie wieder. Es war leer im Raum, lediglich ein paar Trucker, die sich vor ihrer Weiterfahrt stärken wollten, saßen in den hinteren Ecken und starrten auf den Fernseher, der die Nachrichten zeigte.

»Worüber willst du mit mir reden, Eric? Über letzte Nacht?«, begann Joselyn schließlich und rührte ihren Kaffee um. Die Leichtigkeit, mit der sie im Auto geredet hatten, war verflogen.

»Unter anderem«, meinte er und goss sich einen großen Schluck Milch in seine Tasse.

»Ich wollte nicht, dass so etwas passiert.«

»Jo, es ist nichts passiert. Wir haben in einem Bett übernachtet, weil ich nun mal nur ein Bett habe und etwas verpeilt war. Mach dir keine Gedanken deswegen.«

»Ich möchte nur nicht, dass du da etwas falsch verstehst, Cole.« Jetzt hob er eine Braue und schaute sie fragend an.

»Weißt du, mein Leben ist so schon kompliziert genug«, fügte sie hinzu.

»Ich weiß, ich habe dir zugehört.«

»Ich meine nur … ich habe das Gefühl, dass du gewisse … Gefühle … entwickelst.« Joselyn hatte den Kopf gesenkt, so dass Eric ihre Augen nicht sehen konnte. Sein Herz klopfte wieder wie wild. Sie hatte den Nagel auf den Kopf getroffen. Ja, er entwickelte Gefühle. Das erste Mal seit zwei Jahren konnte er wieder etwas fühlen. Und egal, ob diese Gefühle nun gut oder schlecht waren, er wollte sie zulassen. Doch er wusste auch, dass er sie nicht dazu zwingen konnte, auch ihre Gefühle einzugestehen. Also sagte er:

»Ich sag dir jetzt mal was, Jo. Ich mag dich. Ich mag dich sogar sehr, als Freundin und mögliche Arbeitspartnerin. Und ich möchte gerne Zeit mit dir verbringen, rein freundschaftlich. Ich würde gerne hin und wieder mit deinem Sohn eine Runde Kicken oder mit ihm zum Schwimmen gehen. Und ich würde gerne mit Claire reden, dass Nicklas und ich dich auf Außeneinsätze mitnehmen können. Denn ich denke, du hast viel Potential und du könntest eine wirkliche Bereicherung für unsere Arbeit sein …«

Sie holte Luft um etwas zu sagen, doch er hob die Hand und brachte sie so dazu zu schweigen.

»Ich möchte dir helfen herauszufinden, warum Harper ein ganzes Jahr verschwinden konnte, ohne zur Rechenschaft gezogen zu werden. Warum er hier einfach so auftauchen und an dich herankommen konnte. Ich tue das, weil ich nun einmal so bin. Weil ich mit Leib und Seele ein Cop bin und ich möchte, dass wir wieder ruhig schlafen können. Das hat absolut nichts damit zu tun, dass ich dich vielleicht auch ein wenig attraktiv finde und dass ich möglicherweise ein paar Gefühle habe, die da nicht hingehören. Aber Jo, das ist mein Problem und ich werde nichts tun, was du nicht willst. Du bestimmst, in Ordnung? Ach ja, und ich würde wirklich sehr gerne den Kartoffelsalat deiner Mum probieren, weil ich Kartoffelsalat über alles liebe.«

Sie schwieg eine ganze Weile und als die Kellnerin kam, um ihre Bestellung aufzunehmen, hatte sie noch immer kein Wort gesagt. Eric wartete und trank seinen Kaffee.

»Du findest mich also nur ein klein wenig attraktiv?«, fragte sie schließlich empört.

»Ich glaube, jetzt bin ich in ein großes Fettnäpfchen getreten, was?«, meinte er.

»Riesengroß«, sagte sie und grinste ihn an. Er hatte das Gefühl die Stimmung zwischen ihnen lockerte sich wieder ein wenig auf.

»Tut mir leid, ich bin schlecht in solchen Dingen.«

»Ziemlich. Und ja ich bin einverstanden.«

»Mit was?«

»Damit, dass du mit Matthew was unternimmst. Und damit, dass du mit Claire redest.«

»Prima.«

Ihr Essen kam und sie begannen, sich ihre Croissants schmecken zu lassen.

»Danke Eric.«

»Wofür dieses Mal?«

»Ach du weißt schon.«

Er hob eine Braue und Joselyn konnte ihn lächeln sehen.

»Ich muss dir übrigens noch was gestehen«, sagte er und legte sein Messer beiseite.

»Ja?«

»Normalerweise bekommen die Frauen, die bei mir übernachten ein wunderbares Frühstück und zwar ans Bett.«

»Cole«, Joselyn schlug ihm auf den Arm und er blickte sie verdutzt an.

»Ich wollte dir nur deutlich machen, was dir entgangen ist.«

»Hör auf.«

Sie wollte ihn noch einmal schlagen, doch er zog seinen Arm schnell beiseite und rettete sich vor ihr.

»Okay, Themenwechsel.«

»Das mit Harper geht dir nicht mehr aus dem Kopf, oder?«

»Nein, irgendwie nicht. Es ist, als wäre da etwas nicht richtig. Kennst du das Gefühl, wenn man weiß, es stimmt was nicht, aber man findet einfach den Anfang nicht?«, fragte er und biss wieder von seinem Croissant ab.

»Ich verstehe, was du meinst, aber es ist mir nicht ganz klar, was das mit Harper zu tun hat. Ich weiß nicht genau, was du mir sagen willst, Cole.« Joselyn schaute ihn fragend an.

»Du hast gesagt, er hat deinen Partner erschossen. Wieso hat er das geschafft? Und wieso hat er ihn mehrere Tage am Leben gelassen?«

»Um Informationen aus ihm heraus zu quetschen, vermute ich.«

»Wieso hat er dich nicht auch umgebracht?«

»Er hat es versucht, ich konnte fliehen.«

»Wo waren deine Kollegen? Dein Backup?«

»Cole, ich sagte doch, ich habe damals einen Fehler gemacht.«

»Welchen?«

»Ich bin allein gegangen. Entgegen allen Warnungen meines Chefs und meiner Kollegen bin ich allein gegangen. Ich habe sie angelogen. Denn der Plan war ein anderer. Sie wollten ihn opfern, um Harper zu kriegen, aber das konnte ich nicht zulassen.«

»Das verstehe ich, Jo. Das verstehe ich wirklich.«

»Sie hatten mich schon und ich habe Curt sehen können. Er sah nicht gut aus. Sie haben mir meine Waffe abgenommen und ich weiß nicht mehr genau, was dann passiert ist, aber irgendwie hat er sie abgelenkt, so dass ich weglaufen konnte. Ich bin losgerannt, habe Verstärkung gerufen.«

»Und dann bist du zurück, um ihn zu retten.«

»Aber ich war zu spät.« Joselyn umklammerte ihre Tasse und starrte nachdenklich hinein.

»Harper entkam, bevor die Polizei eintreffen konnte und ist dann untergetaucht«, ergänzte sie und Eric nickte.

»Fragst du dich nicht auch, warum ihm das gelingen konnte? Ich meine, die New Yorker Polizei hat doch Profis oder nicht? Sie hätten ihn finden können. Eure Arbeit kann doch nicht gar nichts zutage befördert haben. Ihr hattet doch Informationen über Harper und seine Hintermänner gesammelt.«

»Ja, hatten wir. Jede Menge«, sagte Joselyn langsam und merkte, wie sie nachzudenken begann.

»Willst du wissen, was ich glaube?«

»Sicher.« Sie begann damit, ihr Croissant mit Marmelade zu bestreichen und für Eric sah es hoch wissenschaftlich aus.

»Ich glaube, wenn man ihn hätte dingfest machen wollen, dann hätte man das auch geschafft.«

Joselyn hielt in ihrer Bewegung inne und schaute ihn mit großen Augen an.

»Du willst andeuten, dass irgendjemand ihm geholfen hat?«

»Irgendsoetwas. Ich weiß auch nicht.«

»Das ist eine herbe Anschuldigung, das ist dir schon klar, Cole, oder?«, fragte sie ihn.

»Ja, ist es.«

»Ich will dich da nicht mit reinziehen. Nicht schon wieder. Es reicht, dass du Harper für mich geschnappt hast. Und der Preis war eigentlich auch schon zu hoch. Ich will das nicht.«

»Erzähl mir von damals. Was passierte nach dem Mord an Curt?«

»Was meinst du?«

»Wie liefen die Ermittlungen ab?«

»Ich habe keine Ahnung, Cole. Ich war nicht zurechnungsfähig. Ich konnte kaum einen Fuß vor die Tür setzen und als ich irgendwann wieder im Dienst war, sagte man mir, der Fall wäre eingestellt worden. Harper sei verschwunden und Ende der Geschichte. Ich wurde an den Schreibtisch verbannt, weil mein Psychologe mir bescheinigt hat, dass ich nicht in den Außeneinsatz gehöre.«

»Und du hast niemals nachgefragt?«

»Cole … auch, wenn du es vielleicht nicht verstehen kannst, aber ich musste damit abschließen. Ich hatte keine Kraft, mich damit zu befassen, Curts Mörder zu finden. Ich konnte es einfach nicht.« Jetzt klang sie wütend und Eric bedauerte, das Thema angeschnitten zu haben.

»Ich habe vielleicht nicht dieselben Erfahrungen gemacht wie du, Jo, aber ich habe auch schon Verluste erlitten und ich weiß, was es heißt, plötzlich allein dazustehen. Du glaubst, du bist in

Sicherheit, du glaubst, du hast dir ein Leben eingerichtet, alles läuft gut und peng, von der einen auf die andere Sekunde ist es vorbei.«

»Tut mir leid, Cole, ich wollte nicht indiskret sein. Ich wollte nur, dass du verstehst, wie es mir damals gegangen ist.«

»Hör auf, dich dauernd bei mir zu entschuldigen. Das macht mich ganz wahnsinnig. Ich habe noch nie eine Frau getroffen, die so voller Wut und Selbstzweifel ist wie du.«

»Vielen Dank, Cole.« Jetzt klang Joselyn wirklich wütend und so fühlte sie sich auch. Sie begann in ihrer Tasche zu kramen und nach ihrer Geldbörse zu suchen.

»So war das nicht gemeint. Ich mache dir keine Vorwürfe, überhaupt nicht. Ich will nur, dass du noch einmal darüber nachdenkst, vielleicht doch noch einmal Überprüfungen anzustellen.« Joselyn öffnete ihr Portemonnaie und warf einen Geldschein auf den Tisch. Dann stand sie auf.

»Könntest du mich jetzt bitte nach Hause bringen?«, fragte sie und er stand ebenfalls auf. In diesem Moment klingelte sein Telefon. Er zog es aus der Hosentasche und ging ran.

»Nicklas …?« Eric lauschte seinem Partner, während er zusammen mit Joselyn das Diner verließ und in Richtung Auto ging. Als sie dort angekommen waren, war auch das Gespräch beendet und Eric steckte das Telefon wieder weg. Dann lehnte er sich aufs Dach seines Wagens und schaute Joselyn stirnrunzelnd an.

»Was ist los?«, fragte sie, die den Stimmungswechsel durchaus bemerkt hatte.

»Sagt dir der Name Richard Miller irgendetwas?«

Joselyn hob eine Augenbraue.

»Er war mein Chef in New York. Wieso?«

»Weil ein gewisser Richard Miller heute Morgen im Untersuchungsgefängnis aufgetaucht ist und mit Harper gesprochen hat. Zwei Stunden später wurde Harper entlassen und ist untergetaucht.«

»Was?«, rief Joselyn aufgeregt.

»Steig ein, Jo, wir müssen ein Gespräch führen!«

Damit setzte sich Eric ins Auto und startete den Motor. Joselyn schaute noch einmal in Richtung Diner, dann holte sie einmal tief Luft, um ihr klopfendes Herz zu beruhigen und stieg dann ebenfalls in den Wagen.

Kapitel 18

San Diego, Samstag 17. Dezember

Sie versuchte sich zu konzentrieren und die Waffe gerade zu halten, doch sie zitterte. Sie spürte ihr Herz, das gegen ihre Brust hämmerte, und musste mehrmals tief durchatmen, um endlich ihre Hand ruhig halten zu können. Sie war einst eine gute Schützin gewesen, immer ruhig und präzise, aber das war vorbei. Seit Curts Tod hatte sie alles, was mit dem aktiven Polizeidienst zusammenhing, gemieden. Bis auf ihren Einsatz, als sie Eric das Leben gerettet hatte, hatte sie auch keine Waffe mehr in der Hand gehalten. Doch seit Harper erst wieder auf- und dann untergetaucht war, hatte sie keine Wahl mehr. Sie musste ins kalte Wasser springen und ihre Dämonen bekämpfen.

Joselyn biss sich auf die Lippen und hoffte, endlich ihren Kopf frei machen zu können. Sie war zum Schießstand gekommen, um ein wenig zu üben und sich wieder fit zu machen. Es war Samstag, am späten Nachmittag und der Schießstand war beinahe leer. Das hatte sie gehofft. Sie wollte nicht, dass sie jemand dabei beobachtete, wie sie sich zum Narren machte. Wieder hob sie ihre rechte Hand, in der sie ihre Waffe hielt und kniff ihr linkes Auge zu, visierte das Ziel an und zog den Finger ganz langsam um den Abzug. Doch sie konnte nicht abdrücken. Irgendetwas in ihrem Inneren blockierte sie.

»Verdammt«, fluchte sie und legte die Waffe auf den kleinen Tisch, der vor ihr am Schießstand angebracht war. Sie riss sich den Gehörschutz vom Kopf und rieb sich dann über die Augen. Plötzlich spürte sie, dass jemand hinter sie getreten war. Sie brauchte den Kopf nicht zu drehen, sie wusste auch so, wer da hinter ihr stand. Sie fühlte seine Hände, die ihr langsam die Schützer wieder auf den Kopf schoben und nach ihrem rechten Arm griffen. Er drückte ihr die Waffe in die Hand und legte dann seine eigene um die ihrige herum, so dass sie mit einem Mal gesichert war. Sie spürte seine Arme, die ihre berührten. Sie hörte ihn atmen und sie fühlte seine Wärme, die sie von hinten umfing. Sie versuchte erneut ihr Herz, welches dieses Mal, allerdings aus anderen

Gründen, wie wild pochte, zu beruhigen und merkte, wie er sie führte. Instinktiv kniff sie ein Auge zusammen und zielte auf die Pappfigur, die sich am anderen Ende des Schießstandes befand. Dann drückte sie ab und schoss das Magazin leer. Sie traf mit allen sechs Kugeln sehr genau in die Mitte der Figur und plötzlich kroch so etwas wie Stolz in ihr empor.

Eric ließ ihre Hand los und trat beiseite. Dann stieß er einen anerkennenden Pfiff aus und lehnte sich gegen den Holzpfeiler, der die Schießstände voneinander trennte. Joselyn wurde warm und sie sicherte die Waffe, bevor sie sie auf den Tisch zurücklegte. Sie drückte auf den Knopf, der die Pappfigur zu ihnen heranschweben ließ und wartete bis sie diese abnehmen konnte. Schließlich drehte sie sich zu Eric herum und lächelte ihn an.

»Volltreffer würde ich sagen«, meinte er, ging zum Schießstand nebenan, holte seine eigene Waffe heraus und begann sie zu laden.

»Ganz genau«, murmelte sie und steckte ihre Waffe ein.

»Bist du bereit?«, fragte er zurück.

»Ja, ich denke schon.«

Sie schauten sich an und dachten an das Gespräch zurück, welches sie am vergangenen Tag mit Claire geführt hatten.

»Ihr wollt was?«, fragte Claire und lehnte sich mit dem Rücken gegen Nicklas' Schreibtisch, verschränkte die Arme vor der Brust und schaute ihr Team mit gerunzelter Stirn an.

»Wir wollen nach New York und dort den Fall Harper wieder aufrollen«, wiederholte Eric noch einmal ganz langsam und steckte die Hände in die Hosentaschen. Neben ihm stand Joselyn und versuchte nicht allzu schuldbewusst auszusehen. Sie hatte immer noch ein schlechtes Gewissen, weil sie ihre Kollegen in die ganze Sache mit hineingezogen hatte. Nicklas, der gerade dabei war, ihnen allen Kaffee zu besorgen, tauchte mit einem Tablett und vier dampfenden Kaffeetassen wieder auf.

»Hier Leute«, sagte er und reichte die Tassen an Claire, Joselyn und Eric weiter, die sie dankbar annahmen.

»Ich kann euch nicht einfach nach New York fahren lassen. Mit welcher Begründung bitteschön«, rief Claire und rührte missmutig in

ihrem Kaffee herum.

»*Das habe ich dir doch schon erklärt*«, *sagte Eric.*

»*Dann erklär's mir noch mal!*«, *forderte sie ihn auf. Eric schaute seine Exfrau giftig an. Er wusste, sie hatte ihre Vorschriften, aber er wünschte sich, sie würde ein einziges Mal ein Risiko eingehen, nicht an ihre eigene Karriere denken und sie gehen lassen.*

»*Harper ist aus dem Untersuchungsgefängnis entlassen worden*«, *begann schließlich Nicklas.*

»*Ja, das ist sein gutes Recht, wenn die Kaution gezahlt wurde*«, *entgegnete Claire.*

»*Ist sie aber nicht.*«

»*Was?*« *Jetzt wurde Claire doch neugierig.*

»*Gestern Morgen hatte Harper einen Besucher. Er heißt Richard Miller und ist kein geringerer als der Chef des Reviers in New York, in dem Joselyn einmal gearbeitet hat.*«

»*Könnt ihr beweisen, dass dieser Miller etwas mit Harpers Entlassung zu tun hatte?*«, *fragte Claire.*

»*Noch nicht, aber es liegt doch alles auf der Hand.*«

Nicklas stellte seine Kaffeetasse auf den Schreibtisch und trat dann zu einem der großen Flatscreens, die an der gegenüberliegenden Wand angebracht waren. Er drückte einen Knopf auf der Fernbedienung und der Fernseher erwachte zum Leben. Dann öffnete er diverse Dateien und lud mehrere Fotos auf den Schirm. Die oberen drei Fotos zeigten, je in Porträtaufnahme, drei Männer. Die anderen waren Gruppenfotos, Ausschnitte aus Zeitschriften und Fahndungsfotos.

»*Das ist ein Foto von der Wohltätigkeitsgala des Bürgermeisters hier in San Diego, auf dem wir letztens verdeckt gegen Samira ermittelt haben. Das da ist Samira.*« *Nicklas setzte einen Marker auf das Gesicht des Mannes, dessen Foto er soeben auf den Schirm gezogen hatte.*

»*Und das hier ist ein Foto von einer New Yorker Wohltätigkeitsveranstaltung, die jedes Jahr kurz vor Weihnachten abgehalten wird.*« *Jetzt schob Nicklas das Foto auf den Schirm, welches er Eric, kurz bevor sie zu Harper gefahren waren, gezeigt hatte.*

»*Ich kenne diese Veranstaltung. Sie findet immer am 22. Dezember* statt und dort trifft sich alles, was Rang und Namen hat«, sagte Joselyn und trat ein wenig näher an den Bildschirm heran.

»Und hier sieht man, voilà: Harper, Samira und …«

»Richard Miller«, unterbrach Joselyn ihren Kollegen und tippte auf das Foto.

»Sie kennen sich«, sagte Claire offensichtlich langsam angesteckt von dem Enthusiasmus der anderen.

»Bis vor kurzem konnten wir die dritte Person auf dem Foto noch nicht zuordnen. Jetzt wissen wir, wer sie ist. Miller hat einen entscheidenden Fehler gemacht, als er bei Harper aufgetaucht ist.«

»Ich kann mir nicht vorstellen, dass Miller krumme Geschäfte macht«, verteidigte Joselyn jetzt plötzlich ihren Ex-Chef.

»Was sonst sollte er auf dieser Gala mit zwei gesuchten Verbrechern zu besprechen haben? Und warum sollte er im Gefängnis auftauchen, wenn er Harper nicht helfen wollte?«, fragte Eric und schaute Joselyn in die Augen.

»Fassen wir noch einmal zusammen«, mischte sich nun Nicklas wieder ein. Er nahm einen Stift und trat zu dem Whiteboard, welches neben dem Bildschirm stand.

»Curt Williams wurde am 15. September letzten Jahres von Harper erschossen.« Er warf einen kurzen Blick zu Joselyn, um zu sehen, wie sie reagierte, doch diese stand ganz ruhig da und zuckte mit keiner Wimper. Lediglich ihre zusammengepressten Lippen deuteten von ihren Gefühlen.

»Harper konnte entkommen und ist untergetaucht. Joselyns Kollegen haben mehrere Wochen nach ihm gesucht, jedoch ohne Erfolg. Dann taucht er plötzlich auf dieser Wohltätigkeitsgala auf …« Nicklas schrieb das Datum 22. Dezember auf das Board.

»Die Frage ist, wieso konnte er ungehindert dort auftauchen und dann noch dazu Miller treffen, der die Fahndung leitete?«, fragte Eric und schaute Claire an. Diese legte einen Finger auf ihre Lippen und starrte dann konzentriert auf den Bildschirm.

»Wir gehen davon aus, dass Miller Harper damals irgendwie geholfen hat unterzutauchen. Was auch immer er für Hebel gezogen hat, es hat funktioniert«, sagte Nicklas.

»Er hat mich ruhiggestellt, meine Schwäche ausgenutzt und Harper einfach verschwinden lassen?« Joselyn hatte leise gesprochen, aber die anderen konnten den Hass in ihrer Stimme hören. Sie war getäuscht worden. Und das von einer Person, der sie vertraut hatte, die fast wie ein Vater für sie gewesen war. Sie schluckte und musste sich am Tisch festhalten, fühlte sie sich doch plötzlich etwas wackelig auf den Beinen. Eric, der neben ihr stand, legte ihr eine Hand auf den Rücken und versuchte so, ihr etwas Halt zu geben. Sie war ihm sehr dankbar dafür.

»Das sind herbe Anschuldigungen, Jungs«, fuhr nun Claire dazwischen.

»Es ist die einzige logische Erklärung. Das Einzige, was halbwegs Sinn ergibt«, sagte Eric.

»Und ihr meint, Harper in New York zu finden?«

»Im besten Fall ist er dorthin zurückgekehrt, um seine Wunden zu lecken. Wenn nicht, dann finden wir dort bestimmt einen Anhaltspunkt, wo er sein könnte«, sagte Nicklas bestimmt. Claire zögerte ein paar Sekunden, dann nickte sie, bevor sie fragte:

»Wie passt Samira in die ganze Sache?«

»Er muss Harper geholfen haben, Joselyn zu finden. Außerdem hat er ihm die Waffe besorgt. Wahrscheinlich hat er auch mitgeholfen, dass er aus dem Gefängnis verschwinden konnte. Ich meine, Geld regiert so einiges oder?«

»Okay, was wollt ihr tun?« Jetzt verschränkte Claire wieder die Arme und straffte die Schultern.

»Wir fliegen nach New York und schauen uns da mal ein bisschen auf Jo's alter Dienststelle um. Joselyn kann uns sicherlich mit den Fallakten vertraut machen. Wir brauchen nur eine Genehmigung, dass wir uns alles ansehen dürfen.«

»Ich besorge euch die notwendigen Dokumente. Jetzt wo Samira mit drinhängt, dürfte das kein Problem sein.«

»Wie lange wird das dauern?«, fragte Eric und musste seine Ungeduld ein wenig zügeln.

»Heute ist Freitag. Ich weiß nicht, ob ich heute noch einen Richter aufgetrieben kriege, der bereit ist, Überstunden zu machen. Ich gebe euch Bescheid, sobald ich was habe. Und bis dahin …« Claire hob ihren Zeigefinger. »… möchte ich, dass ihr die Füße stillhaltet. Es ist *schon genügend Mist passiert in letzter Zeit.« Damit deutete sie auf Erics immer noch sichtbare Verletzungen und lief dann in Richtung ihres Büros davon.*

»Puh«, machte Nicklas.

»Sie ist ganz schön wütend, oder?«, fragte Joselyn vorsichtig.

»Wütend ist untertrieben, würde ich sagen«, meinte Eric. »Aber ich glaube auch, dass sie eine realistische Chance sieht, dass wir alle drei schnappen können und das Mysterium um Harpers Verschwinden auflösen.«

»Wir sollten David und Marco informieren. Sie müssen hier bereitstehen und sich um Samira kümmern«, sagte Nicklas.

»Ich mach das«, sagte Joselyn und Nicklas und Eric schauten sich erstaunt an.

»Ihr braucht gar nicht so zu gucken. Ich habe den Stein ins Rollen gebracht. Ich möchte die sein, die die beiden aufklärt.«

»Okay, dann tu das. Nick und ich kümmern uns inzwischen um den Schlachtplan, bis Claire soweit ist.«

»Hast du schon was von Claire gehört?«, fragte Joselyn und begann dann ihre Waffe zu verpacken.

»Nein, noch nicht, aber ich denke, es kann nicht mehr lange dauern. Ich habe unsere Flüge für morgen früh um sechs Uhr gebucht.«

»Okay.« Jetzt hatte sie alle ihre Sachen zusammen geräumt und war im Begriff zu gehen. Er schaute ihr nach und wusste nicht so recht, was er sagen sollte. Schließlich blieb sie stehen und räusperte sich.

»Cole«, begann sie.

»Ja?«

»Ich muss mich noch von Matthew verabschieden. Ich wollte fragen, ich meine, vielleicht hast du Lust mitzukommen und noch eine Runde Fußball mit ihm zu spielen … ich meine, nur wenn …«

Er hob die Hand und legte ihr einen Finger auf die Lippen, brachte sie so zum Schweigen.

»Sehr gern, Jo«, sagte er und sie lächelte ihn an.

New York –

um die Mittagszeit

Wütend stapfte er durch die Straßen des matschigen New Yorks und hasste sich in diesem Moment selbst. Bis vor einem guten Jahr war er noch reich und mächtig gewesen. Dann war alles den Bach hinuntergegangen. Und nur, weil sie sich eingemischt hatte. Und als er geglaubt hatte, endlich seine Rache zu bekommen, hatte sie ihn angeschossen und damit ausgeknockt.

Die Wunde schmerzte ihn. Erst recht bei diesem kalten Wetter. Er humpelte die Treppen zu seiner schäbigen Bude nach oben und öffnete die Tür. Er hasste sie und er hasste die ganze Welt. Seine alten Freunde Miller und Samira hatten ihn aus dem Knast geholt. Samira zu seinem eigenen Nutzen, Miller eher aus Angst. Harper war es egal gewesen. Alles war besser, als Gefängnis und er war auch bereit, Gefälligkeiten einzulösen. Er würde eine kleine Weile untertauchen und dann wieder zuschlagen. Und er hatte New York gewählt, weil er hoffte, dort würden sie ihn am wenigsten suchen. Außerdem war hier sein Zuhause, hier hatte er ein Versteck und hier hatte er seinen Plan.

Zum Teufel mit ihnen allen. Er würde seine Wunden lecken und dann würden sie büßen. Er wusste, wo sie war und er kannte ihre Familie. Sie hatte neue Freunde. Und auch die kannte er nun. Vielleicht konnte er seinen alten Kumpel Samira doch noch überreden, die Drecksarbeit für ihn zu erledigen. Er würde nicht aufgeben.

Langsam zog er sich den Mantel aus und die Stiefel von den Füßen. Dann machte er Licht und zog den Vorhang beiseite, der die gesamte Wand gegenüber des Bettes überspannte. Dahinter kam eine Pinnwand zum Vorschein. Er trat dichter heran und schaute sich jedes dort aufgehängte Foto genau an. Als nächstes kramte er in seiner Sporttasche und entnahm dieser eine Mappe. Er öffnete sie und holte mehrere neue Fotos heraus. Er hatte sie in San Diego zusammengetragen, hatte ein paar Tage auf der Lauer gelegen. Nun begann er, sie ebenfalls an die Pinnwand zu hängen.

Er rammte die Pinnnadeln wütend in den Kork. Dann nahm er einen Stift und schrieb die Namen unter die Fotos. Dass er dabei den Kork beschrieb, war ihm egal. Die Mission war bald erfüllt. Er würde ihn also bald nicht mehr brauchen. Langsam füllte sich die Wand und als er fertig war, betrachtete er sein Werk.

Mit leiser Stimme las er vor:

Matthew Davis
Robert Davis
Mira Davis
Eric Coleman
Nicklas Masterson
Claire Brown
Caroline Wilkes
David Smith
Marco Rodriguez

Kapitel 19

New York, Montag, 19. Dezember

Joselyn hatte ein mulmiges Gefühl, als sie jetzt zusammen mit Eric und Nicklas ihre alte Arbeitsstelle betrat.

»Hallo Victor«, sprach Joselyn den Pförtner an und zeigte ihm ihren Ausweis. Das Lächeln des alten Mannes hinter der Glasscheibe wuchs in die Breite und ehe sich Joselyn versah, war er aufgesprungen und aus seinem Häuschen herausgetreten. Er nahm sie in eine väterliche Umarmung und Joselyn drückte ihn liebevoll an sich.

»Josi, meine Kleine. Dass ich dich noch mal wiedersehe. Meine Güte, du siehst gut aus.« Er hob sie ein wenig hoch und Joselyn hielt sich an ihm fest, um das Gleichgewicht zu behalten.

»Es ist auch schön, dich zu sehen, du alter Charmeur.«

»Mensch, die anderen werden Augen machen«, meinte der alte Mann und stellte sie zurück auf ihre Füße. Joselyn schaute kurz zu Eric und sagte:

»Es wäre mir ganz lieb, wenn du erst mal nichts sagst. Wir sind zwar offiziell hier, aber es muss nicht gleich jeder mitkriegen, was wir hier tun. Wäre das okay für dich?«

Victors Blick wurde unsicher und er schaute argwöhnisch auf Joselyns Begleiter.

»Keine Angst Victor, das sind meine Freunde und Kollegen. Sie helfen mir bei meiner Recherche. Du kannst ihnen vertrauen.«

»Geht es um Curt?«, flüsterte er Joselyn dann zu. Sie merkte, wie ihr die bloße Erwähnung seines Namens eine Gänsehaut auf den Rücken jagte und nickte sacht. Joselyn wusste, dass Victor Curt geliebt hatte. Die zwei waren oft zusammen angeln gegangen und aus anfänglichen Kollegen waren schnell dicke Freunde geworden. Victor war am Boden zerstört gewesen, als Curt erschossen worden war und davon schien er sich nie wieder richtig erholt zu haben. Victor war in der kurzen Zeit, die Joselyn jetzt weg war, um einige Jahre gealtert.

»Wir haben neue Beweise und wir müssen zunächst erst einmal die alten neu sichten.«

»Verstehe. Von mir erfährt keiner etwas. Ich hoffe, ihr findet den Mistkerl doch noch. Ich habe gleich gedacht, dass da was faul ist.« Der alte Mann ging wieder in sein Häuschen und setzte sich ächzend auf seinen Stuhl.

»Ach ja?«, fragte Joselyn und merkte, dass sowohl Nicklas als auch Eric die Ohren spitzten.

»Josi, meine Kleine, ich wünsche euch viel Glück«, wechselte Victor das Thema und Joselyn wusste, dass sie nichts weiter von ihm erfahren würde. Aber eine Sache musste sie dennoch von ihm wissen.

»Wie geht es Tiger?«, fragte sie und stützte sich mit den Armen auf den Tresen, der vor dem Wachhäuschen angebracht war. Tiger war ihr inzwischen sieben Jahre alter Kater, den sie bei Victor zurückgelassen hatte, als sie wieder nach San Diego gezogen war. Ihre Mutter hatte eine Katzenhaarallergie, so dass Joselyn gezwungen gewesen war, Tiger wegzugeben, sehr zum Leidwesen von Matthew, der an dem Tier gehangen hatte. Victors Augen begannen zu leuchten.

»Dem geht's gut Josi. Er frisst mir die Haare vom Kopf.«

Joselyn musste grinsen. Ja, das klang eindeutig nach ihrem alten Kater.

»Sag Bescheid, wenn er dir zu viel wird. Irgendwann werde ich eine eigene Wohnung haben und dann würde ich ihn gerne wieder zurückholen.«

»Du weißt, dass er so lange bleiben kann, wie es notwendig ist. Er erinnert mich immer an Curt.«

Joselyn schluckte. Ja das tat er. Curt und sie hatten Tiger vor dem sicheren Tod gerettet und er war ihnen beiden ans Herz gewachsen gewesen. In gewisser Art und Weise war Tiger ein Teil von Curt und ihr gewesen und in den langen Nächten nach Curts Tod hatte das Tier ihr irgendwie Trost gespendet. Joselyn war sich sicher, dass auch Tiger gelitten hatte.

»Ich weiß. Und danke, Victor. Schick mal wieder ein paar Fotos.«

»Mach ich.«

»Wir müssen jetzt los.«

Sie winkte ihm noch einmal zu und Victor öffnete die Türen, ließ sie hindurch und sie gingen geradewegs in den Keller, wo die Beweisstücke hinter Schloss und Riegel aufbewahrt wurden. Joselyn hatte befürchtet, sofort in Tränen auszubrechen, sobald sie das Gebäude betrat, aber dem war nicht so. Ihr war zwar mulmig zumute, aber sie fühlte sich auch durchaus stark. Sie hatte das Gefühl, das alles müsste genauso sein, wie es war. Denn nur dadurch würde sie ihren Frieden mit der Vergangenheit machen können.

»Alles in Ordnung?«, flüsterte Eric ihr zu. Er war neben sie getreten und nahm ihre Hand, drückte sie kurz und zeigte ihr somit, dass er da war.

»Ja, alles okay«, gab sie zurück und schaute ihn von der Seite her an. Er berührte sie noch einmal kurz am Arm und gesellte sich dann zu Nicklas, der bereits auf sie wartete.

»Tiger?«, fragte Nicklas schmunzelnd, als Joselyn an ihm vorbei die Treppe hinab lief.

»War nicht meine Idee«, verteidigte sich Joselyn.

»Cooler Name. Klingt nach einer echten Raubkatze.«

»Kater«, korrigierte sie ihn. »Und überhaupt, was müsst ihr meine Gespräche belauschen?«

»Haben wir nicht, nicht war, Cole?« Nicklas warf Eric einen Blick zu und der hob entschuldigend die Hände.

»Würden wir nie.«

»Schon klar.« Joselyn verdrehte die Augen.

»Warum holst du ihn nicht nach San Diego?«, fragte Eric.

»Weil meine Mum eine Allergie hat und weil Victor an dem Kleinen hängt«, antwortete Joselyn wahrheitsgemäß und deutete dann auf eine Tür mit der Aufschrift »Aservatenkammer«.

»Ich steh auf Katzen«, meinte Eric und Joselyn schaute hilfesuchend zu Nicklas.

»Du bist aber ein Hundetyp, Cole«, sagte Nicklas.

»Ach ja?«, fragte Eric und hob eine Braue.

»Jungs«, ermahnte Joselyn die beiden und blickte von einem zum anderen.

»Willst du vorangehen?«, fragte Nicklas an Joselyn gewandt und deutete auf die Tür.

»Ja«, sagte sie nur kurz und betätigte die Klinke.

Langsam öffnete sie die Tür und betrat den kleinen Vorraum, in dem zwei Polizisten Dienst taten. Eric und Nicklas folgten ihr. Joselyn kannte die beiden Beamten nicht. Offenbar waren sie neu. Das kam ihr gerade recht. Denn sie hatte absolut keine Lust, noch mehr Erklärungen abzugeben. Nicklas zeigte dem jüngeren der beiden Polizisten seinen Ausweis und den Beschluss, den Claire für sie beim Richter erwirkt hatte und dieser nickte verstehend. Sie mussten sich in einem Besucherbuch eintragen und ihnen wurden die Waffen abgenommen. Schließlich durften sie die Heiligen Hallen betreten. Joselyn lief schnell die langen Reihen an Regalen ab und war sich ihrer beiden Kollegen durchaus bewusst. Sie musste nicht nach dem Weg fragen, sie erinnerte sich nur zu gut. Und dann endlich kamen sie an Regal Nummer 104 an.

Joselyn hob den Arm und blieb stehen.

»Ist es hier?«, fragte Eric sanft. Joselyn nickte und ging in den Gang hinein, wählte die richtige Platznummer aus und kam dann mit einer großen Kiste zurück. Diese stellte sie auf einen der Tische, die überall an den Wänden angebracht waren. Eric holte die zweite Kiste und stellte sie neben die erste.

»Okay, dann wollen wir mal«, sagte Joselyn und holte tief Luft. Gemeinsam mit Eric hob sie den Deckel ihrer Kiste ab und lehnte ihn an das Tischbein auf den Boden. Dann begannen sie, die Kisten auszupacken. Ein Beweisstück nach dem anderen legten sie in der angegebenen Reihenfolge auf den Tisch und begutachteten es. Nicklas dokumentierte alles, indem er Fotos mit seinem Handy schoss und sich Notizen dazu machte. Sie arbeiteten schweigend und Joselyn war den beiden Männern sehr dankbar dafür, dass sie nicht viel sagten. Dann entnahm Eric der Kiste ein Päckchen mit den Tatortfotos, die Curt Williams auf dem Boden liegend zeigten. Er blätterte sie durch und reichte sie dann an Nicklas weiter. Joselyn beobachtete ihn und meinte:

»Du musst mich nicht schonen, Eric. Ganz bestimmt nicht. Mir geht's gut.«

»Ich wollte nur …« Sie legte ihm die Hand auf den Arm und schaute ihm dann fest in die Augen.

»Ich war mir durchaus im Klaren darüber gewesen, was wir hier finden würden. Und ich weiß, dass ich mich dem stellen muss, egal wie weh es tut. Er ist seit über einem Jahr tot. Das ist Fakt. Wir versuchen endlich seinen Mörder dingfest zu machen. Ich hätte bis vor einigen Tagen noch nicht geglaubt, dass mich das befriedigen würde, aber ich bin fest entschlossen, Jungs.«

»Rache ist süß«, brummte Nicklas vor sich hin und reichte Joselyn dann die Fotos.

»Ich nenne es eher Gerechtigkeit, Nick. Wenn wir es schaffen, Harper ein für alle Mal wegzusperren und die Hintermänner dran zu kriegen, dann kann Curt endlich in Frieden ruhen und ich kann ein neues Leben anfangen. Nennt mich egoistisch, aber ich habe lange gewartet und mich irgendwo vergraben. Damit ist jetzt endgültig Schluss.« Ihre Stimme klang fest. Nach außen hin versuchte sie stark zu sein, aber innerlich fühlte sie sich wackelig. Sie spürte dieses Brennen in der Brust, was sie nur zu gut kannte. Sie wünschte sich, dass es endlich aufhören und dass die Traurigkeit verschwinden würde. Sie wollte fröhlich sein und das Leben genießen können, aber sie wusste, sie war noch lange nicht über den Berg.

»Dann lass uns hier fertig werden, damit wir auf die Suche nach Harper gehen können«, meinte Eric und widmete sich wieder den Kisten. Er spürte, dass Joselyns Enthusiasmus eher aufgesetzt war, aber er hütete sich davor, irgendetwas zu sagen. Er wollte sie nicht bloßstellen und schon gar nicht vor Nicklas.

»Ja, lasst uns fertig werden. Ich habe Hunger«, pflichtete Nicklas Eric bei und Joselyn schenkte ihm ein kleines Lächeln, bevor sie sich wieder auf die Arbeit konzentrierte. Eine Weile sagten sie nichts, durchforsteten nur schweigend die Kisten und erarbeiteten einen Plan. Schließlich klappte Eric die erste Kiste zu und sagte:

»Also, es sieht alles danach aus, als könnten wir Harper unter dieser Adresse finden.« Er blickte auf seine Notizen und kreiste eine Zeile darauf ein. »Die Adresse taucht mehrfach auf. Offenbar wurde das Apartment auch schon einmal durchsucht, aber ohne Erfolg. Die Kollegen haben damals nichts gefunden.«

»Merkwürdig«, sagte Joselyn und nahm Eric den Block aus der Hand.

»Was meinst du?«, fragte Nicklas.

»Ich frage mich gerade, was mit Harpers anderen Besitztümern geworden ist. Ich meine, er war nicht gerade arm. Er hatte mindestens eine Penthousewohnung in New York und eine in L.A. und er oder sein Sohn besaßen mehrere Immobilien in verschiedenen Städten und auf dem Land. Was ist damit geworden? Außerdem hatten beide mehrere Firmen. Curt und ich hatten das monatelang recherchiert. Curt hatte sich da eingeschleust. Wir haben alles aufgeschrieben. Wo sind die Dokumente hin?«

Eric wühlte noch einmal in der Kiste, schüttelte dann aber mit dem Kopf.

»Hier ist nichts dergleichen.«

»Kann es sein, dass es noch einen weiteren Karton gibt?«, fragte Nicklas und schaute Joselyn an.

»Es muss. Lasst uns noch mal nachsehen. Wir haben vieles in Papierform gehabt, aber auch einiges auf dem Computer. Ich hatte eine Sicherungskopie, die archiviert worden ist. Es muss irgendetwas da sein. Leider wurden meine Zugangsdaten zum System gesperrt, als ich gegangen bin. Wir können also nicht mehr in die Datenbanken des NYPD hinein.«

»Vielleicht doch«, meinte Nicklas und holte sein Handy aus der Tasche.

»Was hast du vor?«, fragte Joselyn argwöhnisch. Nicklas hob eine Hand und brachte Joselyn somit zum Schweigen.

»Hi Caroline, wie geht's? Uns geht's gut. Wir sind fleißig. Hör zu, tu mir einen Gefallen und schau doch mal mit deinem schönen Spielzeug, ob du an die Dateien von Joselyn Davis und Curt Williams heran kommst ...« Eine Weile lauschte Nicklas, was die Person am anderen Ende zu ihm sagte. »Okay, ich danke dir.« Er legte auf.

»Nick, das können wir nicht machen. Was wenn es jemand merkt?«

»Keine Angst, Josi, Caroline weiß genau, was sie tut.«

Eric, der noch einmal auf die Suche nach einer weiteren Kiste gegangen war, trat nun wieder zu ihnen und sagte:

»Sie macht das nicht zum ersten Mal, Jo.«

»Was soll das heißen?«

»Informationen zu beschaffen. Zur Not auch mit unkonventionellen Methoden. Das ist unser Job.« Er blickte ihr in die Augen und sie nickte verstehend.

»Offenbar habe ich die ganze Zeit in der Provinz gelebt. Ich hatte keine Ahnung.«

»Vertrau uns, Jo. Wir wissen, was wir tun.« Eric legte ihr beide Hände auf die Schultern und suchte wieder ihren Blick.

»Ja ich vertraue euch«, sagte Joselyn nach einer Weile.

»Hast du noch was entdeckt?«, setzte sie dann hinterher.

»Da ist nichts. Wenn die Katalogisierung stimmt, und hier nicht irgendwer alles durcheinandergebracht hat, dann ist da nichts mehr, Jo.«

»Meinst du, du kennst unter deinen alten Kollegen noch jemanden, der uns vielleicht helfen könnte?«, fragte Nicklas und Joselyn runzelte die Stirn.

»Bei was kann ich euch denn helfen?«

Sowohl Joselyn als auch Eric und Nicklas drehten sich erschrocken um. Warum nur kamen sie sich ertappt vor? Sie waren mit einem offiziellen Beschluss hier und mussten keinerlei Rechenschaft ablegen. Und dennoch war es eine komische Situation, als sie sich plötzlich Joselyns ehemaligem Chef Richard Miller gegenübersahen.

Kapitel 20

»Guten Morgen Jungs«, rief Joselyn und stellte die Einkaufstüten, die sie in der Hand hielt auf den Boden neben den Esstisch, an dem Eric und Nicklas saßen und das »Langschläferfrühstück« des Hotels genossen.

»Morgen? Es ist fast Mittag, Jo«, murmelte Eric, der gerade dabei war, sich sein Spiegelei schmecken zu lassen. Er sah müde aus. Seine Haare waren zerzaust und unter seinen Augen lagen ein paar Schatten. Im Gegensatz dazu wirkte Nicklas erfrischt und voller Tatendrang.

»Ich wünsche dir jedenfalls einen guten Morgen«, sagte Nicklas und deutete auf den freien Stuhl neben sich. Joselyn setzte sich hin und schlug die Beine übereinander.

»Wo zum Teufel bist du so früh schon gewesen?«, fragte Eric und trank einen Schluck aus seiner Kaffeetasse. Eine Kellnerin kam und fragte Joselyn, was sie essen wollte. Sie bestellte sich etwas Obst und einen Tee.

»Ich habe Weihnachtseinkäufe erledigt«, sagte Joselyn dann und schaute Eric herausfordernd an.

»Was, jetzt? Wieso?«, fragte dieser erstaunt.

»Ich habe einen fünfjährigen Sohn. Der erwartet einfach, dass zu Weihnachten ein paar Dinge unter dem Baum liegen. Und da ich mich in New York irgendwie immer noch ziemlich gut auskenne, dachte ich, ich erledige das mal eben.«

»Punkt für dich, Jo«, murmelte Eric.

»Was ist mit ihm?«, fragte Joselyn an Nicklas gewandt und dieser zuckte nur mit den Schultern.

»Er ist ein Morgenmuffel«, meinte er dann und widmete sich wieder seiner Zeitung, die er aufgeklappt neben seinem Teller liegen hatte. Die Kellnerin brachte Joselyns Frühstück und verschwand wieder.

»Habt ihr was aus San Diego gehört?«, erkundigte sich Joselyn und gab Zucker in ihren Tee.

»Caroline hat einige Dateien geschickt, die müssen wir nachher noch durchgehen. Soweit wie sie es beurteilen kann, ist Harper pleite. Er besaß die Dinge, die du aufgezählt hast, mehrere Immobilien und Firmen, aber es ist alles weg. Wir wissen noch nicht genau, was passiert ist, aber es sieht so aus, als hätte er sein gesamtes Vermögen auf seiner Flucht und dem dann geplanten Rachefeldzug verloren. Weil er sich nicht mehr um die Firmen gekümmert hat, sind sie bankrottgegangen und schließlich hat der Gerichtsvollzieher dreimal geklingelt«, erklärte Eric mit einem leicht ironischen Unterton in der Stimme.

»Ich vermute mal, er gibt mir die Schuld daran«, meinte Joselyn.

»Das denke ich auch«, sagte Nicklas.

»Habt ihr sein Apartment überprüft?«

»Ja haben wir, aber er war schon ewig nicht mehr dort. Die Vermieterin sagt, sie wird die Wohnung Ende des Monats räumen lassen, da Harper seit einem dreiviertel Jahr keine Miete mehr bezahlt hat und auch nicht aufzufinden ist. Der Gerichtsvollzieher steht praktisch auch hier in den Startlöchern.«

»Das ist leider kein besonders großer Fortschritt«, meinte Joselyn.

»Wir finden ihn. Er kann sich ja nicht in Luft aufgelöst haben. Immerhin wissen wir inzwischen hundertprozentig, dass er in New York gelandet ist«, beschwichtigte Eric sie. Caroline hatte Harper mit Hilfe der Überwachungskameras im New Yorker Flughafen ausfindig gemacht. Doch dann hatte sie ihn im Getümmel von New Yorks vorweihnachtlichem Verkehrschaos verloren. Harper schien genau gewusst zu haben, wie man den Kameras auszuweichen hatte.

»Ja, und dann haben wir ihn verloren«, schimpfte Joselyn. Ihre alte Einheit war da leider nicht besonders kooperativ gewesen und Joselyn hatte so eine Ahnung, an wem das liegen konnte. Sie musste wieder an den gestrigen Tag in ihrem alten Revier denken, an die Begegnung mit ihrem Ex-Chef in der Asservatenkammer und an das, was Richard Miller ihnen gesagt hatte.

»Richard«, rief Joselyn aus und starrte ihren Ex-Chef aus weit aufgerissenen Augen an.

»Joselyn Davis, meine Güte. Hätte nicht gedacht, dass ich dich noch mal wiedersehe. Dein Abgang war ja ziemlich klammheimlich.« Miller trat etwas weiter auf sie zu und Joselyn wich einen Schritt zur Seite. Sie berührte Erics Arm und war dankbar dafür, nicht alleine hier zu sein.

»Wir sind offiziell hier«, sagte Joselyn und schaute Miller trotzig in die Augen.

»Ich weiß, ich habe heute Morgen eine Kopie des Beschlusses erhalten.«

»Sicher.« Wie hatten sie annehmen können, dass der Chef des Reviers, bei dem sie offiziell einen alten Fall wieder aufrollten, nicht informiert werden würde. Die behördlichen Wege waren in der Hinsicht offensichtlich sehr gründlich und Claire hatte eine Geheimhaltung offenbar nicht durchsetzen können. Joselyn starrte Miller immer noch an und dieser setzte ein Lächeln auf.

»Meine beiden Mitarbeiter da draußen haben mich gerade vorschriftsmäßig davon in Kenntnis gesetzt, dass drei Kollegen mit einem offiziellen Dokument aus San Diego hier aufgetaucht sind. Und da wollte ich doch einfach mal nachschauen, um wen es sich handelt.«

»Das ist dein gutes Recht«, sagte Joselyn gepresst und versuchte, sich ihren Unmut nicht anmerken zu lassen. Miller musterte die drei mit unverhohlener Neugier.

»Willst du mir deine beiden Begleiter nicht vorstellen, Josi?«, fragte er schließlich. Joselyn erwachte aus ihrer Starre.

»Oh ... ja, klar. Das sind meine Kollegen, Detective Nicklas Masterson und Detective Eric Coleman.«

»Captain Richard Miller.« Miller gab den beiden Männern die Hand und schaute dann wieder zu Joselyn.

»Du arbeitest wieder als Polizistin?«, fragte er dann.

»Nicht ganz«, entgegnete Joselyn. Ihr gefiel die Richtung, die dieses Gespräch nahm, ganz und gar nicht. Miller war es gewesen, der ihr damals die Dienstmarke entzogen und sie an den Schreibtisch gesetzt hatte. Sie hatte sich nicht dagegen gewehrt, da ihre Schuldgefühle und ihre psychische Verfassung ihr keinerlei Kampf erlaubten. Doch jetzt, wo sie hier vor ihm stand, spürte sie auf einmal Wut in sich aufsteigen. Wut auf ihren ehemaligen Chef, der sie um die Möglichkeit gebracht hatte, den Mörder ihres Freundes zu finden und der wahrscheinlich sogar Schuld an seinem Tod hatte, zumindest in gewisser Art und Weise.

»Na gut, wie auch immer«, sagte Miller und an Eric und Nicklas gewandt, knurrte er:

»Kann ich bitte Ihre Dienstmarken sehen!« Man merkte, dass er angespannt war und das versuchte er mit möglichst viel Bürokratismus zu verschleiern. Eric konnte ein kurzes Auflachen nicht unterdrücken.

»Ist das Ihr Ernst?«, fragte Nicklas. Als er jedoch Millers Blick sah, zuckte er mit den Schultern und kramte in seiner Tasche herum. Dann hielt er Miller seinen Ausweis unter die Nase. Eric tat es ihm gleich.

»Zufrieden?« Miller nickte.

»Und damit Sie ihn auch noch einmal im Original sehen, bevor es hier zu weiteren peinlichen Beschuldigungen kommt. Hier der Beschluss. Alles offiziell und vom Richter in San Diego abgesegnet.«

Eric drückte Miller ein Dokument in die Hand, auf das dieser nur einen kurzen Blick warf, bevor er sagte:

»Es wäre anständig gewesen, wenn ihr zuerst bei mir im Büro vorbeigekommen wärt, anstatt hier einfach so hereinzuplatzen.«

Seine Stimme war fest, aber nichts konnte über seine Nervosität hinwegtäuschen, die er zweifellos spürte.

›Damit du in aller Seelenruhe noch mehr Beweise beiseiteschaffen kannst‹, dachte Joselyn und verlagerte ihr Gewicht von einem auf das andere Bein. Sie beobachtete aus dem Augenwinkel, wie Nicklas und Eric sich versteiften, aber keiner der beiden sagte ein Wort. Das war ihr Ding. Sie wusste, sie musste mit Miller alleine fertig werden.

»Der Fall wird neu aufgerollt, ob es dir nun gefällt oder nicht«, erklärte Joselyn sachlich.

»Warum?«, fragte Miller.

»Weil Harper hinter mir her ist, Richard, deswegen.«

»Das tut mir leid, Josi. Ich wusste nicht, dass er noch da draußen herumschwirrt. Ich dachte, er sei tot.« Wie konnte Miller nur so unverfroren lügen? Joselyn schnaubte innerlich, konnte sich aber gerade noch beherrschen, Miller seinen Besuch im Untersuchungsgefängnis bei Harper vorzuwerfen. Dass sie davon wussten, sollte noch eine kleine Weile geheim bleiben, bis sie sich sicher waren, wie Miller in die ganze Sache verwickelt war.

»Offenbar ist er noch ziemlich lebendig«, sagte Joselyn mit einem eisigen Unterton in der Stimme.

»Wenn ich euch irgendwie helfen kann, dann sagt Bescheid«, murmelte Miller und schickte sich an zu gehen. Offenbar war ihm dieses Gespräch zu heiß oder aber es zog ihn zurück in sein Büro, um Harper oder Samira zu informieren, was hier gerade abging. Eric trat hinter Joselyn hervor und hielt Miller seine Visitenkarte hin.

»Wenn Ihnen noch etwas zu den damaligen Ermittlungen einfällt, das nicht in diesen Kisten hier verpackt ist, dann rufen Sie mich an. Jederzeit. Ansonsten würden wir Sie bitten, Ihren Weihnachtsurlaub noch etwas zu verschieben, falls wir noch Fragen haben sollten.«

Miller starrte auf das Kärtchen, welches Eric ihm hinhielt und nahm es dann zögerlich entgegen. Dann drehte er sich um und stapfte zur Tür. Kurz bevor er den Raum verließ, drehte er sich noch einmal um und knurrte:

»Würden Sie bitte wieder alles an seinen Platz stellen, bevor Sie gehen.« Damit trat er zur Tür hinaus und schlug sie krachend zu. Joselyn holte tief Luft. Sie hatte gar nicht bemerkt, dass sie den Atem angehalten hatte. Jetzt drehte sie sich zu Eric und Nicklas herum und meinte:

»Was war das denn?«

Nicklas begann in aller Seelenruhe die Kisten wieder einzupacken und den Deckel zu schließen. Eric hatte die Stirn gerunzelt und sagte:

»Ich würde sagen, Miller fühlt sich ein ganz klein wenig in die Enge getrieben.«

Sie schaute zur Tür und nickte.

Joselyn erwachte aus ihren Gedanken, als Nicklas' Telefon klingelte. Er holte es aus seiner Tasche und wischte über die Oberfläche.

»Hallo David«, sagte er freundlich und legte dann sogleich die Stirn in Falten.

Eric und Joselyn schauten sich fragend an. Nicklas sprach eine ganze Weile mit ihrem Kollegen.

»Okay, ich sag Bescheid. Danke dir.« Nicklas legte das Telefon beiseite und räusperte sich.

»Sie haben Samira verhaftet und sind dabei ihn zu verhören.«

»Wie das auf einmal?«, fragte Eric erstaunt.

»Man hat die Fingerabdrücke, die Joselyn bei unserem Einsatz von ihm sichergestellt hat, an einer der Leichen aus der Diskothek gefunden. Nun sitzt er erst einmal in Untersuchungshaft.«

»Ich bin gespannt, was wir ihm tatsächlich alles nachweisen können«, murmelte Eric.

»Ich auch«, meinte Joselyn und lehnte sich in ihrem Stuhl zurück.

»Jetzt kommt es also auf unsere Kollegen an. Sie wollen versuchen, einen Deal mit Samira zu machen und so den Aufenthaltsort von Harper herauszukriegen. Sie sind sich sicher, dass er weiß, wo er untergetaucht ist«, meldete sich nun wieder Nicklas zu Wort.

»Und wenn das nichts hilft, dann bleibt uns nichts Anderes übrig, als jedes einzelne Hotel, Motel und Hostel in New York unter die Lupe zu nehmen.« Eric seufzte.

»Du weißt aber schon, dass bald Weihnachten ist«, murmelte Nicklas.

»Sicher, deswegen sollten wir uns auch beeilen. Ich möchte Weihnachten gerne zu Hause feiern«, entgegnete er und schluckte den letzten Bissen seines Brötchens hinunter.

»Okay ihr zwei. Ihr könnt euch ja noch eine Weile über die richtige Taktik unterhalten. Ich muss telefonieren«, unterbrach Joselyn sie plötzlich und stand auf. Sie wollte unbedingt mit Matthew sprechen und hoffte, dass ihre Mutter ihn noch nicht in den Kindergarten gebracht hatte. Sie warf ihren Kollegen noch einen Blick zu und machte sich dann auf den Weg in ihr Zimmer. Nicklas verputzte den letzten Rest seines Frühstücks und sagte:

»Was denkst du, Kumpel, sollen wir mit dem angebrochenen Tag anfangen?«

»Ich denke, solange wir auf ein Ergebnis aus San Diego warten, sollten wir diesen Miller noch einmal unter die Lupe nehmen«, sagte Eric nachdenklich und strich sich übers Kinn.

»Ohne Josi?«, fragte Nicklas.

»Lassen wir ihr ein bisschen Ruhe. Sie ist so schon aufgewühlt genug.«

»Wie du meinst. Dann komm!«, forderte Nicklas seinen Freund auf und dieser erhob sich vom Tisch, um ihm zu folgen.

***

An der amerikanischen Westküste war es acht Uhr morgens und die Sonne schien vom wolkenlosen Himmel. Ein angenehmes Lüftchen wehte und die Vögel sangen ihr Lied. Doch von dieser Idylle war im Verhörraum des Hauptquartiers des San Diego Police Departments nicht viel zu spüren. Dort war es trist und ziemlich ungemütlich.

Durch die verspiegelte Wand hatte sie einen guten Blick ins Innere des Raumes, in dem Theodor Samira zusammen mit David Smith und Marco Rodriguez saß und keine Miene verzog. Er trug einen maßgeschneiderten grauen Anzug, dazu dunkle Lederschuhe und eine dunkle Krawatte. Seine Haare waren im Nacken kurz geschnitten und oben ein wenig länger, was ihnen leichte Wellen bescherte. An den Schläfen begannen sie zu ergrauen, aber es machte ihn nicht weniger attraktiv, ganz im Gegenteil. Er wirkte unbeeindruckt ob seiner Situation und verlor während des gesamten Verhörs nichts von seiner aristokratischen Würde, die er vor zwei Stunden mit hierhergebracht hatte.

Claire trat ein wenig näher an die verspiegelte Wand heran und beobachtete Samira nun ganz genau. Sie versuchte sich jede seiner Gesten einzuprägen, jedes seiner Worte, versuchte herauszufinden, wie er tickte und hatte ziemlich schnell einen Eindruck gewonnen. Er wirkte auf sie nicht wie der typische Verbrecher, eher wie ein ganz normaler Geschäftsmann und genau diese Eigenschaften würde sie sich zu Nutze machen. Er würde ihr ohne Probleme den Aufenthaltsort von Harper nennen, dessen war sie sich sicher. Er hatte während des Verhörs schon mehrfach angedeutet, dass Harper ihm nichts bedeutete. Aber das war nicht das Einzige, was sie von ihm wollte. Sie schmiedete einen Plan.

Und als Samira nun seine Bedingungen für einen Deal mit der Staatsanwaltschaft aufzählte, nahm sie die Aktentasche, die sie auf den Boden gestellt hatte und verließ den Raum. Sie begab sich eine Tür weiter und betrat erhobenen Hauptes das Verhörzimmer. Samira war der erste, der nach oben schaute und sein Blick blieb an ihr hängen. Er musterte sie ebenfalls und fand, dass sie eine wunderschöne Frau mit den Kurven an den richtigen Stellen war. Außerdem besaß sie ein Strahlen, was sich durch Macht auszeichnete. Genau die Mischung, die er anziehend fand. Sie trug ein dunkelblaues Kostüm, passende High Heels und einen blassrosa Lippenstift. Ihre blonden Haare waren perfekt gestylt. Er konnte nicht sagen warum, aber er schaffte es nicht, ihrem Blick auszuweichen. Er konnte sich täuschen, aber da war eine gewisse Spannung mit ihr zur Tür hereingekommen und sprang ihn nun förmlich an.

»Ich würde gerne einen Moment mit Mr. Samira alleine sprechen«, sagte Claire zu David und Marco, schaute aber Samira dabei die ganze Zeit in die Augen. Die beiden Männer nickten und erhoben sich. Dann verließen sie den Raum. Claire wartete noch einen Augenblick und reichte dann Samira die Hand. Dieser stand auf und trat ein wenig näher, so dass sie sein Aftershave riechen konnte. Es roch ziemlich gut und sie war sich sicher, dass er sich dessen bewusst war. Ein fragendes Lächeln erschien auf seinem Gesicht, als er nun nach ihrer Hand griff und ihr einen Kuss auf den Handrücken hauchte.

»Miss?«, fragte er.

»Clarissa Simmons. Ich habe Ihnen ein Geschäft vorzuschlagen.«

Kapitel 21

New York, Mittwoch 21. Dezember

Sie standen rechts und links der Tür zu dem Motel, welches Claire ihnen als Aufenthaltsort von Harper genannt hatte und gaben sich ein Zeichen. Eric knackte das Schloss, betätigte die Klinke und stieß die Tür auf. Er ließ Joselyn voran nach rechts gehen. Sie hielt ihre Waffe in den Raum und arbeitete sich langsam vorwärts. Eric folgte ihr und lief in die andere Richtung. Das Zimmer war spärlich möbliert. Schnell hatten sie sich einen Überblick verschafft und riefen sich zu, dass sämtliche Räume gesichert waren. Joselyn betätigte den Lichtschalter und die Dämmerung verschwand. Was sie sah, verschlug ihr buchstäblich den Atem. An der freien Wand gegenüber des Bettes war eine Tafel aufgehängt worden, die massenweise Fotos trug. Die Fotos waren chronologisch sortiert und akribisch gesammelt. Informationen zu jeder einzelnen Person fanden sich ebenfalls dort und große rote Kreuze markierten Personen, die nicht mehr da waren. Sie steckte ihre Waffe ein und trat einen Schritt näher. Eric, der sich zunächst im Badezimmer umgesehen hatte, kam zu ihr und stellte sich neben sie.

»Oh mein Gott«, rief sie und schlug sich die Hand vor den Mund.

»Ist das …?«

»Das ist … war mein Partner«, flüsterte Joselyn und sah Eric an. »Und hier sind Fotos von Matthew und meinen Eltern.«

Ihre Stimme klang rau. Eric ging näher zur Wand und berührte die Fotos, sah sich alles ganz genau an und merkte, wie ihm eine Gänsehaut über den Rücken rann. Da waren Aufnahmen von ihnen allen. Beim Fußball, beim Surfen, sogar eins im JUCE. Er sah Bilder von Joselyns Sohn, schaukelnd auf einem Spielplatz und er erkannte Joselyns Mutter beim Wäscheaufhängen im eigenen Garten.

Sie alle waren in den letzten Tagen in großer Gefahr gewesen und nur einem glücklichen Zufall verdankten sie es, dass sie alle noch unverletzt waren. Langsam drehte er sich herum und schaute zu Joselyn. Sie stand schräg hinter ihm und sagte keinen Ton. Sie war weiß wie eine Wand und ihre Augen glitzerten verdächtig.

»Ich weiß nicht, was ich sagen soll«, gestand Eric und versuchte in ihrem Gesicht zu lesen. Sie blickte noch einmal auf die Fotos und plötzlich war alles wieder da. Sie sah ihren toten Partner auf dem Boden liegen und ihr wurde angst bei dem Gedanken daran, was Harper noch alles vorhatte. Die Bilder sprachen ihre eigene Sprache und es schnürte ihr die Kehle zu.

»Alles in Ordnung, Jo?«, fragte Eric und wollte nach ihrem Arm greifen. Doch sie entzog sich ihm und stürmte ins Badezimmer. Ihr war übel. Es war einfach zu viel. Sie merkte, wie ihr Magen rebellierte und sie beugte sich über die schmutzige Toilette, die ihr noch mehr Ekel verursachte, als sie ohnehin schon spürte. Sie hustete und würgte und wünschte sich in diesem Moment nicht hier zu sein. Ihr liefen die Tränen über die Wangen und sie versuchte verzweifelt wieder Kontrolle über ihren Körper zu bekommen. Sie hörte, wie Eric das Zimmer betrat und sie schrie ihn an, er solle verschwinden. Sie wollte nicht, dass er sie so sah. Es war schon peinlich genug, dass er ihre Geschichte kannte, musste er sie jetzt auch noch in solch schlechter Verfassung erleben?

»Lass mich dir helfen«, bat er mit ruhiger Stimme und suchte nach einem einigermaßen sauberen Handtuch, machte es nass und legte es ihr in den Nacken. Dann griff er ihre Haare und strich sie ihr sanft aus dem Gesicht, fasste sie zu einem Zopf zusammen und stopfte sie dann in ihren Kragen. Joselyn weinte und würgte und versuchte ihn wegzuschieben, aber er ließ es nicht zu. Er griff ihre Hände und hielt sie fest, strich ihr immer wieder über den Rücken und wartete bis sie sich beruhigt hatte.

Dann stand er auf und zog sie auf die Beine, hielt sie aber weiterhin fest und nahm sein Handy aus der Tasche. Er telefonierte kurz mit Nicklas, der den Eingang des Motelkomplexes im Auge behielt und auf sie wartete. Er erklärte ihm kurz die Situation und Nicklas versprach, gleich bei ihnen zu sein. Im Moment war alles ruhig, so dass er durchaus zu den anderen gehen konnte. Als Eric aufgelegt hatte, brachte er Joselyn nach draußen an die frische Luft.

»Geht's wieder?«, fragte er, als er die Tür hinter sich geschlossen hatte.

»Ja«, sagte sie leise, doch ihre Stimme zitterte noch immer. Ihre Beine fühlten sich wie Pudding an und sie wollte sich am liebsten irgendwo verkriechen.

»Komm, setz dich eine Weile hier hin.« Er deutete auf eine Bank, die an der gegenüberliegenden Hauswand stand, und sie ließ sich darauf nieder, lehnte ihren Kopf gegen die Mauer und versuchte das Zittern in ihrem Körper abzuschalten. In dem Moment traf Nicklas ein. Er schaute Joselyn besorgt an.

»Alles klar?«, fragte er.

»Geht schon«, antwortete Joselyn. Sie wollte nicht auch noch, dass Nicklas sie so sah, aber sie hatte keine Wahl.

»Am besten du gehst mal rein und machst ein paar Fotos«, schlug Eric vor, der merkte, dass Joselyn die ganze Situation mehr als peinlich war.

»Okay, mach ich.« Nicklas ging zur Tür und verschwand.

»Ich bin gleich wieder da«, sagte Eric an Joselyn gewandt und lief zum Auto, aus dem er eine Flasche Mineralwasser holte. Damit ging er zurück zu Joselyn und hielt sie ihr entgegen.

»Danke«, murmelte sie und schraubte die Flasche auf. Dann nahm sie einen Schluck und spülte sich den Mund aus. Sie spuckte die Flüssigkeit auf den Boden und trank dann noch einen Schluck Wasser. Eric schaute sie die ganze Zeit besorgt an und sie war nahe daran, einfach wegzulaufen. Es war kalt draußen und es begann zu schneien, aber sie spürte die Kälte nicht, denn ihr war innerlich kalt.

»Das war unheimlich«, meinte Eric, der die Hände in die Taschen seiner Jacke gesteckt hatte.

»Mehr als das«, gab Joselyn zurück.

»Er hatte ein Foto von meinem Sohn an dieser Wand, Cole«, flüsterte Joselyn und dann begann sie zu weinen. Eric trat neben sie und legte ihr eine Hand auf die Schulter.

»Wir finden ihn, Jo, ich verspreche es.«

»Ich muss meinen Vater anrufen, um ihn zu warnen.«

»Tu das«, riet Eric ihr. In dem Moment trat Nicklas aus der Wohnung. Eric schaute ihn an und hob fragend eine Braue.

»Wir sollten zurück ins Hotel«, meinte er.

»Was hast du da?«, fragte Eric und deutete auf ein Buch, welches Nicklas sich unter den Arm geklemmt hatte.

»Oh, das sind ein paar persönliche Dinge von Harper. Vielleicht hilft es uns dabei, ihn zu schnappen.«

»Oder wir müssen eine Nachtschicht einlegen und eine kleine Observierung durchführen.«

»Brauchen wir vielleicht gar nicht. Ich habe ein paar Wanzen versteckt. Sobald Harper hier auftaucht, haben wir ihn.«

»Sehr gut, Kumpel«, Eric klopfte seinem Partner auf die Schulter und dieser grinste. Joselyn, die soeben mit ihrem Vater telefoniert hatte, trat wieder zu den beiden und meinte:

»Soweit ist alles okay zu Hause. Aber ich wäre echt dankbar, wenn wir bald wieder zurück könnten.«

»Wird nicht mehr lange dauern«, meinte Nicklas und zeigte Joselyn, was er mitgenommen hatte.

»Na dann, auf zum Hotel«, sagte sie und holte einmal tief Luft. Sie fühlte sich schon wesentlich besser als noch vor ein paar Minuten, als sie ihren beiden Kollegen jetzt zum Auto folgte.

***

Eric lag auf seinem Bett im Hotel, hatte die Arme unter den Kopf gelegt und die Augen geschlossen, als es an der Tür klopfte. Verwundert drehte er sich auf die Seite und angelte nach seiner Armbanduhr, die neben ihm auf dem Nachttisch lag. Er knipste das Licht an und schaute darauf. Es war fast Mitternacht. Er seufzte und war geneigt, das Klopfen zu ignorieren, denn so richtige Lust aufzustehen hatte er nicht. Der Tag war anstrengend gewesen, körperlich und emotional. Er hatte immer noch die Bilder im Kopf, die sie an Harpers Pinnwand entdeckt hatten und er wusste nicht, wie er sie loswerden sollte. Nach langem Mühen war er endlich in dem Zustand zwischen Wachen und Schlafen angekommen gewesen, der einen in dieses schöne Gefühl der Schwere versetzte, bevor der Körper aufgab und man im Land der Träume versank. Eigentlich hatte er nicht vorgehabt, diese angenehme Schwere so schnell wieder zu verlassen. Ein paar Sekunden wog er das Für und Wider ab, aber schließlich siegte seine Neugier und er erhob sich langsam. Dann stapfte er zur Tür und öffnete sie schwungvoll.

Vor ihm stand Joselyn. Sie trug Jogginghosen und einen weiten Pulli, dessen rechter Ärmel ihr über die Schulter gerutscht war, so dass man ihren BH-Träger sehen konnte. Ihre Haare waren offen und hingen ihr über die Schultern auf die Brust. Sie war ungeschminkt und wirkte dadurch viel jünger als sonst. Ihr Gesichtsausdruck war nicht zu deuten und Eric versuchte gar nicht erst, ihr Erscheinen zu analysieren.

»Wieso habe ich gerade so ein ziemlich intensives Gefühl von Déjà-vu?«, fragte Eric und spielte damit auf ihre Begegnung von vor einigen Tagen an, als Joselyn plötzlich abends bei ihm zu Hause aufgetaucht war. War es wirklich noch keine Woche her, dass sie ihm ihr Herz ausgeschüttet hatte? Er konnte es kaum glauben. Seither herrschte eine Mischung aus Nähe und Distanz zwischen ihnen. Sie merkten beide, dass da etwas war, aber keiner von ihnen traute sich, irgendeinen Schritt auf den anderen zuzumachen. Sie versteckten sich lieber hinter tausenden von Worten, die alle belanglos waren, solange nicht das Entscheidende ausgesprochen wurde. Aber sie trauten sich beide nicht. Denn dann wäre es plötzlich real und mit der Realität hatten sie immer noch zu kämpfen.

»Darf ich reinkommen?«, fragte sie und verschränkte die Hände ineinander.

»Sicher«, meinte Eric und trat beiseite. Sie ging an ihm vorbei und er schloss die Tür.

»Nettes Outfit«, sagte sie und lächelte ihn an. Jetzt erst registrierte er, dass er außer einer langen Pyjamahose nichts weiter anhatte und peinlich berührt griff er nach einem T-Shirt, welches über einem Stuhl in der Ecke hing. Schnell zog er es sich über und ließ dann die Arme wieder sinken.

»Mach dir wegen mir keine Umstände«, meinte Joselyn und zog dann verlegen ihren Pullover wieder zurecht. Er registrierte es, sagte aber nichts dazu. Sie wirkte auf ihn unheimlich sinnlich, so verpackt in weite Klamotten, die nur erahnen ließen, welch tolle Figur sie eigentlich hatte. Er schluckte den Drang, sie zu berühren, herunter und versuchte sich auf die Tatsache zu konzentrieren, dass sie nicht ohne Grund zu ihm gekommen war.

»Das sind keine Umstände«, entgegnete er mit einem Augenzwinkern und zauberte dadurch ein Lächeln auf ihr Gesicht.

»Komm, setz dich!«, forderte er sie schließlich auf und deutete auf die kleine Sitzgruppe, die zwischen Bett und Kleiderschrank drapiert war. Doch Joselyn schüttelte den Kopf.

»Ich … ich wollte dich wirklich nicht stören … du wolltest offensichtlich gerade ins Bett …« Sie stockte und drehte sich in Richtung Tür, wollte aus dem Zimmer flüchten, doch er hielt sie fest. Sie spürte seine Finger um ihr Handgelenk und blieb stehen, ergab sich seinem Drängen zu bleiben.

»Jo, du kannst nicht immer wieder vor mir davonlaufen. Das ertrag ich nicht. Warum bist du hier?«

Sie drehte sich wieder um und schaute ihn an.

»Ich … ich weiß nicht genau. Ich konnte irgendwie nicht schlafen.«

Das war eine faule Ausrede und Joselyn war sich dessen schmerzlich bewusst. Sie hatte stundenlang wach gelegen und an Eric gedacht. Sie hatte mehrfach Anlauf genommen, zu ihm zu gehen und dabei unaufhörlich alle Möglichkeiten abgewogen. Sie sehnte sich nach ihm mit jeder Faser ihres Körpers, doch ihr Verstand funkte ihr immer wieder dazwischen. Ihre Gefühle spielten verrückt und sie wusste nicht mehr, was sie denken sollte.

»Warum bist du schlaflos?«, fragte er.

Sie seufzte.

»Mir gehen so viele Dinge im Kopf herum, Eric. Es ist … kompliziert.«

Er hob eine Braue.

»Willst du darüber reden? Ich meine, manchmal hilft es, sich jemandem einfach anzuvertrauen. Ich bin zwar kein Psychologe, aber ich kann ganz gut zuhören.« Damit ließ er sich auf den Sessel neben sich fallen und breitete die Arme aus. Um seine Mundwinkel spielte ein leichtes Grinsen und Joselyn hatte Mühe ernst zu bleiben. Sie begann unruhig auf und ab zu laufen und er beobachtete sie dabei.

»Ich …«, setzte sie an und stoppte wieder.

»Ja?«, fragte er. Sie strich sich die Haare aus der Stirn. Jetzt konnte er sehen, wie müde und abgekämpft sie aussah. Das Ganze schien ihr mehr zuzusetzen, als er geahnt hatte.

»Ich … ich weiß nicht so genau, was ich eigentlich will, Cole.«

Er stand wieder auf und trat neben sie, berührte ihren Arm.

Sie blickte zu ihm auf und in ihren schönen Augen standen Tränen.

»Es macht mir alles eine Scheißangst, weißt du.« Sie schniefte.

Er kramte in seiner Reisetasche, die er achtlos neben die Tür gestellt hatte und holte eine Packung Taschentücher heraus. Eines davon gab er ihr, den Rest warf er auf den Nachttisch. Sie putzte sich die Nase und knüllte dann das Tuch in ihrer Hand zusammen. Eric fragte:

»Was ist ALLES, Jo? Harper? Der Fall? Ich?« Das letzte Wort hatte er ziemlich leise gesprochen, doch sie hatte ihn genau verstanden. Sie wusste nicht, was ihr am meisten Angst machte, aber er kam tatsächlich in ihren verqueren Gedanken vor. Er bescherte ihr Herzklopfen und eine Gänsehaut und sie kam nicht gegen ihn an. Sie konnte sich nicht weiter gegen ihn wehren. Er war in ihr Leben gestolpert und sie in seins und nun waren sie hier.

»Ich …«, fing sie erneut an und merkte, wie ihre Stimme zu zittern begann. Sie focht einen inneren Kampf aus, der ihm nicht entging. Doch er wartete geduldig, was sie tun würde.

Langsam machte sie einen Schritt auf ihn zu, so dass sie in seine Augen schauen konnte. Sie musste nur ein wenig den Kopf neigen und konnte in einem Meer aus Blau versinken. Die Sekunden verstrichen und keiner von ihnen bewegte sich weiter. Joselyn spürte ihr Herz klopfen und Eric bebte innerlich. Es war eine Spannung in der Luft, die in Volt nicht zu messen war.

Die kleine Nachttischlampe warf ihre Schatten an die Wand und hin und wieder hörte man von draußen leise Stimmen. Es war beinahe unheimlich. Und dann, als Joselyn schon glaubte, es nicht mehr auszuhalten, legte er seine Hände auf ihre Wangen und strich ganz sacht darüber. So wie er es schon einmal getan hatte. Sie schloss die Augen und genoss das Gefühl, von ihm berührt zu werden. Sie schmiegte ihr Gesicht in seine Hand und küsste seine Finger, einen nach dem anderen. Schließlich griff sie um seinen Nacken und zog ihn zu sich herab.

Seine Lippen schwebten über den ihren und sie konnte seinen warmen Atem auf ihrem Gesicht fühlen. Sie wusste nicht, ob es richtig war ihn zu küssen, aber sie tat es und spürte, dass er es ebenfalls wollte. Ganz sacht öffnete er seinen Mund und ließ ihre Zunge ein, so dass sie sich berühren konnten, um den jeweils anderen zu schmecken. Er nahm ihre Hände und hielt sie fest, strich ihr sanft mit den Fingerspitzen über die Handrücken und zeigte ihr mit aller Zärtlichkeit, die er aufzubieten hatte, dass er sie sehr mochte. Schließlich wanderten seine Hände weiter hinab und fanden ihren Weg unter ihren Pullover und strichen von dort wieder hinauf über ihre nackte Haut. Joselyn schauderte und merkte, wie sich ihre Haut zusammenzog.

»Ist dir das unangenehm?«, fragte Eric an ihrem Ohr und drückte ihr kleine Küsse auf den Hals.

»Nein, ganz und gar nicht, aber …«

»Was aber? Soll ich aufhören?«

»Es ist so lange her«, flüsterte sie und spürte wieder seine Hände, die auf ihrem Rücken lagen und sacht auf und ab strichen.

»Lass dich fallen, Jo, ich fange dich auf«, flüsterte er zurück und näherte sich wieder ihrem Mund, legte seine Lippen auf ihre und begann erneut sie zu küssen.

Joselyn hatte das Gefühl zu schweben und mit einem Mal lehnte sie sich tatsächlich an ihn, hob ihre Hände und fuhr ihm unters Shirt. Sie spürte, wie nun er zusammenzuckte und drückte sich enger an ihn heran. Er merkte, dass ihm das, was sie hier mit ihm tat, gefiel und intensivierte seine Küsse. Langsam wurde Joselyns Atem schneller und auch sie spürte, dass die Leidenschaft bei ihnen beiden entfacht war. Er drehte sie herum und dirigierte sie zum Bett. Dann griff er den Saum ihres Pullis und zog ihn nach oben über ihren Kopf. Ihre Haare fielen langsam zurück auf ihre Schultern und versperrten ihr die Sicht. Sacht strich Eric die Strähnen hinter ihre Ohren und fuhr dann mit der Handfläche über ihren Hals, zwischen ihren Brüsten hindurch und weiter hinab über ihren Bauch bis er an ihrem Hosensaum zum Stehen kam. Ihr Blick war ihm gefolgt und als er sie nun anschaute, nickte sie ihm ganz sacht zu. Er schob ihre Hose nach unten und nun stand sie vor ihm, nur noch in Unterwäsche und schaute ihn an.

»Du bist wunderschön«, sagte er und vergrub seinen Kopf an ihrem Hals. Sie seufzte auf und zog am Verschlussband seiner Pyjamahose. Wenig später waren sie nackt und Eric schob sie noch ein wenig weiter in Richtung Bett. Sie spürte die Kante in ihren Kniekehlen und ließ sich nach hinten fallen. Er folgte ihr und legte sich über sie, hielt sie fest und küsste sie wieder auf den Mund. Ein wenig Mühe bereitete ihm seine angeknackste Rippe noch, aber das Gefühl, das Joselyn bei ihm auslöste, ließ ihn sämtliche Schmerzen vergessen. Er wollte sie in diesem Moment einfach nur spüren.

»Sicher, dass du das willst?«, fragte er noch einmal nach und blickte ihr ins Gesicht. Sein Atem ging schnell und Joselyn war sich darüber im Klaren, dass sie ihn an die Grenzen seiner Beherrschtheit gebracht hatte. Sie wollte ihn. Sie wollte mit ihm schlafen und sie wollte ihn genießen. Verschwunden waren plötzlich alle Bedenken, sie war im Hier und Jetzt angekommen. Langsam nickte sie.

»Okay, warte kurz«, sagte er und ließ sie los, stand auf und kramte in seiner Hosentasche herum, fand schließlich im hintersten Winkel seines Portemonnaies, wonach er suchte. Sie hörte das Zellophan des Kondompäckchens und kurze Zeit später legte er sich wieder über sie.

»Ich frage jetzt nicht, ob du immer eins dabeihast«, meinte sie und hob ihren Kopf, um ihn zu küssen, bevor er etwas dazu sagen konnte. Er lächelte in sich hinein und küsste sie zurück. Ihre Hände strichen über seinen Rücken und hinab zu seinem Po. Er verlagerte sein Gewicht und platzierte sich zwischen ihre Beine. Sie griff nach unten und wies ihm den Weg. Langsam glitt er in sie hinein und sie begannen sich zu bewegen. Joselyn schloss die Augen und konzentrierte sich auf ihn, auf seine Bewegungen, auf seine Berührungen und auf seinen Atem, der immer schneller wurde. Plötzlich hörte er auf sich zu bewegen und sie öffnete die Augen.

»Was ist los?«, fragte sie.

»Nichts. Ich möchte nur einen Moment innehalten und dich genießen.«

Seine Augen leuchteten und sie musste schlucken, denn in ihr stieg plötzlich ein sentimentales Gefühl auf, was sie gleichzeitig verwirrte und erfreute. Er wartete lange und sie hielt ihn fest, strich ihm über den Rücken und durch die Haare, kraulte leicht die kleinen Löckchen an seinem Hinterkopf und genoss es, ihn in sich zu haben.

Irgendwann begann er sich wieder zu bewegen und sie bewegte sich mit ihm, schaute ihm dabei in die Augen und passte sich seinem Rhythmus an. Als sie sich dem Höhepunkt näherten, umschlang sie ihn mit ihren Beinen und ließ ihn noch ein wenig tiefer in sich hinein. Joselyn hatte das Gefühl zu explodieren und sie schrie seinen Namen, während er aufstöhnte und zusammenzuckte. Ihre Nägel gruben sich in sein Fleisch und er griff um sie herum und zog sie eng an sich heran. Sein Gewicht drohte sie zu erdrücken, aber es machte ihr nichts aus.

Sie fühlte sich sicher. Das erste Mal seit langer Zeit fühlte sie sich geborgen.

Sie küsste ihn auf die Wange und er rutschte ein wenig von ihr herunter, so dass sie wieder frei atmen konnte. Sie wollte nicht, dass er verschwand und lächelte ihn an. Er nahm ihre Hand und verschränkte die Finger mit den Ihren, erwiderte ihr Lächeln und ließ sich in die Kissen zurücksinken. Irgendwann entfernte er das Kondom und wickelte es in ein Taschentuch, welches er aus der Packung, die er vor einer knappen Stunde auf dem Nachttisch geworfen hatte, zog. Schließlich griff er wieder nach ihrer Hand und hielt sie fest, zog sie in seine Arme und küsste ihren Scheitel.

»Darf ich dich um etwas bitten?«, fragte Joselyn schließlich, nachdem sie eine Weile nur dagelegen und sich an den Händen gehalten hatten.

»Natürlich. Alles was du willst«, antwortete er mit geschlossenen Augen. Er fühlte sich angenehm schwer, war nahe daran einzuschlafen und konnte absolut nicht mehr klar denken.

»Darf ich heute Nacht bei dir bleiben?«

Die Frage überraschte ihn und gleichzeitig hatte er gehofft, dass sie sie stellen würde. Langsam öffnete er die Augen wieder und schaute sie an.

»Du weißt ja, dass dich ein wundervolles Frühstück erwarten würde«, sagte er und zwinkerte ihr zu.

»Ich bestehe darauf«, meinte sie und bettete ihren Kopf an seine Schulter. Eric griff nach der Bettdecke und zog sie nach oben, so dass zumindest Joselyn einigermaßen bedeckt war. Er selbst lag mit nacktem Oberkörper neben ihr und strich ihr über den Oberarm. Joselyn starrte ihn an, betrachtete jeden Zentimeter seines Körpers und begann dann sanft über seine Brust zu streichen, wo sie an der langsam verblassenden Narbe verweilte.

»Erzähl mir, woher du die hast«, bat sie ihn leise und konnte hören, wie er schluckte. Sie hob den Kopf nach oben, um ihn sehen zu können und merkte, dass sich sein Blick getrübt hatte. Sacht strich sie mit den Fingerkuppen die gezackte Narbe entlang und er begann schließlich zu sprechen:

»Es war der Sommer vor zwei Jahren ...« Er hielt kurz inne und holte tief Luft, suchte nach innerer Festigkeit. Dann rückte sein Blick in weite Ferne und noch einmal erlebte er diesen Moment, der sein Leben verändert hatte.

»Ich bin nach Hause gekommen und Claire hat schon auf mich gewartet. Sie stand da in unserem Wohnzimmer, müde, abgekämpft, aber wild entschlossen. Sie brauchte nichts zu sagen, ich verstand auch so. Da war ein Koffer und mir war sofort klar, dass wir von diesem Tag an getrennte Wege gehen würden. Wir beide hatten etwas gefunden, was wichtiger war, als unsere Beziehung. Wir wussten, wir hatten uns verloren. Und das schon vor langer Zeit.« Er schluckte und versuchte den Film, der hinter seinem geistigen Auge ablief, nicht zu nahe an sich heranzulassen. Diese Sequenzen kamen in seinen Träumen vor. Er hatte sie geliebt. Irgendwann einmal hatten sie sich beide geliebt und hatten geglaubt, es wäre für immer. Aber das »für immer« war ihnen genommen worden, das Gefühl der Unendlichkeit war vorbei und es hatte lange gedauert, bis er damit hatte leben können.

»In den letzten Monaten unserer Beziehung haben wir immer wieder versucht, es zu kitten. Mit mäßigem Erfolg. Ich glaube, ich habe mehr Nächte bei Nick auf der Couch verbracht als zu Hause.« Eric lächelte, als er daran dachte, dass Nicklas sein Bettzeug kaum noch weggeräumt hatte, weil er ohnehin jederzeit mit seinem Freund rechnete.

»Claire ist die Mutigere von uns beiden. Sie hat schließlich den ersten Schritt getan und ich …« Er stoppte und schaute Joselyn an. Sie strich ihm wieder über die Brust.

»… bei mir hätte nicht viel gefehlt. Doch ich bin ein Feigling.«

»In meinen Augen nicht«, sagte Joselyn und er lächelte.

»Ich hab die Wohnung verlassen und bin zu meinem Wagen, hab den Koffer in den Kofferraum geschmissen und mich hinters Steuer geklemmt. Ich bin gefahren wie ein Irrer, habe fast alles um mich herum ausgeblendet. Das Einzige, woran ich mich noch erinnere, ist, dass sie im Radio den »Boss« spielten …«

»Welchen Song?«, fragte sie.

»Ist das wichtig?«, entgegnete er. Sie zuckte mit den Schultern.

»Es war sein berühmter U.S.A. Song. Ich liebte diesen Song, bis zu diesem Tag …« Er seufzte.

»Ich habe das verdammte Radio so laut aufgedreht, dass ich die Sirenen nicht gehört habe. Ich glaube, ich habe geweint, denn ich habe die Kurve nicht gesehen …« Er zog sie enger an sich heran. Sie spürte sein klopfendes Herz.

»Es fühlte sich an wie Fliegen. Und dann war da Licht und Schmerz und irgendwann – nichts mehr.« Seine Stimme war mehr ein Flüstern, aber in ihren Ohren klang sie unheimlich laut.

»Was ist passiert?«, fragte sie, als er eine Weile geschwiegen hatte.

»Ich bin aus der Kurve geschleudert worden und mehrere Meter die Klippen hinuntergestürzt. Das Auto hat sich insgesamt sechs Mal überschlagen und ist an einem Baum zum Stehen gekommen …«

»Du sagst das, als hättest du es nicht selbst erlebt«, meinte sie und stützte sich auf ihren Arm, so dass sie ihn nun ansehen konnte.

»In gewisser Weise habe ich das auch nicht. Ich war mehr tot als lebendig, als man mich aus dem Wrack gezogen hat.«

»Das muss schrecklich gewesen sein.«

»War es. Es hat Monate gedauert, wieder stehen und laufen zu lernen, sich die Schuhe zuzubinden, zu essen, die Zähne zu putzen und …« Er stockte.

»Wie lange warst du im Koma?«

»Einen Monat. Aber es kam mir vor wie ein Jahr. Ich hatte das Gefühl, ich müsste die Welt neu kennenlernen, als ich wieder aufgewacht bin. Es hatte sich alles verändert.«

»Dein Leben?«

»Mein Leben mit Claire, mein Leben auf der Arbeit, meine Freunde, meine Welt. Ich konnte nicht arbeiten, keinen Sport machen, gar nichts. Ich war im wahrsten Sinne des Wortes kaputt.«

»Es tut mir sehr leid.« Eric schüttelte den Kopf.

»Es ist, wie es ist, Jo. Solche Dinge passieren. Ich habe meinen Frieden damit gemacht. Und ich bin dankbar für diese zweite Chance.«

»Ich bin froh, dass du noch lebst«, sagte sie und legte ihren Kopf wieder an seine Schulter. Er legte den Arm um sie herum und zog sie an sich.

»Das klingt irgendwie schräg.« Er musste ein klein wenig schmunzeln.

»Aber so ist es. Ich bin froh darüber. Das bin ich wirklich. Und ich bin froh darüber, dass wir uns kennen gelernt haben.«

»Das bin ich auch.« Er küsste sie auf die Stirn und sie strich ihm über den Arm.

»Es muss merkwürdig gewesen sein, Claire plötzlich als Chefin zu haben«, sagte sie nach einer Weile und er nickte.

»Wie kommst du da jetzt drauf?«

Sie zuckte mit den Schultern.

»Keine Ahnung. Es interessiert mich. Du musst nicht antworten, wenn du nicht willst.«

»Doch, doch, ich habe kein Problem damit. Dass Claire meine Chefin wurde, war ein dummer Zufall. Ich war lange weg und Nicklas wurde auf unser jetziges Revier versetzt, weil dort ein Detective kurz vorm Ruhestand war, der keinen Partner mehr hatte. Nick sollte quasi aushelfen, ist aber schließlich geblieben. Als ich wieder diensttauglich war, hat er mich angefleht, mich ebenfalls versetzen zu lassen. Die ganze Abteilung wurde neu zusammengestellt und plötzlich war Claire da. Keiner wusste, dass sie befördert worden war und sie wusste nicht, dass ich inzwischen dort arbeitete, wo sie als Chefin eingesetzt werden sollte. Du hättest unsere Gesichter sehen sollen, als wir uns das erste Mal begegnet sind. Nick meint heute noch, er hätte davon gerne ein Foto gehabt.«

»Kann ich mir lebhaft vorstellen«, meinte Joselyn und grinste in sich hinein.

»Am Anfang wollte keiner von uns, dass irgendjemand mitbekommt, dass wir mal verheiratet waren. Aber Nick ist eine Quatschtante.« Eric verdrehte die Augen.

»Ihr kennt euch auch schon lange, oder?«

»Ziemlich. Wir waren zusammen auf der Polizeiakademie, haben schon einiges durchgestanden.«

»Unter anderem deinen Unfall.«

»Ganz genau. Er hat mir sehr geholfen. Claire übrigens auch, falls du das wissen willst. Sie hat sich um mich gekümmert, was sicherlich nicht einfach war, kurz nach der Trennung.«

»Vielleicht hatte sie ein schlechtes Gewissen.«

»Wieso reden wir eigentlich über meine Exfrau, während wir hier zusammen im Bett liegen?«, fragte Eric auf einmal und Joselyn zuckte mit den Schultern.

»Weil es wichtig für mich ist, zu wissen, ob du noch Gefühle für sie hast. Wenn es nämlich so ist, dann macht das Ganze hier keinen Sinn.«

Jetzt richtete Eric sich auf und schaute Joselyn, die auf dem Rücken lag, an.

»Glaubst du wirklich, ich wäre hier mit dir, wenn es so wäre?«

»Ich weiß es nicht, Cole.«

»Ich bin dabei, mich in dich zu verlieben, Jo, reicht das als Antwort?«

Joselyn starrte ihn an. Sie kämpfte mit sich, aber sie konnte ihm nicht sagen, dass es bei ihr ganz genauso war. Sie war wie blockiert. Curts Gesicht tauchte vor ihrem geistigen Auge auf und sie bekam sofort ein schlechtes Gewissen. Sie sollte nicht über die Toten nachdenken, sondern sich mit den Lebenden vergnügen, aber es fiel ihr so verdammt schwer loszulassen. Eric, der sie immer noch anschaute, nickte nur kurz und legte sich dann wieder hin. In seinem Gesicht stand die Enttäuschung, aber er versuchte sich nichts anmerken zu lassen.

»Claire und ich … wir haben es oft versucht und sind immer wieder an den Punkt gelangt, dass es nicht funktioniert. Das Einzige, was wirklich immer funktioniert hat, war der Sex. Nach meinem Unfall waren wir lange Zeit nur Freunde, wir haben die Scheidung durchgezogen, haben uns nur ab und zu gesehen, um das Nötigste zu besprechen. Und wir waren echt der Meinung, das könnte so bleiben. Aber irgendwann, als sie plötzlich meine Chefin wurde, als wir uns wieder öfter gesehen haben … es war wie ein Zwang. Wir konnten die Finger nicht voneinander lassen. Es war nicht so, dass wir nicht mit anderen ausgegangen wären, aber irgendetwas hat uns immer wieder zusammengebracht. Es war ein lockeres Arrangement, eine Zweckbeziehung, da keiner von uns beiden wirklich ernsthaft nach jemandem gesucht hat. Und dann kamst du …« Eric legte einen Arm unter seinen Kopf und starrte an die Decke.

»Und habe was getan?«, fragte Joselyn und rutschte wieder zu ihm heran.

»Hast mich aufgeweckt. Hast mein Herz aus dem Winterschlaf geholt.« Er legte sich eine Hand auf die Brust und blickte ihr in die Augen.

»Genau dasselbe tust du gerade mit mir«, flüsterte sie und versuchte dabei nicht in Tränen auszubrechen.

»Und was passiert jetzt?«, fragte er und küsste ihre Schläfe.

»Keine Ahnung.«

»Da sind wir schon zwei.«

»Ich denke, wir sollten erst einmal diesen Fall hier zu Ende bringen. Keiner von uns wird ruhig leben können, wenn Harper immer noch frei herumläuft.«

»Da stimme ich dir zu, Jo. Wir sind schon ein ganzes Stück weit gekommen. Wir werden das schon schaffen. Vertrau mir.«

»Das tue ich«, murmelte sie. Er zog sie in seine Arme, drückte sie an sich und so umschlungen schliefen sie schließlich ein.

New York, Harpers Motelzimmer –

später Abend

Sie waren in seinem Zimmer gewesen. Sie hatten seine Intimsphäre verletzt. Wie konnte das geschehen? Wie konnten sie ihn so leicht finden? Er wusste es. Er war unaufmerksam gewesen. Erst hatten sie Samira verhaftet und dann waren sie bei ihm gewesen. Samira hatte ihn verraten. Er hätte es wissen müssen. Und nun war es nur noch eine Frage der Zeit, bis sie ihn finden würden. Er blickte durchs Fenster und konnte den Polizeiwagen unten an der Ecke stehen sehen. Sie beschatteten ihn. Gut, dass er Mittel und Wege kannte, unbemerkt herein und hinaus zu kommen. Er war ein Phantom und sie würden ihn niemals kriegen.

Er fluchte und bückte sich, um die nicht mal ausgepackte Reisetasche aufzuheben. Schnell warf er noch ein paar saubere Sachen hinein. Die schmutzigen ließ er einfach auf den Boden fallen. Er wusste, er würde nie wieder hierher zurückkommen. Das war vorbei.

Er trat zur Wand und zog den Vorhang beiseite. Die Bilder waren noch da, aber er spürte genau, dass jemand daran herummanipuliert hatte. Wahrscheinlich hatten sie versucht Spuren zu sichern, wo keine waren. Er begann die Nadeln zu lösen und die Fotos einzusammeln. Dann stopfte er alles in die Tasche und zog den Reißverschluss zu. Schließlich ging er zum Nachttisch und zog eine der Schubladen auf. Wo war es? Er begann hektisch zu kramen, doch er konnte es nicht finden. Das Einzige, was ihm von seinem Sohn geblieben war. Das alte Kinderalbum – es war weg.

Seine Wut wuchs und er trat mit dem Fuß gegen den Nachttisch, so dass das Holz splitterte. Dann sank er auf den Boden und weinte. Er hatte es niemals zugelassen zu trauern. Dazu war sein Hass zu groß. Doch in diesem Moment konnte er nicht anders. Beinahe war er geneigt aufzugeben. Er fühlte, dass seine Kräfte schwanden. Doch dann erinnerte er sich wieder daran, was er am Grab seines Sohnes geschworen hatte, erinnerte sich an seinen Hass und an seine Mission. Er zog sich auf die Beine, wischte sich die Tränen ab und räusperte sich. Dann holte er sein Handy aus der Tasche. Er wählte die Nummer einer ganz bestimmten Person. Als dieser an den Apparat ging, ließ er sich noch einmal bestätigen, was sie im Untersuchungsgefängnis in San Diego besprochen hatten. Sein Gesprächspartner wirkte nicht mehr ganz so enthusiastisch wie noch vor ein paar Tagen, aber er wusste, dass er noch viele Druckmittel besaß. Miller steckte zu tief drin und Harper kannte seine Familie. Miller hatte die Macht und die Möglichkeit, ihm seine Feindin auf dem Silbertablett zu servieren. Morgen fand die alljährliche Wohltätigkeitsgala statt und er würde da sein, um seine Rache zu nehmen und Miller würde ihm dabei helfen.

Daran bestand auch jetzt kein Zweifel.

Kapitel 22

»Seid ihr jetzt ein Paar?«, fragte Nicklas und lehnte sich an einen der Stehtische, die überall im Raum aufgestellt waren.

»Wer?«, fragte Eric und stopfte sich eines der Canapés, die von hübschen Kellnerinnen herumgereicht wurden, in den Mund.

»Du und Josi.«

»Wie kommst du darauf?«, fragte Eric und kaute.

»Weil ihr irgendwie verändert ausseht. Was ist passiert?«

»Gar nichts«, wich Eric seinem Freund aus.

»Ach nun komm schon. Ich sehe doch, was los ist.«

»Diese Dinger hier, die sind echt lecker«, wich Eric seinem Freund erneut aus und steckte sich noch eines der Käse-Crostini in den Mund.

»Du hast ihre Hand gehalten«, sagte Nicklas ganz ruhig.

»Und die erst, was ist das?« Eric deutete auf die Flammküchlein, die mit Lachs bedeckt waren und Nicklas verdrehte genervt die Augen.

»Ihr habt miteinander geschlafen«, stellte er dann mit einem Augenzwinkern fest, schnappte sich eines der Krabbencocktails und löffelte genüsslich den Inhalt heraus. Sie waren im Dienst, aber gegen ein bisschen Luxus war absolut nichts einzuwenden, zumal er umsonst war.

»Ach ja?« Eric versuchte immer noch alles abzustreiten, aber er wusste, dass er damit nur mäßig Erfolg haben würde.

»Ich kenne dich, Cole.«, Nicklas schmunzelte und Eric musste ein Grinsen unterdrücken. Er wusste, dass er seinem ältesten Freund nichts vormachen konnte, also ließ er es lieber bleiben und sagte nichts. Nur leider hatte er die Rechnung ohne den Wirt gemacht. Nicklas ließ nicht locker.

»Und?« Nicklas löffelte ruhig seinen Cocktail weiter und schaute seinen Partner immer noch erwartungsvoll an.

»Cole?«, fragte er noch einmal, als Eric weiterhin stumm blieb.

»Nick.« Dieses Spiel konnten auch zwei spielen.

»Und? Seid ihr nun zusammen?«, bohrte Nicklas weiter.

»Keine Ahnung, Nick. Wir werden sehen.«

Nicklas holte tief Luft und meinte dann:

»Meine Güte, ihr seid schlimmer als Scully und Mulder oder Mac und Harm.« Nicklas stand total auf alte Serien und konnte einem damit manchmal gehörig auf die Nerven gehen. Eric seufzte und schlug Nicklas dann auf die Schulter.

»Soweit ich weiß, sind die alle am Ende doch noch zusammengekommen.«

»Sag einfach Bescheid, wenn ich auf eurer Hochzeit erscheinen soll.«

»Du erfährst es als Erster, mein Freund«, meinte Eric und Nicklas nickte zustimmend.

»Cole … Nick …« Eric und Nicklas fuhren auseinander und schauten sich um. Joselyn kam auf die beiden Männer zu und stellte sich zwischen sie. »Worüber habt ihr gesprochen?«

»Über gar nichts«, sagte Eric schnell.

»Nichts von Bedeutung«, ergänzte Nicklas und kratzte sein Glas mit dem Krabbencocktail aus, bevor er es auf den Tisch vor sich stellte. Joselyn runzelte die Stirn und schaute von einem zum anderen. Irgendetwas war hier faul, das spürte sie, aber sie hatte auch keine große Lust, Thema des Gesprächs zu werden. Sie waren zum Arbeiten hier. Die Verhaftung von Harper und Miller stand eindeutig im Vordergrund. Sie warf einen kurzen Blick zu Eric und dieser lächelte sie an. Sie konnte nicht verhindern, dass sie errötete, als sie an die letzte Nacht zurückdachte und auch er schien ein wenig peinlich berührt. Sie würden darüber reden müssen. Sie würden ihre Beziehung neu definieren müssen und sie würden überlegen müssen, wie es mit ihnen weitergehen sollte. Ob es weitergehen sollte. Sie waren an einem Punkt angelangt, an dem Ignorieren nicht mehr zählte und an dem sie sich zu weit nach vorne gewagt hatten. Sie standen auf sehr dünnem Eis und entweder begannen sie schnellstmöglich zu laufen oder sie würden einbrechen.

»Kann ich kurz mit dir reden?«, fragte Eric plötzlich und Joselyn schreckte aus ihren Gedanken.

»Sicher«, murmelte sie und versuchte Nicklas' Blick auszuweichen.

Dieser schaute zwischen seinen Freunden hin und her und meinte dann:

»Ich schau dann mal, ob es hier noch was zu essen gibt. Ich glaub, ich hab da vorn noch ein paar interessante Sachen gesehen.« Damit ließ er Eric und Joselyn allein.

»Er ist echt ein Guter«, meinte Joselyn und Eric nickte. Es war mehr als deutlich, dass es peinlich zwischen ihnen zu werden drohte.

»Jo …«

»Eric, ich weiß nicht, ob das ein guter Zeitpunkt ist, um darüber zu sprechen.«

»Und ich weiß nicht, ob jemals ein besserer kommen wird«, entgegnete er.

»Vielleicht brauchen wir einfach noch ein bisschen mehr Zeit«, flüsterte sie.

»Wir?«

»Ich, Eric, ich denke, ich brauche noch ein bisschen Zeit und das hat nichts mit dir zu tun.«

»Verstehe.« Er versuchte ihr in die Augen zu sehen, doch sie wich ihm aus.

»Hör mal, meine Gefühle für dich wachsen stetig, aber ich muss einfach erst diese ganze hier Sache abschließen.«

»Vor allem musst du eine ganz bestimmte Person loslassen«, meinte er.

»Ich weiß, Eric. Was soll ich dir sagen? Ich verstehe es ja selbst nicht so genau. Du bist mir unheimlich wichtig und ich möchte das mit uns, aber …«

»Ich habe dir schon einmal gesagt, dass ich dich zu nichts drängen werde und dazu stehe ich auch weiterhin. Wenn du soweit bist, dann machen wir den nächsten Schritt.«

»Tut mir leid, Cole.« Sie schlug die Augen vor ihm nieder, doch er legte einen Finger unter ihr Kinn und zwang sie somit, ihn wieder anzusehen.

»Nicht … entschuldigen. Die Wahrheit, die kann ich ertragen. Alles andere wäre nicht fair.«

Sie nickte. In diesem Moment trat Nicklas wieder zu ihnen.

»Ihr verpasst echt was. Diese Häppchen hier sind so was von lecker«, nuschelte er und kaute genüsslich.

Eric schnaufte und Joselyn musste ein Grinsen unterdrücken.

»Schon was von Miller oder Harper zu sehen?«, fragte Nicklas unbeirrt weiter, so als hätte er nicht mitbekommen, dass zwischen Eric und Joselyn gerade eine merkwürdige Stimmung herrschte.

»Noch nicht«, sagte Eric.

»Vielleicht kommt er gar nicht. Vielleicht habt ihr zwei ihn zu sehr in die Zange genommen und er ist verschwunden«, mutmaßte Joselyn, die Eric und Nicklas immer noch böse war, dass sie noch einmal zu Miller gegangen waren. Weniger die Tatsache, dass sie zu ihm gegangen waren, störte sie. Aber es ärgerte sie, dass sie das ohne sie gemacht hatten.

Sie wusste, Eric und Nicklas waren Profis. Sie kannten sich ganz genau aus in dem, was sie taten, und sie, Joselyn, war eine Weile raus. Aber nichtsdestotrotz betrachtete sie das Ganze hier als eine persönliche Sache, an der sie auch persönlich teilnehmen wollte.

»Wir haben ihm nur ein wenig Angst gemacht, damit er irgendetwas tut. Irgendetwas, das uns hilft einen Durchsuchungsbeschluss für seine Konten und seine Wohnung zu bekommen«, verteidigte sich Nicklas.

»Okay. Ich weiß.« Joselyn hob die Hände. Sie wusste nicht warum, aber sie konnte Nicklas nicht wirklich böse sein. Ganz im Gegensatz zu Eric und sie wusste auch, woran das lag. Er war ihrem Herzen einfach zu nahe gekommen und schon bestand die Gefahr verletzt zu werden.

»Tut uns leid, dass wir dich nicht mitgenommen haben, Jo«, versuchte es Eric und betrachtete sie nachdenklich. Sie trug einen eleganten dunklen Hosenanzug mit Nadelstreifen und dazu eine lachsfarbene Bluse, passende Stiefel und war geschminkt. Ihre Haare hatte sie zu einem kunstvollen Knoten aufgetürmt und an ihren Ohrläppchen baumelten kleine Kreolen. Eric war nicht bewusst gewesen, wie elegant Joselyn aussehen konnte, aber es gefiel ihm außerordentlich gut. Eigentlich gefiel ihm so gut wie jede Facette dieser Frau und er hoffte, sie würden einen Weg finden, diese Beziehung, die sie begonnen hatten, fortzusetzen, ohne dabei abzustürzen.

»Nein, tut es euch nicht, Jungs«, entgegnete sie und strich sich eine Haarsträhne, die sich aus ihrem Knoten gelöst hatte, aus dem Gesicht.

»Okay, tut es nicht. Wir wollten nur, dass du dich ein wenig ausruhen kannst und mit deinen vielen Geschenken zurechtkommst.

Apropos Geschenke. Wie geht es Matthew?«, fragte Eric an Joselyn gewandt.

»Oh, es geht ihm gut. Mein Dad und meine Mum sind mit ihm ein paar Tage in die Berge gefahren. Da sind sie hoffentlich aus der Schusslinie, bis wir hier alles erledigt haben.«

»Gute Idee.«

»Tja, das muss man meinem Vater lassen. Er versteht es, seine Familie zu beschützen.«

»Einmal Cop, immer Cop, nicht wahr.« Eric schmunzelte und Joselyn nickte ihm zu. Nicklas, der sich schon wieder über den nächsten Krabbencocktail hergemacht hatte, schaute mit einem Mal zu Tür. Dort stand plötzlich, in einem feinen Zweireiher, kein anderer als Richard Miller.

»Ich wusste, dass er auftauchen würde«, sagte Eric und stupste Nicklas in die Seite.

»Ich hätte gewettet, dass er nicht den Mumm hat«, entgegnete dieser.

»Oh doch, ich glaube die Rettung wenigstens eines Teils seines Ansehens ist ihm wichtiger, als alles andere«, meinte Joselyn.

»Glaube ich auch«, sagte Eric und ließ das Gespräch mit Miller noch einmal Revue passieren, welches sie vor zwei Tagen in Millers Büro geführt hatten:

Sie betraten das Büro und sahen sich neugierig um. Millers Sekretärin hatte sich ziemlich schnell überreden lassen, sie in Millers Büro warten zu lassen. Eric wusste nicht wie, aber Nicklas besaß einen natürlichen Charme, der jede Frau umhaute, auch wenn er sie gar nicht anbaggerte. Eric mochte wetten, dass Nicklas bei Männern nicht halb so viel Erfolg hatte, denn da schien er eher etwas gehemmt.

»Nette Bude«, meinte Eric und trat an ein Regal heran, das über und über mit Auszeichnungen und Fotos zugestellt war.

»Ich kann es irgendwie nicht verstehen. Wie kann ein Mann mit derart vielen Auszeichnungen in die Fänge von Harper und Samira geraten?«

»Das Wort nennt sich Habgier«, sagte Eric und stellte den Bilderrahmen, der Miller mit dem Bürgermeister von New York zeigte, zurück ins Regal. In diesem Moment ging die Tür auf und Miller betrat

den Raum. Er wirkte nicht sonderlich überrascht, Eric und Nicklas zu sehen.

»Meine Herren«, sagte er laut und ging dann erhobenen Hauptes um seinen Schreibtisch herum, um sich auf seinen Bürostuhl zu setzen.

»Mr. Miller«, begann Eric und dieser deutete auf die beiden Stühle vor seinem Tisch. Eric und Nicklas setzten sich hin.

»Captain«, korrigierte Miller sie.

»Stets auf Stil und Formen bedacht«, murmelte Nicklas und schaute Miller direkt an. Dieser zuckte mit keiner Wimper.

»Was kann ich für Sie tun?« Miller faltete die Hände vor der Brust. Eric holte in aller Seelenruhe sein Handy aus der Hosentasche. Er durchsuchte seine Fotos, beugte sich langsam über den Tisch und hielt dann Richard das Telefon unter die Nase.

»Wir hätten gerne gewusst, ob Sie diesen Herrn hier schon einmal gesehen haben«, sagte er und man merkte, wie die Stimmung sich veränderte. Miller schluckte hörbar, schüttelte aber dann den Kopf.

»Den kenne ich nicht«, sagte er mit belegter Stimme. Eric nickte und blätterte dann ein Foto weiter, beugte sich wieder nach vorne und hielt abermals sein Telefon in Millers Richtung.

»Und den hier?«

Jetzt wurde Miller merklich blasser um die Nase. Doch auch dieses Mal verzog er keine Miene.

»Auch nicht.«

»Mmmm«, machte Eric nur und wischte erneut über sein Handy, bevor er sagte:

»Wie kommt es dann, dass man Sie alle drei Sekt trinkend auf einer Wohltätigkeitsgala findet? Captain Miller zusammen mit zwei gesuchten Verbrechern.«

Jetzt zuckte Miller zusammen und seine Augen verengten sich.

»Auf einer Wohltätigkeitsveranstaltung trifft man auf viele Leute, meine Herren. Das heißt noch lange nicht, dass man alle von Ihnen kennen muss«, verteidigte er sich sogleich.

»Oh, ich bin mir ziemlich sicher, dass Sie auch damals schon genau wussten, dass es sich um Nils Harper und Theodor Samira handelte. Immerhin hat Ihre Abteilung eine ganze Weile gegen die beiden ermittelt«, mischte sich nun Nicklas ein.

»Wo haben Sie das her?«, fragte Miller tonlos und man konnte ihm anmerken, dass er innerlich zitterte.

»Sie würden staunen, was man heutzutage so alles im Internet findet«, sagte Eric mit einem ironischen Unterton in der Stimme.

»Wo finden wir Harper, Mr. Miller?«, fragte Nicklas mit ernstem Blick.

»Ich weiß es nicht.«

»Ach nun kommen Sie schon. Wir wissen, dass sie in San Diego waren und dass Sie Harper dazu verholfen haben, das Gefängnis zu verlassen und nach New York zurück zu kommen. Also?«

Nicklas stand auf und baute sich nun vor Millers Schreibtisch auf. Seine Größe und seine beachtliche Statur spielten in diesem Moment für sich. Miller rutschte immer weiter in seinem Sessel abwärts.

»Es ist nicht so, wie Sie denken«, stammelte er.

»Ach ja, was denken wir denn?«, fragte Eric.

»Ich …« Miller stockte wieder.

»Wo ist Harper?«, knurrte Nicklas.

»Er wird mich töten.« Jetzt legte Miller sein Gesicht in seine Hände und für einen kurzen Augenblick sah es so aus, als würde er anfangen zu weinen. Doch dann schaute er wieder auf und seufzte.

»Ich bin ziemlich nahe dran, es ihn einfach tun zu lassen«, murmelte Eric und Miller warf ihm einen Blick zu, der nicht zu deuten war.

»Das werden Sie nicht tun«, sagte Miller selbstbewusst, doch seine Fassade bröckelte merklich.

»Wo ist Harper?«, fragte Nicklas noch einmal und betonte dabei jedes Wort. Miller schwieg.

»Wenn Sie uns nicht sagen, wo er ist, dann wird er vielleicht Jo töten«, rief Eric voller Wut und sprang auf, lief um den Schreibtisch herum und packte Miller am Kragen. Dieser zuckte erschrocken zusammen und versuchte sich aus Erics Griff zu befreien. Doch dieser packte nur noch mehr zu.

»Ich möchte Zeugenschutz für mich und meine Familie«, würgte Miller heraus.

»Zuerst möchten wir ein paar Antworten«, entgegnete Eric und drückte Miller beinahe die Luft ab. Miller begann zu röcheln.

»Er wird zur diesjährigen Gala kommen«, murmelte Miller schließlich und versuchte Luft zu holen, doch Eric hielt ihn weiterhin eisern fest. Nun trat Nicklas auf die beiden zu und legte Eric eine Hand auf den Arm.

»Ruhig Partner. Ich denke, das reicht.«

Doch Eric ließ nicht locker.

»Warum sollte er das tun?«

»Wir haben darüber gesprochen, als ... als er mich gestern angerufen hat. Er will Joselyn haben.« Seine Stimme war beinahe nur ein Flüstern, als er die Worte aussprach.

»Wie sollte das ablaufen?«

»Ich sollte ihm eine Einladung besorgen und dann sollte ich Joselyn unter einem Vorwand zur Gala locken.«

Eric verstärkte seinen Griff. Er konnte es kaum glauben. Miller hatte Joselyn ans Messer geliefert, ohne mit der Wimper zu zucken. Erics Wut wuchs noch mehr.

»Und haben Sie zugestimmt?«, schrie er Miller an.

»Glauben Sie mir, Harper hatte die besseren Argumente. Ich hatte keine Wahl.«

»Was hat er Ihnen gezahlt, Miller?«, fragte Eric weiter, doch dieses Mal blieb Miller stumm.

»Okay, wir machen folgendes. Sie sagen Harper, dass Sie Joselyn überzeugt haben, sich mit Ihnen auf der Veranstaltung zu treffen und dass er sie haben kann.« Miller nickte. »Auf der Party gehen Sie mit ihr in einen separaten Raum, um niemanden zu gefährden und wir verhaften Harper, verstanden?«

»Ja«, presste Miller heraus.

»Keine Tricks, wenn Ihnen Ihr Leben und das Ihrer Familie etwas wert ist.« Eric untermalte seine Drohung damit, dass er Miller noch mehr in die Mangel nahm.

»Wir sollten jetzt gehen, Cole.« Nicklas Stimme war fest und er wandte sich in Richtung Tür. Eric schaute seinem Partner nach und war ihm dankbar, dass er ihn zurück auf den Boden holte. Er gab Miller einen Stoß, so dass dieser auf seinen Stuhl zurück plumpste und sich hechelnd an die Kehle griff.

»Und wehe Sie tauchen dort nicht auf«, rief Eric scharf und drehte sich dann um, ging zur Tür und folgte Nicklas hinaus. Aus dem Augenwinkel nahm er wahr, wie Miller sich zitternd ein Glas Wasser einschenkte.«

Eric schaute auf und beobachtete mit Missmut, wie Richard Miller am Eingang stand, geschniegelt und gebügelt und mit souveränem Lächeln Hände schüttelte und Nettigkeiten austauschte, als wäre nichts gewesen.

»Ich kann ihm einfach nicht dabei zusehen«, meinte Eric und Joselyn nickte.

»Geht mir auch so.« Sie nahm ihr Glas und machte sich auf den Weg zu Miller.

»Richard«, sagte Joselyn und baute sich vor ihm auf. Miller verabschiedete sich von seinen Gesprächspartnern und drehte sich zu ihr um.

»Joselyn.« Miller nickte ihr zu. Sie wusste nicht, was sie weiter sagen sollte. Er hatte sie enttäuscht und das stand ihr offen ins Gesicht geschrieben.

»Hör mal, Josi«, begann Miller jetzt und trat auf sie zu. Sie wich vor ihm zurück.

»Ich weiß nicht, ob ich deine Erklärung hören will, Richard«, sagte Joselyn leise.

»Du musst mir glauben. Ich habe seinen Tod nie gewollt.«

Joselyn merkte, wie ihr mit einem Mal die Tränen in den Augen brannten, als Miller auf Curt zu sprechen kam.

»Er hat dir vertraut. Er hat dich geliebt, Richard. Und du hast ihn einfach sterben lassen.« Joselyns Stimme war leise, aber voller Hass. Am liebsten hätte sie Miller sofort gepackt und in ein Gefängnis gesteckt, aber Harper war noch nicht aufgetaucht und so musste sie sich noch gedulden.

»Es tut mir leid, Josi. Als mir bewusstwurde, was da läuft, steckte ich schon viel zu tief drin.«

»Sicher«, sagte sie und ihre Stimme triefte nur so vor Sarkasmus. Sie hatte das Gefühl, gleich ersticken zu müssen, so sehr brachte er sie an ihre Grenzen. Ihr Herz klopfte und sie wollte am liebsten diesen Raum verlassen. Eric und Nicklas hielten sich im Hintergrund und beobachteten die Szene ganz genau. Joselyn hob den Kopf und ihr Blick traf den von Eric. Er nickte ihr kaum merklich zu und sie nickte zurück. Dann verließen Eric und Nicklas den Saal, um zum abgesprochenen Treffpunkt zu gehen. Joselyn blieb mit Miller zurück, der noch eine Weile mit ihr Smalltalk zu halten versuchte. Doch dazu hatte sie keine Lust. Sie wollte es endlich hinter sich bringen. Also sagte sie:

»Okay Richard, ich hoffe du hast dich an unsere Anweisungen gehalten.«

Sein Blick verdüsterte sich.

»Er hat darauf bestanden, draußen auf der Terrasse zu warten.«

»Richard«, zischte Joselyn, der das Ganze überhaupt nicht gefiel.

»Entweder das oder er ist weg«, sagte Miller und schaute sie an.

»Okay … Wann?«

»Jetzt«, sagte er nach einem kurzen Blick auf seine Armbanduhr.

»Na gut, dann lass uns gehen.« Joselyn deutete zur Tür. Dann folgte sie Miller zunächst zur Garderobe, wo sie sich beide ihre Mäntel geben ließen und betrat wenig später mit ihm die Terrasse.

***

»Ich glaube, da ist irgendetwas faul«, meinte Eric, der zusammen mit Nicklas im Nebenraum auf Joselyn und Miller gewartet hatte.

»Was meinst du?«, fragte Nicklas.

»Sie müssten längst da sein.« Eric zog seinen Freund mit sich nach draußen in den Flur, der auf die Terrasse mündete.

»Siehst du sie?«

Jetzt wurde auch Nicklas unruhig, schaute hektisch durch die großen Fenster und rannte, genau wie Eric, hin und her.

»Nein.«

»Das war so nicht abgesprochen«, meinte Eric und man merkte ihm seine Panik deutlich an.

Er drehte sich um seine eigene Achse, bis Nicklas schließlich rief:

»Ich glaube, ich hab draußen was gesehen.«

»Verdammt.«

»Komm!«, forderte Nicklas seinen Partner auf und zog die Waffe aus dem Hosenbund. Dann öffnete er die Tür und trat nach draußen. Ein heftiger Wind fegte ihm um die Nase und er wünschte sich, er hätte seine Jacke angezogen. Doch dafür hatten sie keine Zeit. Eric folgte ihm mit einigem Abstand und sah sich auf der anderen Seite um.

»Sie sind nicht hier«, rief Nicklas enttäuscht.

»Das kann doch nicht sein. Sie können sich doch nicht in Luft aufgelöst haben.« Eric lief zur rechten Seite und spähte über die Mauer, die die Terrasse einsäumte. In dem Moment hörten sie ein Auto, welches mit quietschenden Reifen die Einfahrt hinauffuhr und vor dem Eingang zum Stehen kam. Jetzt sahen die beiden Männer zwei Gestalten, die eilig auf den Wagen zuliefen. Eine davon hielt eine Waffe und zielte damit auf den Rücken der vor ihr laufenden Person.

»Nick, hier drüben«, rief Eric und rannte los, sprang über ein paar große Steine, die als Wegbegrenzung dienten und versuchte die beiden zu erreichen. Nicklas war dicht hinter ihm. Jetzt waren die beiden Personen deutlicher zu erkennen.

»Jo«, rief Eric und rannte noch schneller. Sein Herz raste und er bekam kaum noch Luft. Seine angeknackste Rippe machte sich wieder bemerkbar. Immerhin war es erst eine knappe Woche her, seitdem Harper ihn zusammengeschlagen hatte. Und jegliche körperliche Betätigung eigentlich zu viel. Doch darauf konnte und wollte er jetzt keine Rücksicht nehmen. Joselyn drehte sich um und rief:

»Cole.« In diesem Moment erreichten sie den Wagen und Miller öffnete die Tür, stieß Joselyn unsanft auf den Rücksitz und sprang dann ebenfalls hinein. Eric hob seine Waffe und feuerte auf die Reifen des Wagens. Dieser fuhr an und wendete abrupt. Die Kugeln flogen auf den Weg und Splitt und Staub krachten empor. Nicklas feuerte nun ebenfalls, aber traf genauso wenig wie Eric. Der Wagen nahm Fahrt auf und brauste davon. Eric rannte ihm nach und feuerte noch einmal. Dieses Mal platzte ein Reifen und der Wagen geriet ins Schlingern, fing sich jedoch schnell wieder und fuhr weiter.

»Los, Mann«, rief Nicklas und zog Eric mit sich zum Parkplatz, wo sie ihren eigenen Wagen abgestellt hatten. Sie sprangen hinein und nahmen die Verfolgung auf, während die anderen Gäste der Gala panisch nach draußen stürmten.

Kapitel 23

New York, Freitag, 23. Dezember

Es war schon weit nach Mitternacht, als sie endlich ihr Ziel erreichten. Nicklas parkte den Wagen und sie stiegen aus. Eric öffnete den Kofferraum und holte sowohl ihre kugelsicheren Westen, als auch ihre Polizeijacken heraus und hielt Nicklas seine Sachen entgegen. Dieser griff danach und machte sich daran sich anzuziehen. Eric tat es ihm gleich und war froh, dass er bei knapp einem Grad unter Null nicht in seinem dünnen Anzug bleiben musste. Dann steckten sie sich noch jeweils einen Funkknopf ins Ohr, um so miteinander kommunizieren zu können, selbst wenn sie, aus welchen Gründen auch immer, voneinander getrennt agieren mussten. Die Reichweite war nicht besonders hoch, aber für ihr Zielgebiet durchaus in Ordnung.

»Okay, Cole, wo ist das Signal?« Nicklas spähte auf Erics Handy, auf dem dieser die ganze Zeit das Signal des Peilsenders, den Joselyn bei sich trug, im Auge behalten hatte.

»Es ist ganz in der Nähe«, sagte Eric. Sie waren nicht unvorbereitet in diesen Einsatz gegangen, hatten alles Mögliche einkalkuliert und Joselyn obendrein mit einem Peilsender ausgestattet, der ziemlich aktiv war. Dass ihr Plan dennoch schiefgegangen war, das wurmte sie nun umso mehr. Nach einer schier endlosen Fahrt kreuz und quer durch New Yorks Straßen, während der sie das Fluchtauto nicht immer sehen konnten, waren sie nun am Hafen angekommen.

»Was zum Teufel haben die vor?«, fragte Nicklas und runzelte die Stirn. Den Sinn hinter dieser Fahrt hatte er noch nicht begriffen.

»Ich vermute, sie wollen uns abschütteln. Sie können Joselyn schließlich nicht einfach abknallen. Sie müssen irgendwo einen Fluchtweg parat haben. Ich denke, diese irrsinnige Fahrt durch die Stadt sollte ein Ablenkungsmanöver sein.« Erics Stimme klang rau. Er war nervös und das konnte er nicht verbergen. Seit seine Beziehung zu Joselyn eine neue Richtung eingeschlagen hatte, war er nicht mehr objektiv. Er hatte Angst, sie zu verlieren.

»Der Hafen eignet sich natürlich hervorragend«, murmelte Nicklas.

»Ich hoffe nur, sie haben ihr nicht inzwischen etwas angetan. Das könnte ich nicht ertragen«, sagte Eric. Nicklas drehte sich zu seinem Partner um und nickte.

»Dich hat's ganz schön erwischt, Mann.«

»Nicht jetzt«, raunte Eric seinem Partner zu und schaute sich dann suchend um. Nicklas nickte ihm zu.

»Wo müssen wir lang?«, fragte Nicklas und zog seine Waffe. Eric deutete in Richtung Wasser.

»Dort entlang.« Dann steckte er sein Handy ein und zog ebenfalls seine Waffe heraus. Sie begannen sich im Hafen entlang zu arbeiten und rannten parallel zu den hier aufgestellten Containern. Es war eisig kalt und es schneite wieder. Kein Mensch war zu sehen. Alle Arbeiter waren bereits in den Weihnachtsferien und der Hafen wirkte verlassen und ein wenig gespenstisch.

Dank des Peilsenders konnten sie Joselyns Position bis auf wenige Meter eingrenzen und gelangten schließlich zu einem Container, dessen Türen nur angelehnt waren. Eric gab Nicklas ein Zeichen und dieser zog ganz langsam an der Tür, bis diese einen Spalt breit offenstand. Eric drehte sich zur Seite und spähte hinein. Außer Schwärze konnte er nichts sehen. Seine Augen brauchten eine Weile, bis sie sich daran gewöhnt hatten, gänzlich ohne Licht zu sein. Draußen im Hafen gab es wenigstens noch ein paar Straßenlaternen, so dass es nicht vollkommen dunkel war. Er wischte sich den Schnee aus dem Gesicht, hob seine Waffe und die kleine Taschenlampe, die zu seiner Ausrüstung gehörten, und kletterte dann ganz langsam in den Wagon. Nicklas folgte ihm und sicherte die Rückseite ab, indem er Eric rückwärts folgte.

»Cole?«, rief Nicklas und spähte über seine rechte Schulter. Aus dem Augenwinkel konnte er den Lichtschein von Erics Taschenlampe ausmachen, ansonsten sah er nichts.

»Ja?« Die Stimme seines Freundes war gedämpft.

»Kannst du was erkennen?«

»Nein«, antwortete Eric und Nicklas drehte sich um, lief Eric hinterher und blieb dann neben ihm im hinteren Teil des Containers stehen.

»Sie ist nicht hier«, flüstere Eric unnötigerweise, denn dass der Wagon leer war, das konnte man unschwer erkennen. Nicklas ließ seine Waffe sinken. Eric leuchtete die Wände und den Boden ab und versuchte irgendeine Spur zu finden.

»Warte«, rief Nicklas ihm zu.

»Was ist?«

»Die haben uns ausgetrickst«, murmelte Nicklas und bückte sich. Dann hob er einen kleinen silbrig glänzenden Gegenstand auf und reichte ihn Eric.

»Ihr Peilsender«, sagte dieser und merkte, wie eine Welle der Panik von ihm Besitz ergriff. Was hatten sie mit Joselyn gemacht? Wo hatten sie sie hingebracht? Lebte sie noch? Diese und noch mehr Fragen spukten in seinem Kopf herum und machten ihn beinahe wahnsinnig vor Angst.

»Und hier ist ihr Telefon«, rief Nicklas, der sich noch einmal gründlich umgesehen hatte. Eric schloss kurz die Augen und rieb sich mit der Hand über die Stirn. Dann drehte er sich um und rannte zum Ausgang, sprang auf die Straße und schaute sich suchend um. Nicklas folgte ihm und fragte:

»Cole, was soll das?«

»Ich werde sie suchen.«

»Warte!« Nicklas griff nach Erics Arm.

»Lass mich. Ich … Wir dürfen keine Zeit verlieren.«

»Aber …«

»Nick, jetzt komm schon.« Erics Stimme war immer lauter geworden.

»Cole, verdammt. Wo genau willst du denn hin? Schau dich doch mal um«, schrie Nicklas nun seinen Partner an. Eric hob den Kopf und sein Blick streifte die unzähligen Container, die hier im Hafen abgestellt waren. Es waren einfach zu viele. Sie konnten sie nicht alle durchsuchen, ohne einen Anhaltspunkt zu haben, wo sie anfangen sollten. Erics Stimme begann zu zittern, als er nun Nicklas seinerseits anbrüllte:

»Ich werde ganz bestimmt nicht hier herumstehen und nichts tun.«

»Das sollst du ja auch nicht, aber wir brauchen einen Plan.« Nicklas war an seinen zitternden Freund herangetreten und schüttelte ihn an den Schultern. Eric, dem die Tränen der Wut und der Verzweiflung in die Augen gestiegen waren, blickte ihn schließlich an. Er holte tief Luft und versuchte sich zu beruhigen.

»Okay Kumpel, du hast recht. Was schlägst du vor?«

»Warte kurz.« Nicklas nahm sein Telefon aus der Tasche und stellte eine Verbindung her. Während sein Partner telefonierte, trat Eric ein Stück beiseite und sah sich um. Dabei kreisten seine Gedanken die ganze Zeit um Joselyn. Er musste an ihre gemeinsame Nacht denken, daran wie er sich gefühlt hatte, als sie ihn küsste und wie es gewesen war, mit ihr zu schlafen. Er wollte gerne weitere schöne Nächte mit ihr verbringen, wollte sie nahe bei sich spüren und war bereit, das Risiko einer Beziehung einzugehen. Erst jetzt, in diesen Minuten, in denen er nicht wusste, was mit Joselyn passiert war, wurde ihm bewusst, dass seine Gefühle viel tiefer gingen, als er das für möglich gehalten hatte.

Er hatte geglaubt, Claire geliebt zu haben. Und sicherlich war dem auch so gewesen. Aber das, was er jetzt für Joselyn empfand, war etwas völlig Anderes, etwas Tieferes, etwas, das er nicht beschreiben konnte. Er hatte sein Gegenstück gefunden. Jemanden, der zu ihm passte und mit dem er sich vorstellen konnte, alt zu werden.

»Okay, das NYPD schickt Verstärkung«, riss Nicklas ihn aus seinen Gedanken und er schaute hoch. »Es kann aber noch eine Weile dauern. Die Straßen sind durch den Neuschnee verstopft. Wir sind also erst einmal auf uns gestellt.« Nicklas drückte auf sein Handy und steckte es dann zurück in seine Hosentasche.

»Ich werde mal versuchen einen Lageplan herunterzuladen«, sagte Eric, nahm sein Telefon und öffnete den Browser. Nicklas schaute sich inzwischen auf dem Gelände etwas genauer um.

»Ich habe keinen Internetempfang. Wie sieht's bei dir aus?«, fragte Eric nach einer Weile und sein Blick war verzweifelt. Nicklas kontrollierte sein Handy.

»Nichts.«

»Mist«, fluchte Eric. »Wir können hier nicht länger rumstehen und warten. Wir müssen sie suchen. Wenn Harper und Miller sie nicht längst erschossen haben, dann wird sie hier draußen erfrieren.«

»Ich weiß. Ich glaube, am besten ist es systematisch vorzugehen.«

»Ich habe keine Ahnung, wie wir hier ein System reinkriegen sollen, Nick. Wo fangen wir an?«

»Wir teilen uns auf. Du läufst nach rechts, ich nach links. Schau nach, ob die Container verschlossen sind. Konzentrier dich auf die untere Reihe. Ich glaube nicht, dass sie sich die Mühe gemacht haben, Joselyn irgendwo nach oben zu hieven.«

»Geht klar. Und Nick.«

»Ja?«

»Danke.«

»Wofür?«, fragte dieser und hob seine Waffe.

»Dafür, dass du hierbei einen kühlen Kopf bewahrst.«

Nicklas legte eine Hand auf Erics Schulter und schaute seinen Freund an.

»Alle für eine«, sagte er und Eric musste trotz seiner Verfassung grinsen. Nicklas verstand es, einen in den richtigen Momenten aufzubauen und an das Wesentliche zu erinnern. Wieder einmal war er unendlich dankbar, ihn als seinen Partner zu haben. Er hob den Arm und hielt Nicklas seine Faust entgegen. Nicklas berührte diese mit seiner eigenen und dann liefen sie los.

***

Sie rüttelte an ihren Fesseln, doch diese gaben nicht nach. Sie blickte sich um, doch es war ziemlich dunkel. Sie wollte schreien, doch in ihrem Mund steckte ein Knebel, der ihre Stimme dämpfte. Sie versuchte ruhig und gleichmäßig zu atmen, aber es fiel ihr schwer. Sie war sich nicht sicher, ob Harper und Miller ihr irgendetwas gegeben hatten, das ihr Bewusstsein trübte, denn sie fühlte sich leicht schläfrig. Sie hatte auch nur spärliche Erinnerungen an die Fahrt hierher, wo auch immer hier sein mochte.

Sie lag auf dem Boden, der aus Holz bestand. Sie blinzelte und jetzt konnte sie Wände erkennen und Fenster. Daraus schloss sie, dass sie sich in einem Gebäude befinden musste. Es war kalt, also war es kein bewohntes Gebäude, aber es schien zumindest trocken und einigermaßen sicher zu sein. Sie versuchte wieder ihre Fesseln zu lockern, aber es hatte keinen Zweck. Sie waren zu fest.

Krampfhaft begann sie zu überlegen, warum ihr Plan schiefgegangen war und beinahe in derselben Sekunde wusste sie es. Sie hätten Miller niemals trauen sollen. Er war nur auf seinen eigenen Vorteil aus gewesen, hatte versucht seine eigene Haut zu retten. Sie hätten es wissen müssen.

Joselyn spürte wieder diese Wut in sich aufsteigen und das Gefühl, verraten worden zu sein, machte sie ganz krank. Sie versuchte sich an die Hoffnung zu klammern, dass Eric und Nicklas sie finden würden. Sie waren ihnen gefolgt, das hatte sie gesehen, aber danach hörten ihre Erinnerungen auf. Sie merkte, wie ihr Bewusstsein erneut irgendwo versank. Sie versuchte sich zu wehren, aber sie schaffte es nicht. Der letzte Gedanke, bevor es wieder schwarz um sie herum wurde, galt ihrem Kind – und Eric.

New York –

Baracken der Hafenarbeiter

Endlich erlangte sie ihr Bewusstsein wieder. Er hatte sie auf eine der Schlafkojen gesetzt und ihr die Hände hinter dem Rücken gefesselt. Den Knebel hatte er entfernt. Er wollte mit ihr sprechen. Er wollte, dass sie um ihr Leben flehte. Er saß auf einem Stuhl, nicht weit entfernt vor ihr und hatte seine Waffe auf die Knie gelegt. Er beobachtete sie und stellte einmal mehr fest, dass sie eine hübsche Frau war. Ihre dunklen Haare hatten sich aus dem Knoten gelöst und hingen ihr nun ins Gesicht. Einer ihrer Ohrringe war verschwunden, doch das machte sie nicht weniger schön. Sie hatte entspannt gewirkt, während sie geschlafen hatte, doch als sie nun die Augen öffnete, verzog sich ihr Gesicht auf seltsame Weise. Sie stöhnte und richtete sich vollständig auf. Dann fiel ihr Blick auf ihn und er konnte die nackte Angst darin erkennen.

»Hallo Joselyn«, sagte er und lächelte sie an. Er sah, dass sie auf seine Waffe blickte und erfreute sich an ihrem Schreck.

»Harper«, sagte sie. Ihre Stimme klang erstaunlich fest. Das musste er ihr lassen. Sie verstand ihren Job und sie hatte gelernt, zumindest nach außen hin professionell zu bleiben.

»Nun sind wir also hier«, setzte er das Gespräch fort.

»Wo ist hier?«, fragte sie. Doch darauf würde er nicht hereinfallen.

»Der Ort nennt sich Endstation, Miss Davis.« Er stand auf und trat auf sie zu, stellte sich dicht vor sie und holte dann das Foto von Connor aus der Tasche.

»Was wollen Sie, Harper?«, fragte sie und blickte ihn trotzig an. Er hielt ihr das Bild unter die Nase.

»Ich will mit Ihnen über meinen Sohn reden.«

»Er hat eine Waffe auf mich gerichtet«, schrie sie ihn an und er schlug ihr ins Gesicht, so dass sie nach hinten umfiel. Sie brauchte eine Weile, um sich wieder aufzurichten, denn mit gefesselten Händen, war dies nicht so leicht. Er schaute ihr dabei zu, ohne zu helfen.

»Sie haben meinen Sohn ermordet«, flüsterte er.

»Und Sie meinen Freund«, gab sie zurück und er sah ihre Tränen. Er trat einen Schritt zurück und richtete dann die Waffe auf ihren Kopf. Sie starrte ihn an, doch sie blieb ganz ruhig. Er wunderte sich, dass er keinerlei Genugtuung verspürte. Er hatte sie gejagt. Er hatte seine gesamte Existenz aufgegeben, für diesen einen Augenblick. Aber er konnte nicht sagen, dass er nun zufrieden war. Im Gegenteil. Er hatte das erste Mal in seinem Leben das Gefühl, nicht zu wissen, was er tun sollte.

»Ich habe nur meinen Job getan, Harper«, setzte sie an. Er verzog das Gesicht. Er wollte es nicht hören. Sie sollte ihn nicht einlullen. Er musste es zu Ende bringen. Er trat näher an sie heran.

»Ihr Sohn hat hunderte Menschen belogen und betrogen«, fuhr sie fort und ihre Worte taten ihm fast körperlich weh. Nein, so hatte er sich das nicht vorgestellt.

»Connor hat Drogen an unschuldige Kinder verkauft. Genau wie Sie. Nach außen hin haben Sie eine weiße Weste gehabt, aber in Wirklichkeit haben Sie nur ihr schmutziges Geld gewaschen. Wofür Harper?«, fragte sie ihn. Er konnte sich nicht erinnern wofür. Nicht seit Connor tot war.

»Für noch mehr Geld? Was hat Ihnen ihr ganzes Geld genützt? Es ist weg und Sie sind jetzt ganz allein.« Ihre Stimme brach und er spürte wieder diese Wut.

»Hör auf!«, fuhr er sie an, trat noch näher an sie heran und richtete die Waffe auf ihren Kopf.

»Das können Sie nicht hören, nicht wahr?« Ihr sarkastischer Ton reizte ihn und er stampfte mit dem Fuß auf.

»Genug«, rief er und spannte den Hahn seiner Pistole. Ein Knacken war zu hören. Er legte den Finger um den Abzug und sah sie an. Ihre dunklen Augen waren geweitet und schimmerten feucht. Genauso, ganz genauso hatte er es gewollt. Endlich war er am Ziel. Endlich hatte er seine Rache. Er bog den Zeigefinger langsam durch, zog noch einmal den Atem ein. Er schoss und im gleichen Augenblick sank er zu Boden.

Kapitel 24

New York, gegen 3 Uhr morgens

Eric lief so schnell wie seine körperliche Verfassung es zuließ. Er spürte, wie seine Hände kälter wurden und wünschte sich Handschuhe herbei. Er war, wie vereinbart, nach rechts gelaufen und hatte schon ein gutes Stück des Hafengeländes umrundet, hatte an unzähligen Containertüren gerüttelt, Joselyns Namen gerufen, aber nichts gefunden. Mit jeder Minute, die verging, wuchsen seine Angst und seine Verzweiflung und er begann sich zu fragen, was er hier gerade tat. Seine Rippen schmerzten und er bekam kaum noch Luft. Er musste stehen bleiben und eine Verschnaufpause einlegen. Über den Ohrknopf, den sie beide trugen, hörte er Nicklas atmen und gelegentlich nach Joselyn rufen. Er war froh, ihn hier in diesem Moment an seiner Seite zu wissen.

Eric lehnte sich mit dem Rücken gegen einen der Container und schloss kurz die Augen, um sich zu sammeln. Als er die Augen wieder aufschlug, meinte er, in weiter Ferne so etwas wie einen Lichtschein gesehen zu haben. Er kniff die Augen zusammen und versuchte in der Dunkelheit etwas zu erkennen. Doch er sah nichts. Als er schon glaubte, sein Gehirn hatte ihm einen üblen Streich gespielt, hörte er einen Schuss und ging instinktiv in Deckung.

»Nick«, rief er und hielt sich die Finger gegen sein linkes Ohr.

»Ich habe es gehört«, kam die Antwort von seinem Freund, ohne dass Eric eine Frage gestellt hatte.

»Es kam von den Baracken in der Nähe des Eingangs zum Hafengelände.«

»Bin auf dem Weg.« Eric hörte ein Rauschen und ein Knacken. Vermutlich war Nicklas losgerannt und der Schnee knirschte unter seinen Schuhen. Eric setzte sich ebenfalls in Bewegung und lief in die Richtung, in der er soeben den Lichtschein gesehen und den Schuss gehört hatte. Vor den Baracken traf er auf Nicklas, der von der anderen Seite angelaufen kam.

»Wir müssen da rein«, keuchte Eric und meinte, sein Herz müsste ihm aus der Brust springen. Nicklas spähte durch die Fenster der Baracken, die auf seiner Augenhöhe waren, konnte aber nichts entdecken. Es war einfach zu dunkel.

»Wir riskieren es«, bestimmte er dann und sie liefen zur Tür. In dem Moment hörten sie ein Poltern und dann Joselyns Stimme. Sie rief ihre Namen. Eric und Nicklas sahen sich an und rannten gleichzeitig auf den Eingang der Baracken zu. Eric riss die Tür auf und konnte die Gestalt, die ihm entgegenfiel, gerade noch auffangen, bevor diese auf den Boden aufschlug.

»Jo«, rief er und umfasste die Frau vor sich instinktiv, hielt sie fest und zog sie nach draußen. Nicklas packte beide und schob sie weg von der Tür um die Ecke der Baracke, um zunächst aus der Gefahrenzone zu kommen. Er stellte sich vor Joselyn und Eric und spähte um die Ecke. Doch er konnte niemanden entdecken. Jetzt ließ Eric Joselyn los und schaute sie an. Ihre Hände waren noch immer auf dem Rücken gefesselt, auf ihrer Wange prangte ein Bluterguss und ihre Haare waren durcheinander, aber sie sah für ihn dennoch perfekt aus. Eine Welle der Erleichterung, sie lebend zu sehen, durchflutete ihn und er musste blinzeln, als seine Augen feucht zu werden drohten. Schnell steckte er seine Waffe ein und zog ein Taschenmesser heraus, schnitt ihre Fesseln durch und zog sie dann in seine Arme. Er strich ihr über den Rücken und drückte sie fest an sich. Joselyn schmiegte sich an ihn und begann zu schluchzen.

»Ist alles in Ordnung?«, flüsterte er an ihrem Ohr. »Hat er dir was getan?« Er hatte Angst vor der Antwort.

»Alles in Ordnung«, murmelte sie und entzog sich seiner Umarmung, um ihn ansehen zu können. Eric schaute sie ebenfalls an und strich ihr dann sachte die Haare aus dem Gesicht.

»Wirklich?«, erkundigte er sich noch einmal zaghaft und wirkte dabei wie ein kleiner Junge, sehr sanft und voller Neugier. Sie nickte, doch in ihren Augen standen Tränen. Eric konnte nicht anders, er musste sie wieder in seine Arme ziehen und dieses Mal legte er seine Lippen auf ihren Mund. Er spürte, dass sie ihm entgegenkam und schmeckte Salz. Er küsste sie und sie küsste ihn zurück. Es war ein harter Kuss, voller Sehnsucht, voller Verzweiflung und auch voller Verlangen. Sie pressten sich wie zwei Ertrinkende aneinander und hauchten sich gegenseitig wieder Mut ein. Sie hatten die Welt um sich herum völlig vergessen und erst als Nicklas sich neben ihnen demonstrativ räusperte, ließen sie voneinander ab und traten verlegen einen Schritt zur Seite. Eric legte zwei Finger an seine Lippen und sah Joselyn von der Seite her an, so wie er es schon einmal getan hatte, damals im JUCE an ihrem ersten Abend. Joselyn musste lächeln und sie wussten beide ganz genau, welche Bedeutung diese Geste hatte. Und endlich hatte Joselyn das Gefühl, Curt loslassen und sich auf Eric konzentrieren zu können.

»Ihr könnt später noch knutschen, jetzt müssen wir erst mal Harper und Miller finden«, meinte Nicklas streng, doch auf seinem Gesicht lag ein Grinsen. Joselyn nickte und sagte schnell:

»Harper ist noch da drin. Als ich los bin, war er bewusstlos.« Sie deutete auf die Baracke. »Wo Miller ist, weiß ich nicht.«

»Ihr bleibt hinter mir«, rief Nicklas und rannte zurück, dicht gefolgt von seinen beiden Kollegen. Joselyn rief ihm zu, er solle nach rechts in die Baracke hineingehen und dann die zweite Tür nehmen. Er tat, was sie ihm auftrug und lehnte sich dann neben dem Türrahmen an die Wand. Neben ihm standen Eric und Joselyn, beide schwer atmend und nervös. Jetzt drehte sich Nicklas herum und hielt seine Waffe in den Raum.

»Polizei«, schrie er. »Nils Harper, Sie sind verhaftet.«

Dann wurde es still, lediglich ihr eigener Atem war zu hören. Joselyn drückte sich an Eric vorbei und trat zu Nicklas in den Raum, in dem sie vor nicht einmal zwanzig Minuten auf einer Pritsche gesessen hatte und Harpers Spielchen hilflos ausgeliefert gewesen war. Nicklas flüsterte:

»Raum ist gesichert.« Joselyn schüttelte verzweifelt den Kopf. Das konnte nicht sein. Der Raum war leer.

∗∗∗

Joselyn strich sich die Haare aus der Stirn und lief unruhig auf und ab. Nicklas, der gerade noch einmal mit dem NYPD telefoniert hatte, um den Beamten zu erklären, wo sie sich gerade befanden, trat wieder zu ihr und Eric.

»Josi, du kannst nichts dafür«, beruhigte er seine aufgebrachte Kollegin.

»Ich fühl mich aber schuldig. Ich hätte vor Ort bleiben sollen.«

»Du warst gefesselt und wurdest geschlagen. Es ist völlig in Ordnung, die Flucht zu ergreifen«, rief Eric und fasste nach ihrer Hand. Sie schüttelte sie ab. Sie war wütend. Schon wieder.

»Was ist denn eigentlich passiert?«, fragte Nicklas schließlich, um die Situation ein wenig zu entschärfen.

»Ich kann mich nicht an alles erinnern. Harper muss mir was gegeben haben. Ich bin immer wieder eingenickt und als ich endlich wieder richtig bei mir war, da saß ich hier drin. Er saß vor mir, mit einer Waffe in der Hand und wollte über seinen Sohn sprechen.«

»Was hat Harper mit dir gemacht?« Erics Stimme zitterte. Er hob die Hand und strich ihr sanft über die Wange. Die Stelle, an der Harper sie geschlagen hatte, war dick und rot. Sie zuckte kaum merklich zurück und schaute ihn an. Ihre Augen glänzten.

»Sagen wir mal so«, meinte sie. »Meine Antworten waren wohl nicht ganz zufriedenstellend.« Sie schluckte und Eric wandte sich ab. Er konnte ihren schmerzvollen Blick nicht mehr ertragen. Er musste etwas tun.

»Wie bist du ihm entkommen?«, fragte Nicklas, der eine Hand auf Erics Arm gelegt hatte, um seinem Freund ein bisschen Beistand zu geben. Joselyn seufzte und berichtete dann von dem Augenblick, in dem Harper seine Waffe auf sie gerichtet hatte:

Sie schloss die Augen und wartete auf das Ende. Sie fühlte, wie ihr Herz in ihrer Brust schlug, spürte die Fesseln auf ihrem Rücken, die Bänder, die ihr in die Handgelenke schnitten und begann zum ersten Mal in ihrem Leben zu beten. Sie wollte Harper nicht dabei zusehen, wie er sie erschoss und hoffte einfach nur, dass es schnell gehen würde.

Seltsamerweise spürte sie keine Angst. Sie war erstaunlich ruhig. Sie dachte an Curt und das Einzige, was sie in diesem Moment nicht durchdrehen ließ, war die Tatsache, dass sie irgendwie daran glaubte, ihn bald wieder zu sehen. Tränen rannen ihr über die Wangen und die Sekunden verstrichen. Dann hörte sie den Schuss und zuckte zusammen, warf sich instinktiv zur Seite und krachte dabei auf den Boden. Sie riss die Augen auf und sah Harper, wie er langsam in sich zusammensackte. Sie schrie und rappelte sich auf, wollte loslaufen, stürzte aber wieder, da sie das Gleichgewicht aufgrund ihrer zusammen gebundenen Arme nicht halten konnte. Sie blickte nach oben und flüsterte:

»Richard?«

Miller ließ das Brett, mit dem er Harper gerade bewusstlos geschlagen hatte, fallen und starrte Joselyn an.

»Du musst dich beeilen, Josi. Er wird nicht ewig ohne Bewusstsein bleiben.« *Er trat auf sie zu und zog sie auf die Beine.*

»Warum?«, *fragte sie verwirrt und ihr Blick ging zwischen Miller und Harper hin und her.*

»Ich konnte nicht zulassen, dass er dir was antut. Ich habe schon bei Curt damals versagt. Du musst mir glauben, das war so nicht geplant, so nicht gewollt. Ich wollte nie, dass euch irgendwas passiert.« *Seine Stimme war heiser und sie konnte einen gebrochenen Mann vor sich sehen.*

»Wo bist du gewesen?« *Sie konnte sich noch daran erinnern, wie er sie ins Auto gezerrt hatte und auch daran, dass er noch bei ihnen gewesen war, als sie am Hafen ankamen, aber dann verlor sich ihr Erinnerungsvermögen in einer tiefen Dunkelheit.*

»Ich war schon fast weg, doch ich konnte nicht gehen. Ich …«

»Du bist tatsächlich umgekehrt? Wegen mir?«, *fragte sie und er nickte. Joselyn wusste nicht, ob sie erleichtert oder wütend sein sollte. Es war alles ziemlich verwirrend.*

»Was hat dich dazu gebracht, da mitzumachen, Richard?«, *fragte sie ihn.* »Erklär's mir. Ich will es verstehen.«

Miller blickte sie an, holte tief Luft und strich sich einmal übers Gesicht, bevor er zu sprechen begann. Seine Stimme war leise.

»Es begann mit Kleinigkeiten. Ein Gefallen hier, ein paar zusätzliche Dollar da. Es war harmlos, dachte ich. Und was ist denn schon dabei, es taten ja schließlich alle. Ich habe einfach ein paar Augen zugedrückt bei Samira und Harper, habe ein paar Dokumente verschwinden lassen, die Zügel einfach ein bisschen lockerer gehalten. Dafür konnte meine Tochter auf eine der sicheren Privatschulen gehen, mein Sohn bekam endlich die medizinische Betreuung, die wir uns nicht leisten konnten. Und meine Frau war glücklich darüber. Sie hat nie gefragt und ich habe nie erzählt, woher das Geld kam.«

»Du hast dich bestechen lassen, Richard«, *fauchte Joselyn.*

»Eine Frage, Josi, was hättest du getan, wenn du wüsstest, dass dein Sohn unheilbar krank ist und du ihm eine Therapie zuteilwerden lassen könntest, indem du einfach nur ein paar Mal vom rechen Weg abkommst? Wäre es dir sein Leben wert?«

Joselyn schwieg. Sie konnte diese Frage nicht beantworten. Sie war Mutter und wie jede Mutter würde sie wie eine Löwin um ihr Kind kämpfen. Sie konnte nicht mit Bestimmtheit sagen, was sie in seiner Situation getan hätte und das machte ihr Angst.

»Ich deute dein Schweigen mal als das, was es ist Josi – nämlich Mutterliebe.« Er schluckte und strich sich einmal übers Gesicht.

»Ich wollte aussteigen, Josi. Doch ab einem gewissen Punkt war das nicht mehr möglich. Ich steckte zu tief drin. Und aus meinen anfänglichen Freunden Harper und Samira waren schnell Feinde geworden. Sie haben mir gedroht, haben meiner Familie gedroht und ich konnte nicht aufhören. Ich hatte keine Wahl.«

»Man hat immer eine Wahl«, sagte Joselyn und es klang bitter.

»Vielleicht in deiner Welt, Josi«, flüsterte Miller und schaute sie einen Moment nachdenklich an. Joselyn konnte Tränen in den Augen ihres ehemaligen Chefs schimmern sehen. Sie hatte nicht gewusst, dass sein Sohn krank war. Sie hatte nicht gewusst, dass seine Tochter in Gefahr schwebte. Sie hatte es nicht gewusst, weil sie niemals gefragt hatte. Sie war zu sehr mit sich selbst beschäftigt gewesen, um zu sehen, dass ein Freund vielleicht Hilfe gebraucht hätte. Sie versuchte diesen Gedanken abzuschütteln. Sie war nicht für Miller und sein Leben verantwortlich. Das war sie nur für sich selbst und für ihren Sohn.

»Was hast du jetzt vor?«, fragte sie.

»Ich verschwinde und das solltest du jetzt auch tun. Deine Freunde suchen nach dir, sie sind auf dem Weg«, beantwortete er ihre Frage wenig zufriedenstellend. Er trat auf sie zu und schob sie dann zur Tür. Joselyn wollte sich wehren. Alles in ihr schrie, Miller nicht gehen zu lassen, aber sie war gefesselt und unbewaffnet und was hätte sie schon gegen ihn tun können?

»Geh, Josi ...«, rief er ihr zu. »Geh bitte einfach. Harper wird nicht ewig bewusstlos sein.« Jetzt war seine Stimme lauter, bedrohlicher. Sie wog ihre Möglichkeiten ab, schaute zunächst auf den am Boden liegenden Harper und dann noch einmal zu Richard. Sie sah seine Augen, *in denen Schmerz stand, doch damit wollte und konnte sie sich jetzt nicht beschäftigen. Schnell drehte sie sich um, rannte in den Flur und zum Ausgang.*

Im Raum war es still, als sie schließlich zu Ende gesprochen hatte. Keiner wagte, etwas zu sagen. Eric hatte die Hände in die Hosentaschen gesteckt und die Zähne aufeinandergepresst. Joselyn stand neben der Tür und hatte sich dagegen gelehnt. Nicklas wanderte unruhig hin und her und schaute von einem zum anderen. Schließlich brach er das Schweigen:

»Wir sollten los. Ich will diese Schweine endlich kriegen.«

»Sollten wir nicht auf das NYPD warten?«, warf Eric dazwischen.

»Das kann noch 'ne Weile dauern«, meinte Nicklas.

»Er hat recht, Cole. Je länger wir warten, desto unwahrscheinlicher wird es, sie zu finden und ich glaube tatsächlich, Richard wird einfach abhauen, aber bei Harper bin ich mir da nicht so sicher«, überlegte Joselyn laut.

»Du meinst, er will das zu Ende bringen, was er die ganze Zeit schon vorhatte?«, fragte Eric.

»Ja, er ist so besessen von mir, dass er jetzt nicht einfach aufgeben wird.«

»Dann sollten wir besonders aufmerksam sein«, sagte Nicklas und Eric nickte.

»Weit können sie ja noch nicht gekommen sein«, sagte Eric schließlich.

»Sie haben doch höchstens zwanzig Minuten Vorsprung«, meinte Joselyn.

»Okay, dann lasst uns keine Zeit verlieren.«

Nicklas prüfte seine Waffe und schaute seine Kollegen fragend an.

»Was meint ihr? Wo sollen wir anfangen?«

»Ich denke, Miller nimmt irgendein Boot. Jedenfalls würde ich das als Fluchtweg in Betracht ziehen«, sagte Joselyn. »Na ja und Harper wird wohl irgendwo hier herumschwirren und auf eine gute Gelegenheit warten.«

»Du hast recht«, pflichtete Eric ihr bei.

Er bückte sich und zog eine zweite Waffe aus seinem Stiefel, gab sie Joselyn und diese schaute ihn dankbar an. Dann reichte er ihr noch eine kleine Taschenlampe.

»Okay, also dann zuerst in Richtung Docks«, bestimmte Nicklas. »Seid vorsichtig und sichert jede Richtung ab.«

Er blickte seine Freunde noch einmal warnend an und machte sich dann auf den Weg zur Tür. Joselyn griff nach Erics Hand und hielt sie fest. Er drehte sich zu ihr herum und ihre Blicke trafen sich. Es war wieder einer dieser magischen Momente, in die sie, seit sie sich kannten, stets und ständig gerieten.

»Ich liebe dich«, formten ihre Lippen und Eric schaute sie erstaunt an. Dann drückte er ihre Hand und flüsterte zurück:

»Und ich dich.«

Sie nickte ihm zu und dann folgten sie Nicklas nach draußen ins winterliche New York.

Kapitel 25

New York, wenig später

Joselyn schaute nach oben in den Himmel und wunderte sich darüber, wie schnell der Schnee alles zugedeckt hatte. Sie konnten ihre Spuren von vor ein paar Minuten schon nicht mehr sehen. Geschweige denn die von Miller oder Harper. Es würde also schwer werden, sie zu finden.

»Okay Leute, am besten wir teilen uns auf. Dann sind unsere Chancen größer. Joselyn, hier ist ein Ohrknopf für dich. Probier ihn mal aus.« Eric gab Joselyn den braunen Stöpsel, der nicht größer als ein Ohrstopfen war und sie steckte sich das Teil ins rechte Ohr. Dann aktivierte sie den Knopf und sie testeten kurz, ob sie nun alle miteinander verbunden waren.

»Es funktioniert«, bestätigte Joselyn und Nicklas hob den Daumen.

»Gut«, sagte Eric knapp und hob dann seine Waffe nach oben. In der linken Hand hatte er seine Taschenlampe, die er nun anschaltete. Die anderen taten es ihm gleich.

»Du gehst nach rechts, Nick, Jo, du nach links und ich gehe geradeaus. Wir treffen uns an den Docks. Alles klar?«

»Alles klar«, bestätigte Nicklas.

»Alles klar«, sagte nun auch Joselyn. Eric schaute sie noch einmal an und ihre Blicke trafen sich. Sie spürten wieder ganz deutlich dieses Gefühl von Nähe und mussten beide einmal kräftig schlucken. Es war wie bei ihrer ersten Begegnung in der Kaffeeküche. Diese Magie war immer noch da und wurde stärker. Doch dieses Mal konnten sie es sich nicht leisten, inne zu halten. Sie mussten los.

Eric gab das Zeichen und sie machten sich auf den Weg. So, wie sie es gelernt hatten, ganz dicht an Wände und Hindernisse gedrückt, schlichen sie vorwärts. Joselyn hatte den Kragen ihres Wintermantels nach oben geschlagen und versuchte so dem Wind ein wenig die Schärfe zu nehmen. Doch ihre Hände waren eiskalt. Sie hatte Mühe ihre Waffe zu halten und hoffte, sie würde sie betätigen können, wenn es soweit war. Sie hatte, außer im Schießstand und bei der Begegnung mit Harper vor ein paar Tagen, lange keine Waffe mehr in der Hand gehalten und sie versuchte sich in Erinnerung zu rufen, was sie gelernt hatte. Sie redete sich ein, keine Angst zu haben, aber es funktionierte nicht. Die Angst kroch langsam in ihr empor und sie hoffte, dass ihr Verstärkungsteam der New Yorker Polizei endlich eintreffen würde. Sie waren im Moment auf sich allein gestellt und das war nicht gut. Aber sie hatten keine Wahl. Sie mussten Harper und Miller ausschalten, ein für alle Mal und das konnten sie nur hier und in diesem Augenblick.

Sie liefen und liefen und konnten sich gegenseitig beim Atmen über die Ohrknöpfe zuhören. Es war gespenstig und irgendwie surreal. Auf einmal nahm Eric aus dem Augenwinkel eine Bewegung wahr und drehte sich blitzschnell um. Ein Schatten huschte von rechts nach links und dann knallte ein Schuss. Er duckte sich hinter einen der Container und schoss zurück. Allerdings konnte er nichts sehen und wusste demzufolge auch nicht, wer auf ihn geschossen hatte.

»Er kommt auf dich zu, Jo«, flüsterte Eric.

»Wer ist es?«, fragte sie.

»Keine Ahnung. Ich tappe hier ziemlich im Dunkeln.« Eric schaute um den Container herum und schlich dann ganz langsam in die Richtung, in die er vor einer Minute noch eine Gestalt hatte laufen sehen. Doch die Person schien sich in Luft aufgelöst zu haben. Eric konnte niemanden entdecken. Die Spuren im Schnee waren wenig hilfreich, führten sie doch in mehrere Richtungen. Harper oder Miller wussten ganz genau, was sie zu tun hatten, um sie zu verwirren.

»Er ist weg«, rief er.

»Ich seh was, Leute«, kam da Nicklas' Stimme aus dem Ohrknopf.

»Bin auf dem Weg zu dir«, sagte Eric und setzte sich wieder in Bewegung. Er kam keine zehn Meter, da knallte neben ihm schon wieder ein Schuss. Er zog den Kopf ein und rannte um einen Container herum, duckte sich und holte tief Luft. Das war knapp gewesen.

»Verdammt«, rief er und steckte seinen Kopf um die Ecke, um zu sehen, wer auf ihn geschossen hatte. In diesem Moment schlug eine Kugel neben ihm in den Boden ein und Eric zog sich zurück.

»Es ist Harper«, rief er.

»Ich komme von der anderen Seite«, rief Nicklas und machte sich auf den Weg zurück zu seinem Partner, der immer noch mit diversen gut kalkulierten Schüssen versuchte Harper herauszulocken, ohne dabei selbst eine Kugel zu kassieren. Er trug zwar eine schusssichere Weste, aber er wusste genau, dass diese ihn nicht komplett schützen konnte.

***

Inzwischen war Joselyn weitergelaufen und versuchte die Kälte zu ignorieren. Die hatte sie ganz sicher nicht vermisst an New York. Sie knabberte noch immer innerlich an dem, was Miller heute zu ihr gesagt hatte. Es war nicht schön, den ehemaligen Vorgesetzten als Verbrecher zu entlarven und noch weniger schön war es gewesen, zu erkennen, dass er indirekt schuld am Tod ihres Partners gewesen war. Auch wenn er vielleicht gute Gründe gehabt hatte, das zu tun, was er getan hatte. Es rechtfertigte nicht einen Schritt.

Ihre Wut hatte sich aufgestaut und zu einem großen Klumpen in ihrer Brust formiert, der sie jetzt vorantrieb. Sie rannte um die nächste Ecke und entdeckte eine kleine Leiter, die hinauf auf die gestapelten Container führte. Da kam ihr eine Idee. Sie steckte ihre Waffe in die Tasche und griff nach der rostigen Stufe. Langsam stieg sie hinauf, prüfte die Festigkeit und schaffte es schließlich nach oben. Durch den Schneematsch war es ziemlich rutschig geworden, aber sie hatte von hier oben einen wesentlich besseren Überblick. Als erstes sah sie Miller, der am anderen Ende des Hafens gerade dabei war, sich eines der Boote aus dem Winterquartier zu schnappen. Joselyn bezweifelte, dass es anspringen und er sehr weit damit kommen würde, aber man konnte nie wissen. Sie lief schnell über die Container und versuchte dabei nicht hinzufallen. Als sie am anderen Ende angekommen war, beugte sie sich hinunter und zielte auf Miller.

»Hände hoch«, rief sie mit donnernder Stimme. Miller ließ das Seil los, welches er gerade in der Hand hielt, und schaute nach oben. Seine Miene zeichnete sich durch Schreck aus und er schien zu überlegen, was er tun sollte. Er kannte Joselyn ziemlich gut. Er hatte sie ausgebildet und wusste, dass sie eine ziemlich gute Schützin war. Und dennoch. Der Freiheitsinstinkt in ihm ließ ihn nicht los. Er griff nach seiner Waffe und wollte sie ziehen. Doch da merkte er schon, wie er auf den harten Boden fiel. Joselyn hatte ihn getroffen. Sie hatte ihn nicht tödlich verwundet, aber er war zumindest bewegungsunfähig und hatte höchstwahrscheinlich höllische Schmerzen. Ihr Mitleid mit ihm hielt sich in Grenzen.

»Jo?«, rief Eric. »Ist alles in Ordnung?« Seine Stimme klang leicht panisch an ihrem Ohr.

»Ja, mit mir ist alles klar. Ich habe Miller.«

»Gut gemacht. Brauchst du Hilfe?«, fragte Nicklas und Joselyn hörte, dass er offensichtlich gerannt war.

›Wo war nur Harper?‹, fragte sie sich gerade, als sie die Leiter wieder herunterkletterte und von der letzten Sprosse auf den Boden sprang. Sie geriet ins Rutschen, konnte sich aber gerade noch abfangen, ohne hinzufallen und lief in die Richtung, in der sie Miller erwischt hatte.

»Nein, ich komm klar«, rief sie Nicklas zu. »Wo ist Harper?«

»Er ist zwischen uns. Cole wird beschossen und ich bin auf dem Weg zu ihm.«

Joselyns Herz setzte einen Schlag aus. Eric wurde beschossen und sie war nicht da. Sie konnte ihm nicht helfen. Sie konnte nur auf Nicklas vertrauen, dass er rechtzeitig bei seinem Freund sein würde.

»Ich komme sobald ich Miller Handschellen angelegt habe«, versprach Joselyn und lief dann rasch zu ihrem ehemaligen Chef, kniete sich neben ihn und nahm ihm die Waffe aus der Hand. Er hatte die Augen geschlossen und Joselyn fühlte seinen Puls, der langsam und flach in seinem Hals schlug. In dem Moment hörte sie auch die Polizeisirenen. Endlich war ihre Verstärkung eingetroffen. Joselyn wartete neben Miller bis die Kollegen vor Ort waren.

»Hey Davis, alles klar?« Es war ein ehemaliger Kollege von ihr und Curt, der zuerst eintraf.

»Mit mir ist alles gut. Ich muss los und schauen wie es meinen anderen beiden Kollegen geht. Könnt ihr einen Krankenwagen rufen, mein Handy ist leider weg.«

»Kein Problem. Wir kümmern uns um den hier.« Er zeigte auf Miller und sein Blick sprach Bände.

»Danke, Ralf«, sagte Joselyn und lief los.

Sie konnte wieder Schüsse hören und versuchte sich in die richtige Richtung zu pirschen.

»Dieses Mal entkommst du mir nicht«, hörte Joselyn plötzlich Harpers Stimme, die ihr eine Gänsehaut bescherte. Sie bog um die Ecke und sah Harper mit erhobener Waffe vor Eric stehen, der ebenfalls seine Pistole gezogen hatte. Beide Männer zielten aufeinander und für einen kurzen Augenblick hatte man das Gefühl im Wilden Westen zu sein. Die Sekunden verstrichen und Joselyn konnte Erics schnellen Atem in ihrem Ohr hören. Sie überlegte nicht lange und rief:

»Du willst doch eigentlich nicht ihn, sondern mich, Harper.«

Das war das Signal. Harper drehte sich, wie gewollt, zu ihr herum, schaute sie an – und schoss. Joselyn konnte das Zischen der Kugel hören und wusste, sie hatte keine Chance mehr sich zu ducken.

›Sollte Harper nun endlich sein Ziel erreicht haben?‹, schoss es ihr noch durch den Kopf, da wurde sie plötzlich von den Füßen gerissen. Sie spürte einen dumpfen Schlag gegen die Brust. Sie merkte, wie sie auf dem Asphalt aufschlug und ihre Hände und Knie zu schmerzen begannen. Über ihr lag Nicklas, der sie beiseitegeschoben hatte, genau in dem Augenblick, in dem Harpers Waffe losgegangen war. Sie hörte noch einen Schuss, wahrscheinlich aus Erics Waffe, und duckte sich unter ihren Retter, der sie mit seinem Gewicht beinahe erdrückte. Sie hörte sich schreien, wusste aber nicht genau, ob sie es tatsächlich tat, oder ob es sich alles nur in ihrem Kopf abspielte. Es ging alles so rasend schnell. Und dann spürte sie plötzlich etwas Warmes, Klebriges an ihrer Wange. Sie hob die Hand und wischte darüber. Es war Blut.

»Nicklas?«, rief sie.

»Nicklas, ich blute«, schrie sie dann und wunderte sich, dass sie keinerlei Schmerzen verspürte. Sie versuchte Nicklas von sich herunter zu schieben, aber es gelang ihr nicht. Er war zu schwer.

»Nicklas«, jetzt war ihre Stimme beinahe hysterisch. Sie strampelte und plötzlich stand Eric neben ihr und befreite sie von ihrer Last. Sie setzte sich auf und wischte sich wieder über die Wange und die Seite, an der sie ihr Blut vermutete. Doch jetzt registrierte sie, dass es nicht ihr eigenes war. Sie drehte den Kopf und sah in Erics weit aufgerissene Augen. Er hockte neben seinem Partner und hatte ihn auf den Rücken gedreht. Nicklas hatte die Augen noch geöffnet, aber aus einer Wunde am Hals floss unaufhörlich Blut.

»Nein, nein, nein«, kreischte Joselyn und versuchte die Wunde mit ihren Händen zu verschließen.

»Lass ihn los«, brüllte Eric sie an und schob sie beiseite, versuchte nun seinerseits Nicklas' Wunde zu verschließen, was ihm aber nicht gelang. Er sah den See unter Nicklas Kopf, der immer größer wurde und wusste genau, was hier gerade passierte. Doch er konnte es nicht glauben. Er wollte es nicht glauben.

»Bleib bei mir, Partner«, rief er immer wieder. Doch Nicklas antwortete nicht mehr. Joselyn, die wie versteinert neben ihm gelegen hatte, kam langsam auf die Füße. Sie konnte Ralf und die anderen Polizisten ihrer ehemaligen Einheit sehen, die auf sie zu gerannt kamen, die Waffen gezogen und ihr irgendetwas zuriefen. Doch Joselyn konnte sie nicht verstehen. Sie war wie in einem Nebel. Alles um sie herum war dumpf und verschwommen. Sie versuchte herauszufinden, was mit Harper passiert war, doch sie konnte ihn nirgends entdecken.

»Wo ist er?«, schrie sie und fuchtelte wie wild mit den Armen.

»Beruhige dich, Josi«, rief ihr Ralf entgegen und versuchte sie festzuhalten. Doch sie wehrte sich. Der Krankenwagen kam, hielt neben Nicklas und Eric, der immer noch seine Hände an Nicklas Hals gepresst hielt. Sanitäter sprangen heraus und liefen zu den beiden, schoben Eric beiseite und dieser sank auf den Boden und fiel in den Schnee. Joselyn wandte sich wieder an Ralf und wiederholte ihre Frage:

»Wo ist er? Wo ist Harper?«

»Als wir hier angekommen sind, war er nicht hier.«

»Aber …« Joselyn drehte sich zu Eric herum, der wie apathisch den Sanitätern zuschaute.

»Du hast doch geschossen, oder?«

Er hob den Kopf.

»Du hast ihn doch getroffen?« Ihre Stimme überschlug sich beinahe. Eric schaute sie mit leerem Blick an.

»Er steht unter Schock«, mischte sich nun Ralf wieder ein und griff nach Joselyns Hand.

»Wir müssen ihn suchen«, rief sie und wollte loslaufen, doch Ralf hielt sie fest.

»Lass uns das machen, Josi. Bleib hier bei deinem Freund.« Er deutete auf Eric, der noch immer auf dem Boden hockte. Ihr Blick klärte sich und sie nickte. Ralf drückte noch einmal ihre Hand und wies dann seine Männer an, auszuschwärmen und nach Harper zu suchen. Weit konnte er nicht sein. Im Schnee sah man deutliche Blutspuren.

Joselyn drehte sich zu Eric und Nicklas um und beobachtete die Sanitäter, wie sie versuchten Nicklas' Leben zu retten. Um sie herum sah es aus wie auf einem Schlachtfeld und der Kontrast zwischen dem weißen Schnee und dem roten Blut war selbst in der Dunkelheit deutlich zu sehen. Sie erschauderte. Sie hockte sich neben Eric und nahm seine Hand. Er ließ es geschehen, ohne zu reagieren.

Sie wussten nicht wie viel Zeit vergangen war, doch irgendwann stellte einer der Sanitäter die Geräte aus und stand auf. Er schaute sich nach Eric und Joselyn um und schüttelte leicht mit dem Kopf. Joselyn schloss die Augen. Eric sprang auf und stürzte zu seinem Freund, beugte sich über ihn und sprach auf ihn ein. Seine Worte waren undeutlich, aber Joselyn meinte zu hören, dass er ihn immer wieder bat, bei ihm zu bleiben, ihn nicht allein zu lassen. Sie trat hinter ihn und legte eine Hand auf seine Schulter, drückte diese und sagte sanft:

»Er ist tot, Cole.« Sie spürte, wie sich Erics Muskeln zusammenzogen und er sich langsam aufrichtete. Er drehte sich zu ihr um und in seinem Gesicht standen Schock und eine unheimliche Wut. Seine Augen waren weit aufgerissen und glänzten. Joselyn wollte nach seinem Arm greifen, aber er entzog sich ihr und schüttelte sie ab. Joselyn spürte, wie Tränen in ihr aufstiegen. Sie wusste, wie er sich in diesem Augenblick fühlte und sie hätte ihm gerne geholfen, aber er wies sie ab.

Eine einzelne Träne quoll aus seinem linken Auge, als er sich nun umdrehte und in Richtung Wasser davonging.

New York –

hinteres Hafengelände

Er hielt sich beide Hände gegen den Bauch. Genau dort, wo er getroffen worden war. Erstaunlicherweise fühlte er keinen Schmerz, nur eine unheimliche Ruhe. Er war endlich angekommen. Sein umnebeltes Hirn spielte ihm Streiche, doch er genoss jeden einzelnen.

Die Schüsse dröhnten noch in seinen Ohren und er sah sie fallen. Er hatte sie zur Strecke gebracht. Er wusste es. Er hatte das Blut gesehen und er hatte sie schreien hören, als er, so schnell es seine Verletzung zuließ, davongelaufen war. Er hatte einen Sieg errungen, er hatte es geschafft.

Er atmete langsam ein und aus, kroch noch ein Stückchen weiter auf dem verschneiten Steg entlang, der zu den Docks führte. Hier hinten war niemand. Sie befanden sich alle weiter vorn. Man hatte ihn vergessen und das kam ihm gerade recht. Mit Mühe zog er sich über den Rand eines alten Fischkutters, der auf den Wellen schaukelte. Er wirkte, als wäre er schon länger nicht mehr benutzt worden. Es war ein gutes Versteck. Hier würde er verweilen können, hier würde er seinen Frieden finden.

Ein Stich fuhr durch seine Brust, als er auf das Deck fiel, und er hielt für einen kurzen Augenblick den Atem an. Er konnte nicht mehr viel sehen, sein Blick verschwamm und er bemerkte das Blut, das unaufhörlich aus seiner Wunde floss. Im Hintergrund hörte er die Sirenen und sah die Scheinwerfer, die aufs Wasser gerichtet wurden.

Er lehnte sich mühsam gegen die Reling und richtete sich so gut es ging auf. Dann griff er in die Innentasche seiner Jacke und holte ein Foto heraus. Connor auf der Abschlussfeier am College. Er strahlte in die Kamera. Das Foto war zerknittert, aber noch immer scharf und er strich sanft mit den Fingern darüber. Er hinterließ eine Blutspur auf dem Bild, doch das bemerkte er nicht.

›Wir haben es geschafft‹, flüsterte er seinem Sohn im Geiste zu.

›Jetzt können wir in Frieden ruhen‹, setzte er hinterher.

Er ließ die Hand mit dem Foto in seinen Schoß sinken und holte seine Waffe heraus. Er entsicherte sie, blickte noch einmal zu der Stelle zurück, an der er sie besiegt hatte.

Dann hob er die Waffe an seine rechte Schläfe und schloss die Augen.

To be continued …

Epilog

Mira Davis hatte sich in diesem Jahr ganz besonders viel Mühe gegeben. Es war viel passiert, so viel und das diesjährige Fest sollte einfach nur schön werden. Das Wohnzimmer war festlich geschmückt, ebenso wie der Esstisch, auf dem schon die Teller bereitstanden. Kerzen brannten überall und leise Weihnachtsmusik klang durchs Haus. Matthew hüpfte aufgeregt von einem zum anderen und man konnte ihm die Spannung förmlich ansehen. In der Mitte des Raumes stand eine große Tanne. Robert war gerade dabei, die Lichterkette an den Zweigen zu befestigen, als Joselyn den Raum betrat und sich neben ihren Vater stellte.

»Hey«, sagte sie und schlang die Arme um ihren Vater herum. Robert drehte den Kopf und lächelte seine Tochter an.

»Hey meine Kleine«, rief er freudig und küsste Joselyn auf die Stirn.

»Brauchst du noch Hilfe?«, fragte sie und griff in den Karton mit den Kugeln, holte ganz vorsichtig eine heraus und hielt sie ins Licht.

»Matthew wollte mir helfen«, meinte Robert und der Kleine kam aufgeregt angelaufen.

»Ja Opa«, rief Matthew und Joselyn übergab die Schachtel mit den Kugeln an ihren Sohn, strich ihm einmal kurz über den Scheitel und verließ dann den Raum. Aus der Küche duftete es nach Plätzchen und Gebratenem und Joselyn lief das Wasser im Munde zusammen.

»Hallo Mum.« Joselyn betrat die Küche und umarmte Mira.

»Schön, dass ihr hier seid.«

»Ja, ich freu mich auch«, sagte Joselyn und lächelte ihrer Mutter zu. Diese wischte sich schnell die Hände an ihrer Schürze ab und strich dann ihrer Tochter über den Rücken.

»Wo ist Eric?«, fragte Mira und spähte in den Flur.

»Er holt nur kurz die Geschenke aus dem Wagen.«

»Okay. Das Essen ist in fünfzehn Minuten fertig.«

»Sehr schön. Ich schau mal, wo er bleibt.«

Mira nickte und Joselyn machte sich auf den Weg zum Eingang. Sie öffnete die Tür und trat hinaus auf den Gehweg, lief zum Auto und schaute sich suchend um.

»Cole?«, rief sie, doch sie konnte ihn nirgends entdecken. Sie lief noch ein Stück weiter, gelangte schließlich in den Garten und von dort weiter in Richtung Strand. Es war nicht sonderlich kalt, denn der Winter in San Diego war kaum spürbar, an Schnee war nicht zu denken.

»Cole?«, rief sie noch einmal und öffnete das kleine Tor, welches den Garten der Familie Davis vom öffentlichen Strand trennte, trat hindurch und dann konnte sie ihn sehen. Er saß im Sand, hatte die Beine angezogen und starrte aufs Meer hinaus. Der Wind frischte auf und Joselyn zog sich ihre Strickjacke um den Körper. Sie lief zu ihm und setzte sich dann neben ihn.

»Was machst du hier?«, fragte sie und strich ganz langsam mit den Fingern durch den Sand.

»Ich wollte nur kurz eine Minute alleine sein«, antwortete er, ohne sie anzusehen.

»Wenn ich störe, dann …«

Jetzt drehte er den Kopf zu ihr.

»Nein, tust du nicht.«

»Okay.« Sie schaute ihn an und er lächelte.

»Denkst du an Nick?«, fragte sie und merkte, dass ihre Stimme zitterte.

»Es würde ihm gefallen«, meinte er und deutete auf den Himmel, der sich gerade rot einzufärben begann.

»Ja, das würde es.«

»Ich hätte ihm so vieles zu erzählen.«

»Ich weiß.« Joselyn rutschte etwas näher an ihn heran und legte dann einen Arm um seine Schultern. Eric lehnte sich gegen sie und so saßen sie eine Weile schweigend da.

»Wird es irgendwann aufhören, weh zu tun?«, fragte er sie plötzlich. Joselyn musste an Curt denken und daran, dass der Schmerz sie immer noch verfolgte. Langsam schüttelte sie den Kopf.

»Es wird weniger, Cole. Und irgendwann kannst du es ertragen. Dann wirst du lächeln, wenn du an ihn denkst und dir die schönen Momente in Erinnerung rufen können, ohne dass du glaubst, ersticken zu müssen.«

»Okay«, meinte er und suchte ihre Hand. Sacht strich er über ihre Fingerknöchel und dann verschränkte er seine Finger mit den ihren.

»Hast du Hunger?«, fragte Joselyn schließlich.

»Einen Bärenhunger.«

»Dann komm!«, forderte sie ihn auf und erhob sich, klopfte sich den Sand von den Jeans und wartete, bis er sich ebenfalls erhoben hatte.

»Im letzten Jahr habe ich ihn ja leider verpasst«, meinte Eric, als er nun Hand in Hand mit Joselyn zurück zum Haus ihrer Eltern ging.

»Wen?«, fragte sie verwirrt.

»Den Kartoffelsalat deiner Mum.«

»Das solltest du nie, nie wieder tun«, entgegnete sie.

»Punkt für dich, Joselyn Janna Davis.« Jetzt spielte ein Lächeln um seine Lippen.

»Komm her«, forderte sie ihn auf und breitete die Arme aus. Er trat auf sie zu und es folgte eine feste Umarmung – und ein zärtlicher Kuss.

Vielen Dank fürs Lesen!

Ich würde mich über ein kurzes Feedback unter:
kontakt@juliane-schmelzer.de
oder eine Rezension auf **Amazon, Thalia, Lovelybooks** o.a.
Plattformen sehr freuen.

Dies hilft mir und meinem Buch von anderen entdeckt und gelesen zu werden und unterstützt mich als Selfpublisherin weitere Bücher zu schreiben.

Weitere Informationen und kostenlose Leseproben unter:
www.Juliane-Schmelzer.de

Danksagung

Ich wollte immer einen Liebeskrimi schreiben. Und zwar im wahrsten Sinne des Wortes. Denn die Krimis, die ich bisher gelesen hatte, enthielten mir manchmal zu wenig Liebe und die Liebesromane waren mir oft zu wenig geheimnisvoll. Ein Dilemma, dem ich Abhilfe schaffen wollte. Ich mischte also beide Genres und heraus kam meine Fokus-Reihe, bestehend aus drei Teilen.

Der erste Teil der Trilogie hat eine ziemlich lange Geschichte, denn in der Form, wie man ihn hier lesen kann, hat er nicht immer existiert. Angefangen hat alles auf meiner Autorenseite bei www.fankfiktion.de, auf der ich seit 2013 unter meinem Pseudonym Julirot regelmäßig schreibe und lese. Dort habe ich die Geschichte um Joselyn und Eric im Jahr 2017 gemeinsam mit meinen treuen Leserinnen aufgebaut.

Jede Woche postete ich ein Kapitel und erhielt viel Feedback, jede Menge Anregungen und Ideen, die ich dann umsetzen konnte. Es war wie eine große Leserunde, bei der ich viel Spaß und Freude hatte. Deswegen gebührt der erste Dank hier auch meinen damaligen Leserinnen bei Fanfiktion, von denen mich einige bis heute bei allen meinen Projekten begleiten.

Schließlich wagte ich im Jahr 2018 zusammen mit einem kleinen Verlag aus Bayern die Veröffentlichung von »Im Fokus der Vergangenheit«. Vier Jahre war dieses Buch dort untergebracht, bis ich beschloss es im Jahr 2022 zu relaunchen und im Selfpublishing noch einmal ganz neu aufzulegen.

Natürlich wäre dieses Buch nicht das, was es heute ist, wenn ich nicht ganz viele liebe Helfer/innen gehabt hätte. Ich danke meinen fleißigen Testleser/innen, meinem Korrektorat und Lektorat sowie meiner Coverdesignerin. Ihr habt alle so unglaublich viel Arbeit und Herzblut in die Vollendung dieses Buches gesteckt. Ohne euch hätte ich das nicht geschafft.

Und last but not least: ein ganz besonderer Dank geht an meine Familie für ihre Unterstützung bei allen meinen Projekten. Ich liebe euch bis zum Mond und zurück.

Jetzt dürft ihr gespannt sein, denn …

Es geht weiter im zweiten Teil der

Fokus-Reihe:

»Im Fokus der Liebe«

Klappentext:

*»Liebe berührt die Vergangenheit, lebt in der Gegenwart
und verbindet für die Zukunft.«*

***

Eric kämpft mit dem Tod seines besten Freundes und weist zunächst jede Hilfe zurück. Dies belastet vor allem die beginnende Beziehung zu Joselyn. Während die beiden versuchen, sich über ihre Gefühle klar zu werden, gerät Claire unter Mordverdacht. Die Ermittlungen führen das neu zusammengestellte Team ins Umfeld des skrupellosen Geschäftsmannes Theodor Samira. Schaffen es ihre Kollegen Claire zu helfen oder bleibt sie in einem Netz aus Lügen und Intrigen gefangen?

Teil 2 der Liebeskrimi-Trilogie:
»spannend, fesselnd, lebensnah:
Die perfekte Mischung aus Krimi und Liebe.«

Veröffentlichung:
September 2022

Leserstimmen

(übernommen von Amazon aus der Erstauflage)

»Den ersten Teil »Im Fokus der Vergangenheit« fand ich schon toll. Mit »Im Fokus der Liebe« hat sich die Autorin nochmal übertroffen und eine Schippe draufgelegt. Ohne allzu viel zu verraten kann ich nur sagen, dass man die Charaktere einfach gernhaben muss. Die Geschichte ist so lebensnah, dass man einfach das Gefühl hat, das könnte genauso jedem passieren.«

***

»Für mich war dieser Band eine gelungene Fortsetzung, denn ich bin ein richtiger Fan von Joselyn und Eric geworden und ich bin gespannt, wie es mit den beiden in (hoffentlich) künftigen Bänden weitergehen wird. Denn die Liebe der beiden ist weiß Gott nicht einfach, aber das macht es gerade so unglaublich spannend und lässt mich immerzu mitfiebern.«

***

»Der Schreibstil und die Geschichte sind sehr toll. Ein schönes spannendes Buch mit viel Gefühl!«

***

»Bei diesem Buch ist es einfach eine perfekte Mischung, eine schöne Liebesgeschichte, die auch hier und da ein Drama enthält. Auf der anderen Seite wiederum haben wir einen spannenden Krimi. Das Flair von einem Krimi wird hier auch auf keinen Fall zu kurz gehalten, jeder kommt auf seine Kosten.«

»Im Fokus der Liebe«

Eine Leseprobe

Prolog

Ein Dezembertag in San Diego

Es war ein sonniger Tag. Er war so typisch für San Diego. Der Himmel zeigte keine einzige Wolke und die Sonne brannte auf die Erde herab. Ein leichter Wind blies und trug den salzigen Geschmack des Meeres zu ihnen herüber. Es war idyllisch und passte eigentlich nicht zu dem traurigen Anlass, der sie hier zusammengeführt hatte. Und dennoch, es passte zu ihm, zu seinem sonnigen Gemüt und zu seinem Strahlen.

Er hatte sich eine Seebestattung gewünscht, wollte mit den Wellen hinaus aufs offene Meer getragen werden. Er wäre glücklich über Musik und eine Party gewesen, denn er hatte die Gesellschaft von anderen Menschen immer geliebt. Das Herz am rechten Fleck, war er mit Leib und Seele Polizist gewesen und hatte keine Feier ausgelassen. Er hatte nicht sterben wollen, aber es war auf tragische Weise bei der Ausübung seiner beruflichen Pflicht passiert. So wie er es irgendwann einmal vorausgesagt hatte.

Sein letzter Wille war verlesen worden und sie hatten sich genau an seine Anweisungen gehalten. Sein bester Freund Cole hatte alles arrangiert. Er hatte eine kleine Yacht gemietet und sie mit Girlanden und Lampions schmücken lassen. Es gab Bier und Würstchen vom Grill. Genauso wie er es sich gewünscht hatte. Die Anlage spielte seine Lieblingssongs und ein paar seiner Freunde tanzten sogar. Sie quasselten alle durcheinander, erinnerten sich an ihn und erzählten sich die wildesten Anekdoten.

Es war alles genauso, wie er es vor einigen Jahren aufgeschrieben hatte, als er in den Dienst des Staates gegangen war und die Gefahr immer neben ihm zu stehen begonnen hatte.

Ein paar Möwen kreischten über den Köpfen seiner Freunde und seiner Familie und die Sonne schien. Sie wärmte ihre Körper und ihre Herzen und machte den Tag, der eigentlich ein trauriger war, ein klein wenig angenehmer. Das Leben ging weiter, nicht für ihn, aber für die anderen und sie sollten das Leben und nicht seinen Tod feiern.

Jetzt wurde seine Asche in alle Winde verstreut, fiel ins Meer und die Wellen trugen ihn fort übers Wasser und in die Unendlichkeit. Jeder dachte an ihn und ließ die Erinnerungen noch einmal Revue passieren. Es flossen Tränen, aber es wurde auch gelacht. Ganz so, wie er es sich für diesen Tag gewünscht hatte. Und die Sonne setzte ihren Weg über den Himmel fort und bescherte diesem Tag ein ganz besonderes Flair.

Joselyn

»Wie geht es Ihnen, Joselyn?«, fragt mich die Frau, die mir seit ein paar Minuten gegenüber sitzt und die ich nicht wirklich kenne.

»Wollen Sie darauf eine ehrliche Antwort?", frage ich sie und merke, dass meine Stimme aggressiv klingt.

»Ja, deswegen sind Sie doch hier.« Sie ist Psychologin. Ihr Name ist Nathalie Moers und sie macht sich unaufhörlich Notizen über mich. Claire hat mich hierhergeschickt, nachdem das mit Nick passiert war. Es war ihre Auflage, damit ich wieder zur Arbeit erscheinen durfte. Ich bin mir nicht sicher, was ich davon halten soll. Es sind gute zwei Wochen vergangen. Ein neues Jahr hat begonnen. Das alte ist klammheimlich an uns allen vorbeigegangen. Ich kann mich nicht erinnern, wie ich Weihnachten und Silvester verbracht habe. Es kommt mir vor wie ein böser Traum. Und nun sitze ich hier. Ich weiß nicht, wo ich anfangen soll. Es ist alles so verwirrend.

»Wie soll es mir schon gehen?«, frage ich Nathalie herausfordernd.

»Ich habe gerade eben erst einen neu gewonnenen Freund verloren, ein anderer Freund redet nicht mehr mit mir, mein ehemaliger Chef entpuppte sich als korrupt und wollte mich umbringen und meine Vergangenheit hat mich überrollt. Was glauben Sie, wie es mir dabei geht?«

Sie wirkt unbeeindruckt hinsichtlich meiner Spitzen. Ihre kurzen blonden Haare sind ordentlich frisiert. Sie trägt Strähnchen. Ihre Augen sind graublau und sie ist groß und schlank. Sie sieht eigentlich ganz nett aus, mal abgesehen von der Brille, die sie an einem Band um ihren Hals hängen hat.

»Was davon quält Sie am meisten, Joselyn?«, fragt Nathalie und schaut mich an. Sie ist älter als ich. Ich schätze sie auf ungefähr 50, kann mich aber auch irren. Ich lache kurz auf.

»Ich weiß nicht genau, wo meine Probleme anfangen und wo sie aufhören. Ich weiß nicht, was mich am meisten quält.«

»Okay, Joselyn, lassen Sie uns über Eric reden.« Ich blicke Nathalie überrascht an. Ich hätte erwartet, dass sie etwas über Curt oder über Nicklas wissen will, allenfalls noch über meine Enttäuschung, die ich

durch Miller erfahren habe. Dass sie ausgerechnet über Eric reden will, das erstaunt mich dann doch.

»Über Eric?«, frage ich.

»Ganz genau. Eric Coleman, in welcher Beziehung stehen Sie zu ihm?« Mein Herz zieht sich schmerzvoll zusammen, als ich seinen Namen höre. Ich zögere. Sie merkt es natürlich und macht sich wieder irgendeine Notiz auf ihrem Block.

»Er ist mein Kollege«, sage ich vorsichtig.

»Und?«, fragt sie und setzt die Brille auf.

»... ein Freund«, antworte ich.

»Der Freund, der nicht mehr mit Ihnen spricht«, stellt sie fest und ich blinzele. Ich habe das Gefühl, irgendetwas ins Auge bekommen zu haben. Doch dann merke ich, dass es meine eigenen Tränen sind, die sich da hinauf schummeln. Sie sieht mich eine Weile stumm an, dann sagt sie:

»Was würden Sie ihm gerne an den Kopf werfen. Was hat er getan, dass er Sie so sehr verletzen konnte?«

›Woher weiß sie, dass er mich verletzt hat?‹, frage ich mich. Dann fällt mir wieder ein, dass sie darin ausgebildet ist, solche Dinge zu merken. Ich spüre die Tränen und nehme hastig einen Schluck aus dem vor mir stehenden Wasserglas. Es hilft nur bedingt. Der Schmerz windet sich in meiner Kehle nach oben und ich beginne zu zittern. Ich schaffe es, das Glas zurück auf den Tisch zu stellen, ohne dass ich etwas verschütte. Sie wartet immer noch geduldig auf eine Antwort von mir. Ich schlucke.

»Auf dem Rückweg von New York nach San Diego, am Tag nach ... nach Nicks Tod ... er hat nicht ein Wort zu mir gesagt. Er hat mich nicht einmal angesehen. Es war, als wäre ich Luft für ihn.« Meine Stimme bricht und dann fließen endlich die Tränen.

[...]

Weitere Veröffentlichungen

»3 Arten Schuld«

ISBN: 978-3-96200-120-9, € 14,90

412 Seiten
erschienen bei Twentysix

Klappentext:

Dean ist 35, Musiker und das, was man eine verkappte Persönlichkeit nennen würde. Er kehrt nach vielen Jahren zurück nach Berlin, um eine alte Familienschuld zu begleichen, wird jedoch nicht mit offenen Armen empfangen.

Isabell ist 29, Buchhändlerin und verheiratet mit dem ehrgeizigen Anwalt Ben (30), der alles tun würde, um seine Karriere anzukurbeln und seinem Vater zu gefallen. Sie haben alles, nur nicht das, was sie sich am meisten wünschen – ein Kind.

Als Dean und Isabell sich über den Weg laufen, ist plötzlich nichts mehr so, wie es mal war. Geheimnisse kommen ans Licht und verursachen Chaos im Leben der Familie. Denn Dean ist nicht nur so ganz anders als Ben, sondern auch dessen verschollener Bruder. Und Isabell wird zur ersten Frau, die Deans Herz zu öffnen vermag.

<u>Zitat:</u>

»Es gibt drei Arten von Schuld und alle drei habe ich erlebt:
Die Schuld aus der Vergangenheit, die mich wieder nach Berlin
getrieben hat. Die Schuld der Gegenwart, die mich nicht mehr
loslässt. Und die Schuld, die ich mit in meine Zukunft nehme, die
Schuld gegenüber mir selbst. « - Dean-

<u>Leseprobe:</u>

Da sind wieder Isabells Augen, die mich anschauen. Neugierig,
voller Fragen. Voller Wärme, aber auch voller Wut.

›Sie ist mit deinem verdammten Bruder verheiratet!‹, schreit
mein Verstand, doch mein Herz hält sich einfach nicht an dessen
Vorgaben. Es verzehrt sich nach ihr. Wie schon die ganze verdammte Woche hindurch. Das Treffen hat es nicht weniger werden lassen. Im Gegenteil. Es ist schlimmer geworden. Wie kann
ich sie nur wieder loswerden? Ich habe keine Ahnung. Und wenn
ich tief in mich hineinhöre, dann will ich das eigentlich auch gar
nicht. Ich denke an Ben. Ich habe nie gewollt, dass wir uns zer-
streiten, dass wir irgendwann getrennte Wege gehen. Aber ich
konnte es nicht verhindern. Ich gebe zu, ich habe einen großen
Schuldanteil an unserer Misere, aber ich war es nicht allein. Es gab
Umstände in meinem Leben, in unserem Leben, die wir nicht
verkraftet haben, die ich nicht verkraftet habe und keinem von
uns ist es gelungen, damit umzugehen. Bis jetzt. Ich denke, wir
könnten eine realistische Chance haben, wenn da nicht Isabell
wäre, seine Frau und die Frau, die mein Herz berührt hat.

[…]

Die Fortsetzung zu »3 Arten Schuld« ist eine romantische Geschichte mit einem Hauch Krimi. Sie erzählt von der Liebe in ihren vielen Facetten und davon, dass es im Leben immer eine zweite Chance gibt.

»3 Arten Liebe«

ISBN: 978-3-96200-235-0, € 14,90

424 Seiten
erschienen bei Twentysix

Klappentext:

Zwei Jahre sind vergangen, seit Dean Berlin und seine große Liebe Isabell verlassen hat. Er lebt mittlerweile in Dresden ein neues Leben: ohne Alkohol, ohne Drogen und ohne Musik. Mit Linda könnte er glücklich werden. Doch dann erhält er einen Anruf aus Berlin, der sein mühsam errichtetes Kartenhaus zum Einsturz bringt.

Zitat:

»Es gibt drei Arten von Liebe und durch dich darf ich alle drei an jedem einzelnen Tag erleben. Du gibst mir leidenschaftliche Liebe, die mich auf Händen trägt und erschaudern lässt, jedes Mal, wenn du mich berührst. Du schenkst mir freundschaftliche Liebe, die mich sicher macht und die uns zu einer Einheit verschweißt. Und du hast eine ganz besondere Liebe möglich gemacht, eine Liebe, die alle Zeiten und Widrigkeiten überdauern wird - die Liebe zu unserem Kind.« -Isabell-

Leseprobe:

»Dean?«, fragte eine weibliche Stimme am anderen Ende der Leitung und er erstarrte. Sein gesamter Körper verwandelte sich augenblicklich in Stein und er ließ ihre Hand los, trat einen Schritt zurück und musste sich an den Küchenschrank lehnen, sonst wäre er gefallen. Sie war aufgesprungen und schaute ihn fragend an. Er schüttelte ihre Hand ab, die sie nun auf seinen Oberarm gelegt hatte.

»Ja«, flüsterte er, doch seine Stimme gehörte ihm nicht mehr. Sie war viel zu leise. »Woher hast du diese Nummer?« Er konnte kaum noch atmen. Er hatte sich vor ihr versteckt, hatte sämtliche Kontakte abgebrochen und dennoch rief sie ihn an. Einfach so. Nach zwei Jahren.

»Ist doch egal, woher ich sie hab. Dean, es geht um Ben. Du musst nach Hause kommen«, sagte die Stimme, die er eigentlich für immer hatte vergessen wollen und seine Finger wurden kalt. Er hörte nur halb, was sie sagte, doch in seinem Körper wurde es plötzlich heiß. Sein Herz schlug wie wild und er spürte diesen Schmerz, den er gut weggesperrt und die letzten zwei Jahre bekämpft hatte. Er hatte geglaubt, er hätte ihn begraben, aber als er ihr nun weiterhin zuhörte, wurde er eines Besseren belehrt.

[…]

Gedichtband

»In Waage – Gedichte und Gedanken«

In Waage

Jedes Tal hat einen Berg
Jedes Richtig ein Verkehrt
Jedes Dunkle wird mal hell
Alles dreht sich oft zu schnell

Jedes Böse wird mal gut
Jede Angst verlangt viel Mut
Jedes Wagnis bringt auch Glück
Und jeder Weg führt auch zurück

Jedes Lächeln bringt auch Trauer
Jedes Tief ist nicht von Dauer
Jeder Regen bringt auch Sonne
Und das Leben ist voll Wonne

In jedem Hass da steckt auch Liebe
Jeder Stillstand kennt auch Triebe
Jedes Gestern hat ein Morgen
Oft verschwinden dann die Sorgen

ISBN: 978-3-740-76519-4
€ 8,49

Jedes Handeln kennt zwei Seiten
Jede Enge hat auch Weiten
Jeder Kummer besitzt auch Freude
Und das Leben, das ist Heute